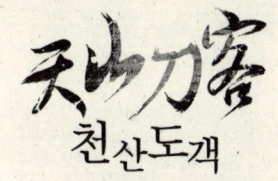

天山刀客
천산도객

오채지 新무협 판타지 소설
FANTASTIC ORIENTAL HEROES

천산도객1

오채지 新무협 판타지 소설

초판 1쇄 찍은 날 § 2009년 4월 7일
초판 1쇄 펴낸 날 § 2009년 4월 15일

지은이 § 오채지
펴낸이 § 서경석

편집장 § 문혜영
편집책임 § 이재권
편집 § 정서진

펴낸곳 § 도서출판 청어람
등록번호 § 제1081-1-89호
등록일자 § 1999. 5. 31
어람번호 § 제2-1717호

주소 § 경기도 부천시 원미구 심곡2동 163-2 서경B/D 3F (우) 420-822
전화 § 032-656-4452 팩스 § 032-656-4453
http://www.chungeoram.com
E-mail § eoram99@chollian.net

© 오채지, 2009

ISBN 978-89-251-1760-7 04810
ISBN 978-89-251-1759-1 (세트)

천산도객

大俠歌

1 오채지 新무협 판타지 소설

FANTASTIC ORIENTAL HEROES

마인, 소녀를 만나다

청람
도서출판

目次

"허락해 주십시오!"

사내는 무릎을 꿇고 간절히 애원했다.

하지만 노인의 입에서는 끝내 그가 원하는 대답이 나오질 않았다. 봉우리 아래쪽에서는 최후의 결사대 오백이 신산의 코앞까지 쳐들어온 적들을 상대로 항전하는 소리가 들려왔다.

"종사! 지금이라도 늦지 않았습니다. 부디 하명을!"

노인은 이번에도 허락하지 않았다.

백발마존(白髮魔尊) 천제강.

마도 역사상 가장 강했다는 철의 무인은 지금 소나무에 등을 기댄 채 죽어가고 있었다.

원인은 그의 가슴에 박힌 장창 한 자루였다.

한 식경 전 그는 정파 최강의 무인 삼 인을 상대로 악전을 치르고 돌아왔다.

수십 년 동안 천하제일검으로 군림해 온 설산검군(雪山劍君) 장벽산과 소림신승(小林神僧) 법개, 신창양가(神槍楊家)의 대가주는 마도대종사의 가슴에 장창 한 자루를 박는 대가로 목숨을 내놓아야 했다.

가슴에서 시작된 피는 창간을 타고 내려와 바닥으로 뚝뚝 떨어졌다. 뜨거운 피가 빠져나갈수록 그의 몸 또한 점점 식어 갔다.

"떠나거라."

"종사!"

"물은 가장 낮은 곳으로 흘러 마침내 큰 바다에 이른다. 세상의 낮은 곳부터 보아라. 그곳에 네가 할 일이 있다."

이 무슨 선문답 같은 소리란 말인가.

적들을 쓸어버릴 수 있도록 출전을 허락해 달라는데 세상의 낮은 곳을 보라니. 그곳에 자신이 할 일이 있다니.

하지만 그것이 대종사 천제강의 마지막 말이었다.

한번 꺾인 고개는 다시 들리지 않았고 창간을 타고 흘러내린 선혈만이 단애에 쌓인 눈을 붉게 물들였다.

이십 년이나 끌어오던 정마대전이 사실상 종지부를 찍는 순간이었다. 아래쪽에선 마지막 방어선을 뚫은 무림맹의 정예 수백이 단애를 향해 무섭게 돌진하고 있었다.

사내는 천천히 몸을 일으켜 하늘을 보았다.

아침부터 내리기 시작한 눈은 해가 진 뒤에도 그치질 않았다.

'종사, 어찌하여⋯⋯.'

대답 대신 돌아오는 것은 볼 위로 차갑게 떨어지는 눈송이뿐이었다. 사내는 차마 나오지 않는 목소리를 쥐어짰다.

"해산하라. 그리고 살아남으라. 언젠가 너희들을 다시 부를 때까지."

잠시 후 사내 뒤편의 숲이 한차례 부르르 떨렸다. 그리곤 이내 잠잠해졌다.

눈이 유난히도 많았던 어느 겨울날 천마신교의 성지인 천산 주봉에서 있었던 일이다.

第一章

모닥불을 찾아온 사람들

天山刀客

천산에서 멀지 않은 대륙 북서부의 고원지대.

고원의 겨울은 지독하기 짝이 없다. 햇빛이 작렬하지 않을 뿐 먹을 것과 마실 것이 없기는 대막의 그것과 다를 게 없었다.

특히 해가 지고 난 후의 기온은 살아 있는 모든 것을 얼려 버릴 만큼 악명이 높았다.

사내 용악산은 죽은 사람들의 뼈를 따라 끝없이 펼쳐진 대평원을 가로지르고 있었다. 저 멀리 지평선 너머로 보이는 눈 덮인 산봉우리들은 늦은 오후의 햇살을 받아 더욱 신령스럽게 빛났다.

삐이이—

용악산은 문득 말을 멈추고 하늘을 올려다보았다.

천웅(天鷹) 한 마리가 머리 위에서 배회하고 있었다. 천웅은 맹금류 중에서도 가장 높이 날기로 유명했다. 그 고고한 성품만큼이나 식성 또한 까다로워 땅 위에 사는 동물들은 결코 잡아먹지 않았다.

오직 창공을 자유롭게 나는 새들을 향해 바람처럼 날아가서는 날카로운 발톱으로 낚아채는 것이 천웅의 사냥 방법이다.

하지만 주변 어디에도 천웅이 노릴 만한 사냥감은 보이질 않았다.

"나를 노리는 건가?"

용악산은 차라리 그랬으면 좋겠다고 생각했다.

긴량과 육포로 허기를 때우며 평원을 가로지른 지 벌써 보름째였다. 그나마 그것도 바닥이 나서 며칠 전부터는 아무것도 먹지 못했다.

하지만 곧 천웅이 노리는 것이 자신이 아님을 깨달았다.

저만치 평원 한가운데 제단처럼 놓여 있는 바위 하나.

놀랍게도 그 바위 위에 사람이 대(大) 자로 누워 있었다. 비정상적으로 뻣뻣하게 굳은 몸으로 보아 이미 살아 있는 사람이 아니었다.

"너도 배가 고픈 모양이구나."

천웅에게 한 말이었다.

죽은 것은커녕 땅 위를 걷는 짐승조차 거들떠보지 않는 천웅이 시체를 노리다니.

맹금류란 족속들은 무슨 이유에선지 가장 먼저 사체의 눈알부터 파먹는다. 평원의 유목민들에겐 조장(鳥葬)이라는 풍습이 있다지만 시체의 복색은 한족의 그것이었다.

아무리 죽은 사람이지만 그대로 짐승에게 먹히게 놔둘 수는 없었다. 얼어붙은 땅이나마 파서 묻어줄 요량으로 용악산은 시체를 향해 다가갔다.

그런 용악산의 생각을 눈치챘는지 천응이 무섭게 시체를 향해 내리꽂았다. 덩달아 용악산도 말에게 채찍을 가했다.

"끼랴!"

시체와 가까워진 용악산이 말의 잔등에서 솟구치려는 찰나 발톱을 세운 천응도 막 내려앉는 중이었다.

그때 놀라운 일이 벌어졌다.

죽은 줄 알았던 시체가 벌떡 일어나는 것이 아닌가. 시체는 순식간에 천응의 발목을 부러뜨리고 목마저 꺾었다.

우두둑!

천응은 한동안 거대한 날개를 퍼덕거리더니 이내 축 늘어졌다. 그야말로 눈 깜짝할 사이에 일어난 일이었다.

'실없는 친구로군!'

사내는 천응을 유인하기 위해 일부러 죽은 척했던 것이다.

용악산은 황당한 눈으로 한동안 사내를 바라보다 말머리를 돌렸다. 그때 등 뒤에서 목소리가 들렸다.

"같이 드시려오?"

고원에는 어느덧 해가 뉘엿뉘엿 지고 있었다.

기온이 급격히 내려가면서 악명 높은 죽음의 밤이 찾아오는 것이다.

천웅을 사냥했던 사내는 분주했다.

언덕에 숨겨 두었던 자신의 말 잔등에서 커다란 포대자루를 가져왔는데 거기서 말린 말똥이 잔뜩 나왔다.

사내는 능숙한 동작으로 말똥을 모아 불을 지피고 천웅을 굽기 시작했다.

이로써 밤을 맞을 준비가 되자 이번에는 한참 동안이나 발 아래 지맥을 살폈다. 그러다 갑자기 허리춤에서 칼을 쑥 뽑아 거꾸로 박아놓았다.

칼은 북방 유목민 특유의 만곡도였다. 초승달처럼 구부러져 제조하기가 까다롭지만 원심력에 의한 파괴력이 강해 한때는 대제국을 질타했던 칼이다.

칼을 거꾸로 박아놓는 이유를 묻자 사내는 용도는 말하지 않고 그저 씨익 웃으며 평원의 유목민들에게 배운 것이라고만 했다.

"난 비파랑이라고 합니다. 정마대전에 참전했다가 돌아가는 길이지요. 형장은 이름이 어떻게 되십니까?"

주변이 대충 정리된 후 사내 비파랑이 모닥불에 말린 말똥 하나를 던지며 한 말이었다.

"용악산입니다."

"아, 알고 보니 용악산 형이셨구려. 그런데 우리가 예전에 만난 적이 있던가요?"

"그건 왜 묻는 겁니까?"

"어딘지 익숙해서 말이죠. 늘 보던 이웃 같은데 막상 누군지는 모르는 뭐 그런 느낌이랄까요? 하하. 이거 말을 해놓고 보니 제가 생각하기에도 좀 이상하군요."

비파랑이 머리를 긁적긁적했다.

"나는 전혀 기억이 없군요."

하지만 용악산도 속으로는 의아해하고 있었다.

그 역시 비파랑을 처음 봤을 때 어쩐지 낯이 익었다.

하지만 서로가 아는 사이일 리는 없었다. 용악산은 단 한 번도 세상에 모습을 드러내지 않은 유령이니까.

"혹 용 형도 정마대전에 참전했었습니까?"

"내가 마인이 아니라고 단정을 하는 것 같군요."

"하하, 마인이었다면 절 구하러 그렇게 헐레벌떡 달려오지는 않았겠지요."

"마인이라고 위급한 사람을 보고 모른 척하라는 법은 없지 않소?"

"마(魔)는 곧 악(惡)입니다. 그런 자들이 죽은 시체에게까지 호의를 베풀 리가요? 그나저나 용 형이 조금만 일찍 달려왔더라면 이놈을 놓칠 뻔했습니다."

용악산은 자신이 비파랑의 사냥을 방해했다는 생각에 괜스레 민망해졌다. 하지만 비파랑의 얼굴에선 용악산에 대한 호의가 느껴졌다.

"난 정마대전에 참전하지 않았습니다. 어쩌다 보니 천산남로 위에 있게 됐을 뿐이오."

용악산은 많은 여운이 남는 말로 뒤늦은 대답을 했다.

천산남로는 서역으로 향하는 거상들이 주로 이용하는 길이었다. 말이 길이지 보통 사람들의 눈에는 아무것도 없는 대평원이었다.

고기가 적당히 익자 비파랑은 허리춤에서 비수를 꺼내 천웅의 날개 한쪽을 뚝 떼어내 용악산에게 주었다.

"좀 질길 겁니다. 며칠 전부터 저만 졸졸 따라오던 놈인데 오늘에서야 겨우 잡았지요. 늙어 사냥을 못하게 되자 제가 쓰러지기만을 기다렸나 봅니다. 하하."

비파랑은 호탕하게 웃으며 자신도 날개 하나를 잡고 뜯기 시작했다. 술과 따뜻한 고기가 뱃속으로 들어가니 얼었던 몸과 마음이 조금씩 녹는 것 같았다.

"그나저나 용악산 형은 어디로 가는 길입니까?"

"글쎄요."

"어디로 갈지도 모르고 평원으로 들어섰단 말입니까?"

"우선은 천산남로의 끝까지 가볼 생각이오."

비파랑은 잠시 생각하더니 고개를 절레절레 저으며 말했다.

"용악산 형의 말은 잘못됐습니다. 지금 향하는 곳은 천산남로의 끝이 아니라 시작점이지요."

묘한 말이었다.

마도의 하늘이 무너진 후 그 유명한 대종사가 걸어온 길을 따라 끝까지 가보려 했더니, 사실은 대종사가 마도창성의 대업을 품고 첫발을 뗀 곳으로 향했다니.

"저는 항주로 가는 길입니다."

항주를 말하는 비파랑의 얼굴이 환해졌다.

"항주가 고향입니까?"

비파랑의 얼굴에서 향수를 읽은 용악산이 물었다.

"하하. 아닙니다. 하지만 저의 아이들은 그렇게 될 겁니다."

"아이들이라고요?"

"하하. 그런 게 있습니다. 전 십 년 동안 오늘을 기다려 왔지요. 어쩌면 오늘을 기다리며 지난 십 년을 버텨온 건지도 모르겠습니다."

비파랑은 고개를 들어 항주가 있는 서쪽 하늘을 보았다.

그의 눈에 아련한 감정들이 나타났다가 사라졌다.

그러다 갑자기 표정이 딱딱하게 굳었다. 거꾸로 꽂아놓은 칼의 도두(刀頭)에 달린 수실에서 이상 징후가 감지되었기 때문이다.

수실의 끝에는 녹두알 크기의 정교한 은령(銀鈴) 두 개가 달려 있었는데 그것이 영롱한 소리로 울고 있었다.

링링링―

은령이 워낙 작아 소리 또한 귀를 기울이지 않으면 알아차리지 못할 만큼 작았다. 용악산도 방울 소리를 듣기 전에는 은령이 달려 있다는 것조차 몰랐으니까.

묘한 것은 은령이 평원의 바람에는 울지 않고 유독 도신을 통해 전달되는 땅의 진동에만 공명한다는 것이다. 저 정도면 기물이라 할 수 있었다.

비파랑은 서둘러 바닥에 귀를 대보더니 다급한 목소리로 말했다.

"누군가 오고 있습니다. 십여 명 정도 되는데 모두 말을 탔군요."

용악산은 그제야 그가 세심하게 지맥까지 살펴 칼을 거꾸로 박아놓은 이유를 알 수 있었다.

천웅을 사냥하고, 말린 말똥으로 모닥불을 피우고, 심지어는 칼을 이용해 천리지청술을 펼치는 것까지. 비파랑은 보면 볼수록 묘한 사내였다.

묘한 사내 비파랑이 말했다.

"지금 초원에서 말을 탄 무리는 세 종류밖에 없죠. 저처럼 고향으로 돌아가는 정마대전의 참전용사들이거나 거상의 물자를 노리는 마적들, 그리고 세 번째가 가장 최악의 경우인데… 바로 마도의 패잔병들이지요."

마도 패잔병이라는 말에 용악산은 가슴 한쪽이 아려왔다.

십만마도가 얼마나 많은데 무림맹이 그들을 다 죽이나.

지금쯤 살아남은 많은 마인들이 파편처럼 천하 각지로 흩어지고 있을 것이다.

엄격히 말하면 자신 역시 패잔병이라 할 수 있었다. 종사가 끝내 자신을 세상에 내놓지 않음으로써 공식적으로는 존재하지 않은 유령이라는 것만 빼면.

"어떻게 할 생각입니까?"

용악산이 물었다. 저들이 누구이든 불필요한 충돌을 피하고
싶었다.

"일단 기다려 보지요. 평원의 모닥불은 사람을 부르게 마련
이니까요."

"......?"

"이렇게 가까이 있으니 어딜 가든 마찬가지일 거란 얘깁니
다. 불을 피우지 않고 밤을 지새우지 않는 한 말입니다."

악명 높은 고원의 겨울밤을 모닥불 없이 날 수는 없는 일.
두 사람은 우선 기다려 보기로 했다. 만약의 경우를 대비해
손을 뻗으면 닿을 수 있는 거리에 칼을 두는 것도 잊지 않았
다.

과연 잠시 후 저만치 언덕 너머로 십여 명의 말을 탄 사람들
이 모습을 드러냈다. 두터운 가죽옷에 등에는 칼을 찼는데 하
나같이 기도가 범상치 않았다.

그들은 서두르지 않는 적당한 속도로 다가오더니 십여 장
정도의 거리에서 말을 멈추었다. 그중 사십대 중반으로 보이
는 무인이 우렁차게 말했다.

"우리는 무림맹 제칠타격대 소속 조원들이오. 정마대전에
참전했다가 고향으로 돌아가는 길에 모닥불을 보고 왔소이다.
적이 아니라면 곁불이라도 쬘 수 있게 해주시오!"

"하하하. 알고 봤더니 무림맹의 형제들이셨군요. 자자. 어
서들 오십시오. 저는 신강무가연합 소속으로 기련검(祁連劍)

노일야 대협 밑에서 참전을 했습니다."

비파랑이 말했다.

"오오, 여기서 신강무가연합의 형제들을 보게 되었구려. 마적이나 마인놈들이 아닐까 내심 걱정했는데. 다행입니다. 하하하."

적이 아님을 확인하자 십여 명의 무인들은 말에서 훌쩍 내려 모닥불가로 모여들었다.

풀 한 포기 없는 겨울의 평원에서 모닥불은 귀하기 짝이 없는 존재였다. 새로 나타난 사람들은 술 한 동이를 내놓았다.

비파랑은 노릇하게 익은 천웅을 권했다. 천웅 한 마리가 어지간한 닭 몇 마리보다도 컸으니 배불리는 못 먹어도 약간이나마 허기를 달랠 만큼은 되었다.

금세 모닥불 주변은 오고가는 사람의 온기로 훈훈했다.

새로이 나타난 인물들은 하나같이 체격이 건장하고 기세가 흉흉했다. 정마대전을 치르면서 신경이 날카로워진 탓이라고 치부하기엔 석연치 않은 구석이 있었다.

우선 그들이 앉아 있는 자세와 방향이 문제였다.

겉보기엔 온기를 나누기 위해 다닥다닥 붙어 있는 것 같지만 용악산의 눈에는 누군가를 중심으로 방위를 점하고 있는 것으로 보였다.

그 누군가는 왼쪽에서 두 번째 앉은 사내.

삼십줄이나 되었을까?

다른 이들에 비해 십 년 정도나 더 젊어 보였지만 그의 전신에서 풍기는 기도는 상상을 초월하는 것이었다.

마치 한 자루 잘 벼린 칼 같다고나 할까.

아니, 그것으로는 부족했다.

수백수천 명의 목숨을 앗아간 칼이 제 스스로 생명력을 지녀 귀물이 된다면 바로 저런 모습일 것이다.

그의 주변에 있는 다른 장한들도 사정은 마찬가지였다.

그러나 이면에 보이는 그런 섬뜩함과는 달리 표정은 온화했고 태도는 공손했다.

각자가 밝힌 내력 외에는 서로의 진짜 신분을 확인할 길이 없는지라 훈훈한 가운데도 팽팽한 긴장감이 이어졌다.

그건 비파랑과 용악산의 사이도 마찬가지였다.

술이 적당히 돌았을 때쯤 비파랑이 용악산에게 전음을 전해 왔다.

[사람을 죽여본 일이 있습니까?]

[……?]

[없다면 지금부터 경험을 하셔야 할 겁니다.]

[무슨 뜻이오?]

[정신 바짝 차리고 지금부터 제가 하는 말 잘 들으십시오. 저들은 무림맹의 무사들이 아닙니다.]

[그게 무슨……?]

[무림맹 제칠타격대는 한 달 전 설빙곡에서 전멸했습니다.]

[하면 저들은……!]

[마도의 패잔병들입니다.]

[마적들일 수도 있지 않소?]

[평원의 마적들은 말을 저렇게 다루지 않습니다. 태생이 유목민들이라 언제나 모닥불에서 가장 가까운 자리를 말에게 양보하지요.]

용악산은 비파랑의 예리한 관찰력에 혀를 내둘렀다.

사실 용악산은 저들이 마인이라는 걸 이미 눈치채고 있었다. 애써 감추고는 있지만 경계를 할 때마다 드러나는 미세한 마기를 느꼈기 때문이었다.

용악산이 망설이는 사이 비파랑이 다시 전음을 보내왔다.

[왼쪽에서 두 번째에 앉은 자가 두목입니다. 내가 저놈을 향해 선공을 할 테니 용악산 형은 좌우 두 놈을 맡아주십시오. 두 합 정도 나눌 시간만 벌어주면 어떻게 할 수 있을 것 같습니다. 남은 자들은 서로 등을 맞대고 싸우기로 하지요. 물론 우리 둘 다 살아 있다면 말입니다.]

두 번째 앉은 자가 두목이라는 것에는 용악산도 같은 생각이었다. 하지만 용악산은 비파랑이 모르는 걸 한 가지 더 알고 있었다.

조금 전 그가 술잔을 받느라 손을 뻗었을 때 소매 사이로 슬쩍 드러난 문신.

얼핏 보면 화살촉처럼 보이지만 그건 혈랑의 송곳니였다. 송곳니가 여덟 개였으니 용악산의 짐작이 틀리지 않는다면 사내는 아마도……

'설마……!'

[먼저 죽이지 않으면 우리가 죽습니다.]

용악산의 상념을 깨뜨리며 비파랑이 전음을 보내왔다.

[만만치 않아 보이오만.]

[쉽지는 않을 겁니다. 다행히 첫 번째 기습이 성공한다면 좋
겠지만 그렇지 않을 경우 두 번째 초식에 모든 희망을 걸어야
겠죠. 아마 더 이상의 기회는 없을 겁니다.]

놀랍게도 비파랑은 상대를 평가하는데 인색하지 않았다.

더불어 자신의 무공을 과대평가하지도 않았다. 무공에 대한
자부심이 강한 무인들에게서는 좀처럼 보기 드문 모습이었다.

용악산은 비파랑이라는 사내에게 점점 호감을 느꼈다.

그때 비파랑이 맞은편의 사내를 향해 술잔을 내밀었다.

사내가 적당한 미소와 함께 술잔을 받았고 비파랑이 다시
술을 따랐다. 그러다 갑자기 호들갑을 떨었다.

"이크, 고기 다 타네. 다 타."

비파랑은 서둘러 술병을 내려놓은 다음 자연스럽게 모닥불
곁에 꽂아두었던 만곡도를 쑥 뽑아 들었다.

순간 좌중이 촉수를 건드린 독물처럼 바짝 얼어붙었다.

사람들은 반사적으로 허리춤에 찬 도갑에 손을 가져갔다.

비파랑은 아무렇지 않게 모닥불 위에서 익어가는 천웅의 다
리를 쓱쓱 잘랐다.

그제야 사람들은 허리춤으로 가져갔던 손을 슬그머니 치웠
다. 그러나 천웅의 다리가 반쯤 잘려졌을 때.

"타앗!"

비파랑이 일갈을 내지르며 튕겨 나갔다.

만곡도는 발톱을 세운 천응처럼 곧장 맞은편 사내의 심장을 갈랐다.

예기치 못한 상황에서 뜻밖의 기습.

그러나 용악산은 알고 있었다. 비파랑이 만곡도를 뽑는 순간부터 사내의 시선이 칼을 떠나지 않았다는 것을.

사내는 경악스런 반사신경으로 몸을 튕겼다. 동시에 오른팔을 안으로 감아 칼을 쳐낸 다음 왼손으로 비파랑의 어깨를 향해 강력한 일장을 먹였다.

파앙!

강기가 터져 나가면서 가죽북 때리는 소리가 났다.

한데 비파랑의 이어지는 반응이 용악산의 눈을 치켜뜨게 했다.

어깨가 통째로 내려앉는 치명적인 부상을 당하는 순간에도 그는 상대의 힘을 역이용한 차륜술로 몸을 회전했다.

곧장 수평으로 휘두르는 칼의 연장선에 사내의 목이 있었다.

어깨를 주고 목을 취할 심산인 것이다.

어쩌면 비파랑은 처음부터 두 번째 초식을 노렸는지도 모르겠다. 그렇다면 비파랑은 백전노장의 경험을 지닌 자다.

경험에는 기연이 없는 법. 그건 곧 그가 수많은 실전을 통해 무공을 완성했다는 말이 된다.

하지만 사내의 반응은 더더욱 놀라웠다.

그 찰나의 순간에도 칼을 뽑아 올려 자신의 목을 가로막았다.

깡!

금속과 금속이 충돌하면서 강맹한 불꽃이 튀겼다.

그런데 놀랍게도 사내의 칼이 튕겨 나면서 목을 가로질러 붉은 혈선이 생겼다. 내공에 이어 원심력까지 가미된 만곡도의 기세를 사내의 칼이 견디지 못한 것이다.

사내의 가슴은 목에서 흘러내린 붉은 액체로 순식간에 축축해졌다.

그러나 사내의 판단 또한 놀랍도록 냉정했다.

그 촉박한 순간에도 비파랑을 향해 숨 돌릴 틈을 주지 않고 반격을 했다. 굶주린 맹수의 본능처럼 전투 감각이 몸에 밴 자였다.

비파랑은 또 한 번 각을 세운 사내의 곡정(曲釘:팔꿈치)을 가슴으로 받아야 했다.

이번엔 그 속도가 사뭇 달랐고 비파랑은 미처 내력을 끌어올릴 틈이 없었다.

빠악!

"쿨럭!"

한순간 푹 꺼지는 가슴과 함께 비파랑이 단말마를 토해냈다.

동시에 사내의 품속에서 무언가 번쩍했다가 사라졌다.

그 무렵 다른 사람들도 불같이 일어서며 일제히 도검을 뽑아 쥐었다. 적들이 도검을 뽑아 쥐는 순간 용악산은 모닥불을 발로 '뻥' 찼다.

시뻘겋게 타오르던 불꽃들이 폭죽처럼 터지면서 암중에 격사한 무형의 강기와 함께 적들에게로 향했다.

강기를 맞은 불꽃은 그 하나하나가 예리한 암기와 같았다.

적들은 얼굴을 파고드는 불똥에 한순간 시야를 잃고 주춤주춤 물러났다.

한편, 이미 두 번의 공격을 실패한 비파랑은 겨우 상대의 공세에서 빠져나와 용악산과 등을 맞댔다.

"하아하아. 뭐 하는 녀석인지 장난이 아닙니다."

"괜찮소?"

"그런대로 견딜 만합니다. 그나저나 상황이 아주 엿같이 되었군요."

확실히 골치 아픈 상황이었다.

기습으로 적의 예봉을 꺾지도 못했고 누구 하나 부상을 입히지도 못했다. 그야말로 벌집만 건드려 놓은 채 죽음을 기다려야 하는 상황. 이제 용악산이 나서야 할 차례였다.

"나한테 맡겨주시오."

"어쩌시려고요?"

용악산은 대답 대신 앞으로 나섰다.

저들을 물러나게 하는 것은 방법 여하에 따라 손바닥을 뒤집는 것보다 쉬울 수도 있었다.

하지만 그는 자신의 정체를 드러낼 수 없었다. 그는 과거에도 존재하지 않았고 앞으로도 존재하지 말아야 할 사람이다.

용악산은 비파랑과 부딪쳤던 젊은 사내를 향해 말했다.

"수하들을 데리고 조용히 물러가는 것이 어떻겠소?"

"그대는 누구인가? 무림맹의 무사 같지는 않은데."

심검을 담은 낮고도 음산한 목소리.

비파랑의 만곡도에 당했던 상처는 하얗게 서리가 낀 상태였다. 더불어 쉴 새 없이 쏟아내던 피도 멈추었다.

'백화(白化)?'

치명적인 혈흔에도 불구하고 저토록 순식간에 백화를 만들수 있다면 빙백신공(氷白神功)의 대성을 눈앞에 두고 있다는 증거.

더불어 이들의 신분이 확실해지는 순간이었다.

살려둔다면 장차 정파무림의 대적이 될 것이요. 죽인다면 십종가(十宗家) 전체와 피의 전쟁을 치러야 할 것이다.

"여러 번 말하지 않겠소. 물러나면 살 것이고. 맞서면 대가를 치르게 될 것이오."

용악산이 말했다.

고원의 삭풍처럼 메마른 음성. 입에 칼을 물고 말을 한다면 저런 목소리가 나올까.

사람들은 온몸의 털이 곤두서는 충격을 받았다. 더불어 도검을 쥔 손에도 자연스럽게 힘이 들어갔다.

"그대가 누구인지 모르나, 말 한마디에 물러난다면 칼을 들자격이 없을 터!"

사내는 말과 함께 신형을 날렸다.

용악산의 허리춤에서 은빛 도신이 번쩍인 것도 동시였다.

쒜애애액! 깡깡! 쒜액! 쒜액!

허공에 두 개의 칼이 교차하며 대기를 찢고 불꽃을 만들어 냈다. 반경 일 장이 한기로 가득 차며 전신의 혈도를 얼려왔다.

빙백신공의 위력이다.

단언하건대 일 갑자 아래의 공력을 지닌 자라면 놈과 칼을 부딪치는 것만으로도 온몸에서 전율이 일어날 것이다.

비파랑의 무공이 훌륭했지만 기습이 아니었다면 결코 그의 옷자락 하나 건드리지 못했을 것이다.

하지만 빙백신공에도 천적은 있다.

화룡토(火龍吐)!

전설로만 전해지는 마도백가(魔道百家)의 무공이다.

용악산은 강렬한 화기를 담은 두 개의 강렬한 빛을 허공에 그은 후 한 걸음 물러났다.

사내는 화끈한 불 맛을 느끼며 그대로 멈췄다.

그가 천천히 고개를 내렸을 때는 자신의 가슴을 불로 지진 듯한 두 개의 칼자국을 보아야 했다.

화기가 조금만 깊었다면 지진 것은 가죽옷이 아니라 사내의 심장이었을 것이다.

믿을 수 없었다. 사내가 목소리를 쥐어짰다.

"이럴 수가… 빙백신공은 무적이거늘!"

"멸천대주(滅天隊) 장산벽! 속히 수하들을 데리고 떠나라!"

용악산은 돌연 자신과 부딪쳤던 사내의 너머에 있는 장한을 향해 말했다.

진짜 두령은 그자였다.

역용으로 얼굴을 숨기고 수하로 하여금 자신의 행세를 하게 했지만 용악산의 예리한 눈을 피하진 못했다.

사실 용악산도 방금에서야 그 사실을 깨달았다.

진짜 빙백신공이라면 제아무리 미완성이라 해도 이토록 쉽게 깨지지는 않았을 테니까.

마도의 백팔타격대 중 최강이라는 평가를 받았던 멸천대의 수장 장산벽. 그는 용악산을 한동안 침잠한 눈으로 살펴보다 수하들에게 말했다.

"돌아간다!"

그의 말이 떨어짐과 동시에 십여 명이 표표한 신법으로 말에 올라타 지축을 울리며 사라졌다.

그들의 모습이 보이지 않게 되자 비파랑은 털썩 주저앉았다.

오른쪽 어깨는 내려앉았고 왼쪽 가슴에는 짧은 비수가 하나 꽂혀 있었다. 장산벽의 수하가 곡정으로 비파랑의 늑골을 부수는 순간 비수를 박은 것이다. 마지막 한 수까지 집요한 자.

"도대체… 저 괴물은 뭡니까? 진짜배기는 따로 있는 것 같던데……."

비파랑이 꺼져 가는 숨을 겨우겨우 몰아쉬며 말했다.

"십종가의 혈족입니다."

용악산이 서둘러 비파랑의 상처를 살피며 말했다.

"서, 설마 불사의 마공을 추구한다는 그 마도명가?"

"아마 그럴 거요."

"후후. 이거 생각보다 거물을 건드렸었군요."

"말을 하지 마시오."

그러나 비파랑은 자신의 상처를 살피는 용악산을 물끄러미 바라보며 말했다.

"그나저나 진짜 고수는 따로 있었군요."

단 일격에 악명 높은 마도 타격대의 대주를 혼쭐내서 쫓아 버렸으니 비파랑이 놀라는 것도 무리는 아니었다.

그러나 용악산은 비파랑의 말에는 대꾸를 않고 계속 상처만 살폈다. 부상이 여간 심각한 게 아니었다.

"소용없습니다."

비파랑은 그 말을 대수롭지 않은 듯 웃으면서 말했다.

확실히 그랬다. 비수가 꽂힌 방향으로 보아 틀림없이 심장을 향하고 있었다. 비수를 뽑는 순간 비파랑의 심장은 멈추고 몸은 싸늘하게 식어갈 것이다.

벌써부터 비파랑의 눈동자에는 기광이 어리고 있었다.

회광반조!

죽음을 앞둔 자가 지나온 삶을 반추하는 생의 마지막 불꽃.

"내가 어떻게 해주면 되겠소?"

용악산이 상처에서 손을 떼며 말했다.

그가 고통없이 죽여 달라면 그렇게라도 해줄 생각이었다.

그것이 용악산이 해줄 수 있는 마지막 호의였으므로.

한데 비파랑은 아주 뜻밖의 말을 해왔다.

"부탁이 하나 있습니다."

＊　　　＊　　　＊

"항주에 가면… 금룡관(金龍館)이라는 곳이 있습니다. 이걸 좀… 전해주십시오."

"눈치챘겠지만 난 마인이오. 귀중한 물건 같은데 받고서 모른 척하면 어쩌려오?"

"마인은 곧 악인이라는 생각엔 변함이 없습니다. 하지만… 용악산 형이라면 어쩐지 약속을 지켜줄 것… 같습니다. 염치없지만… 부탁합니다."

용악산은 평원의 얼어붙은 땅을 파고 비파랑을 묻어주었다.

대종사를 제 손으로 묻고 돌아선 지 보름만의 일이었다.

용악산은 생전에 비파랑이 지녔던 만곡도를 그의 무덤 곁에 꽂아주었다. 쉬지 않고 부는 평원의 바람에 수실이 어지럽게 나부꼈다.

수실의 끝에는 하나 남은 은령이 수실을 따라 흔들렸다. 이렇게 하면 누군가 근처를 지날 때 그가 알아차릴 수 있을 것이다.

"심심하지는 않겠지."

작별 인사 같은 한마디를 남겨두고 용악산은 무덤가에 놓인 바랑을 집어 들었다. 비파랑이 항주의 금룡관에 전해달라던 물건이었다.

용악산은 계속해서 동쪽으로 향했다.

지옥 같은 평원의 밤은 여전히 기승을 부렸고 목마름과 배고픔도 이어졌다.

하지만 예전만큼 힘들지는 않았다. 비파랑이 그랬던 것처럼 용악산은 죽은 척 위장해서 맹금류를 사냥했고 말똥을 말려 모닥불을 지폈다.

밤에는 수실이 달린 칼을 거꾸로 꽂아놓고 잤다.

수실의 끝에는 은령이 하나 달려 있었다. 애초 두 개였던 비파랑의 은령 중 하나를 자신이 가져온 것이다.

그렇게 하면 자는 동안에도 천리지청술을 펼칠 수가 있어 마적들이나 고향으로 돌아가는 무림맹의 참전무사들을 피하는데 도움이 되었다.

열흘째 되던 날 용악산은 모닥불가에서 비파랑이 주고 간 바랑을 처음 열어 보았다. 속에서 나온 것은 정성스레 싼 비단 보자기와 한 권의 서책이었다.

비단 보자기 속에 무엇이 들었는지는 알 수 없었다. 어차피 남의 물건이었으므로 그걸 열어볼 생각도 하지 않았다.

하지만 서책은 달랐다. 비파랑은 무슨 이유에선지 보자기 속에 든 책은 자신에게 주는 것이라고 했다.

북풍십삼막(北風十三鏌)!

북쪽에서 바람을 일으킨 열세 개의 대도?
닳아빠진 서책의 겉표지에는 그렇게 적혀 있었다.
원래 막(鏌)은 명검의 이름이었으나 후대에 이르러서는 큰
칼이나 창을 의미하기도 했다.
그러니 용악산의 해석은 그리 틀린 것이 아니었다.
하지만 거창한 이름과 달리 엉성한 필체는 누군가 급하게
필사한 기색이 역력했다. 용악산은 별 기대 없이 책장을 펼쳤
다.

본시 이 도법은 동토의 땅을 떠돌던 열세 개의 이민족들에게서
유래된 것으로……

첫 장엔 무공의 시초에 대한 기록이 적혀 있었다. 떠도는 이
민족이라고 하는 것을 보니 유목민의 일족인 것 같았다.
자연 환경이 열악한 북방 지역은 예로부터 약탈 경제를 근
간으로 하는 사나운 기마민족들이 많이 살았다.
자연히 무공이 발전하게 마련이고 특히 기마무술을 근간으
로 한 패도적인 도법이 꽃을 피웠다.
아마도 비파랑은 그런 유목민 전사들과 밀접한 관계가 있는
것 같았다. 평원에서 생존하는 법을 아는 것이 그랬고, 한족의

그것들과는 어딘지 다른 이름이 그랬다.

책장을 넘기자 각각의 초식을 묘사한 그림과 명칭이 적혀 있었다. 과연 말을 탄 채 초승달처럼 구부러진 만곡도를 휘두르는 장면이 주를 이루었다.

무인의 기상은 웅혼했으며 동작은 패기로 넘쳤다. 그것이 지나쳐 다소 잔인하게까지 보일 정도였다.

하지만 거기까지였다.

비급에 적힌 무공은 용악산의 관심을 그다지 끌지 못했다.

마도백가의 무학을 두루 섭렵한 용악산이었다. 창룡의 등에 올라탄 사람에게 호랑이의 기세가 눈에 찰 리 없었다.

정작 용악산의 관심을 끈 것은 비급의 필사 방식이었다.

대개의 서책이라는 것이 앞과 뒤를 모두 필사하게 마련인데 희한하게도 이 비급은 한쪽 면만 필사를 해놓은 상태였다.

그 반대편의 여백은 깨알 같은 글씨들이 채우고 있었다. 놀랍게도 그것은 비파랑이 지난날을 회상하면서 쓴 일기였다.

내가 살던 골짜기는 일 년 내내 눈이 녹지 않는 곳이었다.

온통 눈 덮인 산봉우리와 짐승들뿐인 그곳에서 나는 아버지와 단둘이 살았다.

아버지는 내게 활 쏘는 법과 사냥하는 법을 가르쳤다. 사냥으로 잡은 짐승은 평원에서 만난 유목민들의 물건과 바꾸었다.

그때까지 나는 사냥꾼들이 사는 골짜기와 유목민들의 평원이 세상의 전부인 줄 알았다.

그런데 내 나이 아홉 살 때 다른 세상의 사람이 찾아왔다.

그녀는 부친의 손을 잡고 골짜기로 들어섰다. 노리개 같은 당혜(唐鞋)를 신고 눈밭을 아장아장 걷던 모습이 지금도 눈에 선하다.

"오빠, 고마워."

그녀는 넘어진 자신을 일으켜 주던 내게 그 조막만한 입술로 그렇게 말했다. 오빠… 오빠…….

그녀를 다시 만난 건 삼 년 후 내 나이 열둘, 그녀의 나이 아홉 살 되던 해였다.

그녀는 이번에도 부친과 함께 골짜기로 들어섰다. 그러나 예전처럼 부친의 손을 잡지도 않았고 아장아장 걷지도 않았다.

나는 하루 종일 그녀를 따라다녔지만 넘어지지도 않았다. 하지만 부친과 함께 떠날 때 내게 손을 흔들어주며 말했다.

"오빠, 다음에 또 봐."

다음에 또 봐… 다음에 또 봐…….

나는 평생 그 말을 가슴에 안고 살았다.

그날 이후 그녀는 더 이상 골짜기를 찾아오지 않았다. 이따금씩 그녀의 아버지가 찾아오기는 했지만 언제나 혼자였다.

내가 사는 골짜기에서 그녀가 사는 또 다른 세상까지는 말을 타고도 두 달이 걸리는 먼 거리라는 걸 그때 알았다.

그리고 또 한 가지 그녀와 내가 복중혼약한 사이라는 것도…….

모두가 한 여자에 대한 절절한 그리움의 기록이었다.

필시 비파랑이 어렸을 때 만난 누군가를 그리워하며 적은 것이리라.

용악산은 계속해서 천산남로를 걸어갔고 이따금씩 모닥불 가에 앉아 비파랑이 남긴 비급을 살폈다.

괴로움을 잊는 데는 역시 무언가에 몰두하는 것이 가장 좋았고 용악산에게는 그것이 무공이었다.

북풍십삼막은 그다지 훌륭한 도법처럼 보이진 않았다.

자고로 무공이란 그것을 구성하는 초와 식이 끊이지 않고 면히 흘러 비로소 온전한 합을 이루어야 한다.

더불어 어떤 초식과 연동되더라도 자연스럽게 조화를 이뤄야 한다. 그 방식에는 수만 개의 조합이 있고 각각의 조합은 적을 쓰러뜨리고 자신의 목숨을 구할 수 있는 오의를 담고 있어야 한다.

여기에 창안자의 고뇌가 있는 것이다.

하지만 북풍십삼막은 이상하게 그 어떤 초식을 연결해도 자연스럽지 못했다.

열세 개 부족의 무공을 모은 것이라서 그럴까? 아니면, 용악산이 미처 알지 못하는 어떤 심오한 무리를 담고 있어서 일까?

한 가지 확실한 것은 비파랑이 보여준 그 놀라운 무공이 북풍십삼막을 바탕으로 하고 있다는 점이다.

용악산은 무공의 독해가 막힐 때면 뒤편의 또 다른 기록들을 읽었다. 비급에는 비파랑의 일기 외에도 그가 평원을 유랑하면서 만난 유목민들에 대한 정보가 꼼꼼히 적혀 있었다.

주로 유목민들의 사냥술과 평원에서의 생존법, 무구(武具)를 만드는 방법 등에 관한 것이었다.

용악산 역시 세외에서 한 시절을 보냈는지라 평원의 유목민들에 대해 어느 정도 안다고 자부했다.

하지만 비파랑이 남긴 유목민들의 기록은 온통 낯설고 신기한 것들 투성이었다.

가령, 늑대나 천웅 같은 맹수를 부리는 법이라든지, 바람을 살펴 날씨를 점치는 법, 지맥을 살펴 물을 찾는 법 등은 무척이나 생경하면서도 한편으론 사실적이어서 놀랍기까지 했다.

도대체 그는 어떤 유목민들을 만난 것일까?

용악산은 다시 비파랑의 일기를 살폈다.

열다섯이 되던 해 나는 그녀를 찾아갔다.

중요한 일로 상단을 따라 중원으로 가는 길에 엿새간 짬이 났던 것이다. 나는 단주에게 양해를 구하고 사흘 밤낮을 달려 그녀가 있는 항주로 향했다.

하지만 그녀를 볼 수는 없었다. 하필이면 그때 아버지와 함께 태호로 달 구경을 갔을 줄이야. 사람들은 내일이면 돌아올 거라며 하루만 머물러 보라고 했지만 난 돌아설 수밖에 없었다.

그래도 좋았다.

그날 그녀와 나는 하루의 거리만큼 가까워졌으니까.

일 년 뒤 여행을 마치고 천산으로 돌아왔을 때는 서신이 와 있었다. 항주에서 그녀의 아버지가 보낸 것이었다.

그는 뒤늦게 내가 다녀갔다는 소식을 듣고 그녀와 함께 서둘러 복건까지 달려갔다고 했다.

복건은 내가 참여했던 상단의 최종 목적지였다. 하지만 상단은 이미 떠난 후였고 두 사람은 우리를 놓치고 말았다.

그녀와 나는 이번에도 하루의 거리를 두고 만나지 못했다.

그는 섭섭한 마음을 달래려 그녀가 신던 당혜 한 켤레를 보냈다. 몸은 떨어져 있지만 마음만은 그곳으로 보낸다는 말과 함께.

해가 뜰 무렵 용악산은 거대한 호수 나포박(羅布泊)을 눈앞에 두고 있었다. 오래전부터 평원의 유목민들 사이에서는 방황하는 호수에 대한 전설이 있었다.

바람에 의해 해마다 그 위치를 바꾸는 바람에 유령의 호수라고도 불리는 신비의 바다. 대하(大河:황하)의 시원이자 누란(樓蘭:뛰어난 철기문명을 지녔다는 고대왕국)의 전설이 있는 곳.

대종사는 이곳에서 마도의 새 하늘을 여는 첫걸음을 내딛었다.

그가 꿈꾸던 마도천하는 어떤 세상이었을까?

그는 왜 마도의 종가들조차 속여 가며 자신 같은 괴물을 만들어낸 것일까? 그러면서도 왜 끝내 세상에 드러내지 않고 죽어간 것일까?

그녀가 달을 좋아한다는 걸 안 후로 나는 언제나 밤하늘을 보았다.

그녀와 나의 거리 팔천 리.

말을 타고 쉬지 않고 달려도 두 달이 걸리는 길.

대륙은 우리를 갈라놓았지만 우린 밤마다 밤하늘에서 만났다. 아아, 그녀는 어떻게 변했을까?

아직도 나를 기억하고 있을까?

용악산은 이제 천산남로의 끝 지점을 걷고 있었다.

말이 천산남로지 사실은 대평원을 벗어나 중원의 관문이랄 수 있는 옥문관(玉門關)을 들어서고 있었다.

옥문관에 도착한 후 용악산은 잠시 망설였다.

여기까지는 자신의 의지에 의해 온 길이었지만 나머지는 비파랑의 부탁한 일을 위해 걸어야 했다. 우연히 스치듯 만난 사람을 위해 항주까지 가야 한다는 것이 과연 자신에게 어울리는 일일까?

하지만 용악산의 고민은 그리 오래가지 않았다.

그는 다음날 동서대상로(東西大商路)를 탔다.

서역에서 온 거상들이 대륙을 가로질러 갔던 길. 바로 그 동서대상로의 끝에 운하와 호수의 도시 항주가 있었다.

비파랑이 남긴 마지막 일기를 읽은 직후의 일이었다.

그녀의 아버지가 편지를 보내왔다.

그는 아버지의 죽음에 대해 슬퍼했고 내 아버지와 살아생전 했던 약속을 지키고 싶다고 했다.

그녀와 나를 짝지어주고 싶다는 것이다.

하지만 난 그녀를 만나러 갈 수 없었다. 내가 얼마나 약한지 비로소 알게 되었기 때문이었다. 강자만이 살아남는 세상의 비정한 법칙을 깨달았기 때문이었다.

난 강해지기로 결심했다.

그리고 당당한 모습으로 그녀의 앞에 나타나기로 했다.

내 나이 열아홉, 그녀의 나이 열여섯. 사냥을 나갔던 내 아버지가 우연히 마주친 천마신교의 마인들에게 죽임을 당하던 해의 일이었다.

第二章

괴상한 사형제

天山刀客

항주에 대한 세간의 평가는 보는 이의 시각에 따라 크게 세 가지로 나뉜다.

　일확천금을 꿈꾸는 이들에게는 도박과 향락의 도시로, 풍류를 동경하는 시인 묵객들에게는 운하와 호수의 도시로, 그리고 마지막으로 무(武)를 숭상하는 무림인들에게는 남궁세가의 오대외장 중 하나인 구룡장(九龍莊)이 있는 곳으로.

　항주에 도착한 후 용악산은 줄곧 비파랑이 말한 금룡관을 수소문했다. 하지만 어쩐 일인지 금룡관을 아는 이가 없었다.

　중원무림의 축소판이라고 불릴 만큼 많은 방파와 무가가 산재한 곳이니 당연한 일일지도 모른다.

　"아, 서동 뒷길에 있는 조가촌을 말하는가 보군요."

조가촌을 아느냐는 물음에 점소이가 한참 만에 내놓은 대답이었다.

항주 사람들은 항주를 동서남북으로 나누어 각각 동항주, 서항주, 남항주, 북항주로 불렀는데, 서동은 그중에서도 서항주의 대로를 말하는 것이었다.

용악산이 금룡관 대신 조가촌을 물은 것은 비파랑의 일기에 조가촌에 대한 언급이 잠깐 있었기 때문이었다.

"여기서 얼마나 멀지?"

"뭐 할랑할랑 걸으면 반시진 만에 도착하죠."

그때 우당탕 소리와 함께 이층 계단에서부터 묵직한 덩어리하나가 굴러 떨어졌다.

"아이코. 코야!"

덩어리가 코를 잡고 비명을 질러서야 용악산은 그것이 사람이라는 것을 알았다.

사내가 상체를 일으켜 소매로 코밑을 쓰윽 닦는데 하늘을향해 뻥 뚫린 들창코에서 붉은 액체가 주르륵 흘러내렸다.

"으허억. 코, 코피!"

그가 덩치에 어울리지 않게 호들갑을 떠는 사이 이층에서몇 사람이 내려왔다. 하나같이 험악한 인상에 거친 냄새를 폴폴 풍기는 자들이었다. 그들은 쓰러진 들창코의 앞에서 멈추었다.

그중 흑의인이 뒷짐을 진 채 말했다.

"간이 배 밖으로 나와도 유분수지. 감히 내 앞에서 속임수를 써?"

"이, 이봐. 독사. 그게 어떻게 된 거냐면 말이야."

"시끄러!"

독사라 불린 흑의인이 일갈과 함께 눈짓을 하자 좌우에 있던 두 사람이 들창코의 팔을 양쪽에서 붙잡았다. 팔을 꺾고 어깨를 누르는 솜씨가 예사롭지 않았다.

"아야야야… 자, 잠깐. 말로 하자고, 말로."

들창코가 호들갑을 떨며 애원했지만 독사는 봐줄 생각이 전혀 없는 것 같았다.

"투전판에서 외수(外數:속임수)를 쓰면 어떻게 되는지는 네놈이 더 잘 알고 있을 터. 어디 보자. 패를 감춘 게 왼쪽 팔이렸다."

독사가 들창코의 손을 잡아 바닥에 쭉 폈다. 동시에 허리춤에서 손도끼를 뽑아 들더니 당장에라도 손목을 자를 것처럼 했다.

"이, 이건 모함이야, 모함. 난 절대 속임수를 쓰지 않았어!"

"내 이 두 눈으로 똑똑히 봤는데도 모함이라고? 이 뻔뻔하기 짝이 없는 놈!"

독사는 억울함을 토로하는 들창코를 무시하고 도끼를 높이 치켜들었다. 그때 다른 탁자에서 식사를 하고 있던 사내 하나가 화들짝 놀라서 달려왔다. 추레한 몰골에 뱁새눈의 사내는 다짜고짜 독사를 향해 양손을 싹싹 비볐다.

"헤헤헤. 독사 형님. 그간 별래무양하셨습니까요?"

"넌 또 뭐야?"

"헤헤헤. 한 번만 봐주십시오."

"꼴에 사형이라고 편드는 거냐?"

"어쩌겠습니까요. 한솥밥 먹는 처지에 모른 척할 수도 없고. 제 얼굴을 봐서라도 이번 한 번만 좀 눈감아주시면 안 되겠습니까요? 그리고 이거⋯⋯."

뱁새눈은 독사의 곁으로 바짝 다가서더니 종이로 싼 무언가를 슬쩍 찔러주었다.

"뭐야?"

"삼십 년 묵은 하수옵니다. 며칠 전에 무악산에 올랐다가 우연히 캤지요. 푹 고아 잡순 다음 기루를 한 바퀴 휙 도시면 항주 유흥가가 들썩들썩할 겁니다요. 헤헤헤."

독사의 눈동자가 한순간 반짝했다. 하지만 곧 표정을 돌변하고는 말했다.

"험험. 아무리 그래도 그냥 보내줄 수는 없다. 팔목은 좀 그런 것 같고. 손가락 하나는 내놓고 가라."

독사의 말에 그의 동료인 듯한 두 장한이 또다시 들창코의 손가락을 바닥에 쫙 폈다. 그런데 놀랍게도 들창코는 손가락이 네 개밖에 없었다. 아마도 예전에도 비슷한 전력이 있는 것 같았다.

"이봐 독사. 제발 진정해. 난 절대 속임수를 쓰지 않았다니까. 맹세해! 맹세한다고!"

"아이고. 독사 형님. 제발 한 번만 봐주십시오."

사태가 심각하게 돌아가자 들창코와 뱁새눈이 연거푸 사정을 했지만 소용없었다. 독사는 기어코 도끼를 들어 들창코의 네 손가락 중 하나를 찍으려고 했다. 바로 그 순간 객점 문을 박차고 들어오는 이가 있었다.

쾅!

"자, 자룡아!"

"네가 여기 웬일이야?"

들창코와 뱁새눈이 화들짝 놀라면서 또 한편으로는 반가운 얼굴을 했다.

"독사! 그 도끼를 휘둘렀다간 넌 내 손에 죽는다!"

새로운 사내는 등장부터 심상치 않았다.

말의 내용으로 보아 앞선 두 사내와 일행인 듯한데 풍기는 기도는 사뭇 달랐다. 겉모습도 차이가 났다. 앞선 두 사람의 몰골이나 옷차림이 추레한데 반해 이 사내는 준수한 용모에 옷차림도 단정했다.

독사는 잠시 당황한 듯했지만 고개를 돌려 삼층을 한번 힐끔 보고는 다시 사내를 향해 말했다.

"오늘 조가촌의 꼴통들이 총출동하는 날이냐?"

독사의 입에서 조가촌이라는 말이 나오자 용악산은 더욱 호기심이 일었다. 자룡이라는 사내는 몇 걸음을 저벅저벅 걸어오더니 독사와 마주섰다.

"내 사형들을 건드리지 말라고 경고했을 텐데."

착 가라앉은 사내의 눈빛은 매섭기 짝이 없었다. 감정이 실리지 않은 음성은 얼음물이 뚝뚝 떨어지는 것처럼 차가웠다.

그러나 독사는 전혀 두려워하는 기색이 아니었다.

"나도 그러고 싶지만 네놈의 사형이라는 작자가 외수를 썼단 말이지. 그냥 넘어가면 이 바닥의 물이 흐려진다고. 무슨 말인지 알아?"

"그 바닥은 어차피 개판 아니었던가?"

"근데 아까부터 저 자식이 그냥 콱!"

독사가 칼을 뽑으며 달려가려는데 누군가 뒤에서 독사의 어깨에 한 팔을 척 올렸다. 단순히 한 팔을 올려놓았을 뿐인데도 독사는 바윗덩어리라도 짊어진 듯 그 자리에서 꼼짝을 못했다.

"접주(接南主)님!"

독사가 사내를 향해 황급히 뒤돌아 허리를 숙였다.

아마 어떤 흑도방파의 지역 책임자쯤 되는 모양이었다.

접주라는 사내는 떡 벌어진 어깨와 굳게 다문 입술에서 범상치 않은 무게가 느껴졌다.

그는 원래 삼층에 있었는데 아래층에서 소란이 일자 내려온 것이었다. 그의 뒤편에도 대여섯 명이 늘어서 있었다.

팔짱을 낀 채 재밌는 놀이를 구경하듯 서 있는데 짐승 같은 기운이 느껴졌다.

단순히 서 있는 것만으로도 위험하다는 분위기를 솔솔 풍기는 자들. 독사는 아마도 저들을 믿고 그렇게 당당하게 나온 것 같았다. 접주라는 사내가 독사에게 물었다.

"무슨 일인가?"

"별일 아닙니다. 예전에 알고 지내던 놈들하고 심심풀이 삼아 투전을 하고 있었는데 이놈이 외수를 쓰는 바람에……."

말을 하면서 독사가 아직도 바닥에 어정쩡하게 퍼질러 앉아 있는 들창코를 가리켰다.

하지만 접주는 들창코에게는 시선도 주지 않고 조금 전 문을 박차고 들어온 사내를 향해 말했다.

"오랜만이군. 표자룡."

"사형을 풀어주어라."

여전히 감정이 실리지 않은 차가운 음성.

"아직도 이런 작자들과 한솥밥을 먹고 있나? 자네 오성이 아깝군. 어떤가? 우리와 일해 볼 생각은 없나? 내 제안은 아직 유효하다."

차앙!

표자룡은 대답대신 허리춤에 찬 검을 뽑아 들었다.

"말이 안 통하면 검으로 해결해도 좋고."

차앙! 차앙! 차앙!

표자룡의 반응에 접주의 뒤에 서 있던 너댓 명의 사내가 일제히 칼을 뽑아 들었다. 그들 중에는 독사도 있었다. 그는 당장에라도 표자룡에게 달려가 칼을 휘두를 것처럼 흥분했다.

분위기가 흉흉해지자 객점 안에서 밥을 먹고 있던 사람들이 줄줄이 옆으로 물러났다.

"후후. 그 성질은 여전하군."

접주가 말했다. 그리고는 독사를 보며.

"보내줘라."

"접주님!"

"보내주어라. 언젠간 제 발로 찾아올 놈이다."

제 발로 찾아올 거라는 말은 들창코가 아니라 표자룡을 두고 하는 말이었다.

접주는 그 한마디를 남기고는 마치 아무 일 없었던 것처럼 홀연히 삼층으로 올라갔다. 그와 함께 내려왔던 사내들도 칼을 거두고 뒤를 따랐다.

"흥, 오늘 운 좋은 줄 알아라!"

독사는 들창코를 밀치듯 던져 놓고는 수하로 보이는 자들과 함께 이층으로 올라갔다. 삼층까지는 감히 올라갈 생각을 못 하는 것으로 보아 아마 접주라는 자와는 상당한 신분의 차이가 있는 것 같았다.

괴상한 사형제들도 객점을 나갔다. 용악산은 그들을 따라나섰다.

                    *   *   *

객점을 나온 용악산은 십여 장 거리를 유지한 채 사형제들을 따라가고 있었다.

성격도 성격이지만 그들 사형제의 뒷모습 또한 가관이었다.

들창코는 덩치가 곰처럼 크고 뱁새눈은 반대로 새우처럼 작고 구부정했다.

　용감하게 나타나 사형을 구출했던 표자룡이라는 자는 지나
치리만치 반듯했다. 그들이 나누는 대화는 더욱 명물이었다.

　"그러게 거기가 어디라고 끼오. 끼길. 사부님께서 아시면
또 얼마나 경을 치려고."

　뱁새눈이 말했다.

　"너, 사부님에게 이를 거냐?"

　들창코가 놀라서 물었다.

　"흥. 무서운 줄을 알면 투전판 같은덴 끼질 말았어야지."

　"이번엔 정말 느낌이 좋았다고. 아아, 돈이 조금만 더 받쳐
줬어도 모조리 쓸어오는 건데. 쩝."

　"허구한 날 잃으면서 그놈의 느낌은 만날 좋대지, 만날."

　"둘째야, 네가 몰라서 그러는데 자고로 운빨이 돈빨을 못 이
기는 법이야. 내가 독사 그 자식한테 왜 밀렸는지 알아? 바로
돈이 모자랐기 때문이야. 돈! 돈으로 밀어붙이는 데는 장사 없
거든."

　"그건 그렇고. 속임수는 진짜 안 썼소?"

　"속임수를 안 쓰면 쪼는 맛이 나냐? 외수는 투전판의 꽃이
야, 꽃."

　"내 이럴 줄 알았지. 쯧쯧쯧."

　"아아, 그나저나 독사 그 자식은 도대체 어떻게 알았지?"

　들창코는 말을 하면서 왼손에 쥔 검패 하나를 소매 속으로
쓱 감췄다 꺼냈다 했다.

아까 들킨 동작을 연습해 보는 것이다. 그러다 갑자기 무언
가 생각난 듯 뱁새눈을 보며 말했다.

"그런데 너 무악산에는 언제 갔다 왔냐?"

"뜬금없이 그게 무슨 소리요?"

"아까 무악산에 올라가 하수오를 캤다며?"

"미쳤소? 힘들게 거길 왜 올라가."

"그럼."

"환희방(歡喜門) 사람들한테 얻었소."

"환희방? 너 아직도 그 위험한 놈들하고 어울리냐?"

들창코가 갑자기 걸음까지 멈추며 물었다.

환희방은 중원 전역에 퍼져 있는 기녀들의 동종 조합으로
하오문의 예하 조직이었다. 하오문에는 모두 아홉 개의 크고
작은 예하 조직이 있다고 알려져 있는데 그중 환희방은 방규
가 엄하고 거칠기로 악명이 높았다.

"어울리긴. 그냥 오다가다 만난 거요."

"오다가다 만난 환희방 놈들이 너한테 그 비싼 하수오를 왜
줘?"

"줄만 하니까 줬겠지."

"훔쳤구나."

"얻었다니까."

"훔쳤네. 이 자식. 제발 철 좀 들어라. 철 좀."

"흥, 누가 할 소릴"

들으면 들을수록 가관이었다.

한 놈은 투전판을 출입하는 것으로도 모자라 속임수를 쓰다가 손목을 잘릴 뻔하질 않나, 또 한 놈은 환회방의 물건을 훔치질 않나.

그나마 제일 멀쩡한 사람이라곤 시종일관 말이 없는 표자룡뿐이었다. 사형제들 중에 그가 제일 막내인 듯한데 용악산의 눈에는 자질이나 인품이나 모든 면에서 그가 제일 나아 보였다.

그때 표자룡이 갑자기 걸음을 뚝 멈추고는 뒤를 홱 돌아보았다.

"누군데 아까부터 따라오는 거요?"

용악산에게 하는 말이었다.

황소 같은 사내가 칼을 차고 뒤를 따르니 경계를 하는 건 당연했다.

용악산도 딱히 몸을 숨길 이유가 없는지라 적당한 거리만 유지한 채 따라가던 참이었다.

"조가촌에 산다는 얘길 들었소. 아까 객점에서."

"오라, 객점에 있었던 양반이로군. 그런데 형장도 조가촌으로 가시오?"

발걸음은 표자룡이 잡았는데 나서긴 들창코가 나서서 물었다.

"그렇소."

"거긴 왜?"

"그냥 볼일이 좀 있소."

용악산은 대충 얼버무렸다.

금룡관을 찾는다고 하면 틀림없이 꼬치꼬치 캐물을 것이고 그러면 한없이 귀찮아진다.

"하하. 잘됐시다. 우리도 마침 그쪽으로 가는 길이라오. 자자, 달도 좋고 하니 길동무나 합시다. 그런데 형장은 어디서 오셨소?"

낯선 사람인데도 불구하고 과도한 붙임성을 보인다 싶더니 역시 용악산의 예상이 맞았다.

들창코는 어깨를 나란히 하며 온갖 시시콜콜한 걸 물어왔다.

조가촌에는 무슨 일로 가느냐, 고향이 어디냐, 칼질은 좀 하느냐, 누이는 있느냐……

수다쟁이도 그런 수다쟁이가 없었다.

그때마다 대충 둘러대긴 했지만 평소 꼭 필요한 말만 하는 용악산에게는 고역이 아닐 수 없었다.

"천산? 휴우. 멀리서도 왔네. 그나저나 그곳엔 아직 마도의 잔당들이 남아 있다던데. 위험하지 않소?"

천산에서 왔다는 용악산의 말에 들창코가 보인 반응이었다.

용악산이 미처 대답하기도 전에 뱁새눈이 면박을 주었다.

"답답하기는. 천산이 무슨 동네 야산이오? 둘레만 해도 장장 육천 리가 넘는다는데. 마인을 일부러 찾아다녀도 못 만날 거요."

"마! 마인이 무슨 하수오냐? 그걸 왜 찾으러 다녀?"

"사형이 답답한 소리를 하니까 내가 빗대서 하는 말 아니오. 저렇게 말귀를 못 알아듣는다니까."

양쪽에서 티격태격 하는 바람에 가운데 있는 용악산만 괴로 웠다. 생각 같아선 입에다 주먹을 한 방씩 먹여주고 싶은 걸 억지로 참았다.

"천산에서 온 도객이라… 멋지군. 멋져!"

들창코가 용악산을 보며 부러운 눈빛으로 말했다.

그렇게 얼마나 갔을까.

달이 유난히 가까이 보이는 언덕에 올랐을 때쯤 들창코가 말했다.

"저기 보이는 마을이 바로 조씨 집창촌이라오."

단 한마디로 조 씨 성을 쓰는 사람들을 모조리 창녀로 만들 어 버리는 들창코였다.

"집성촌이오!"

옆에서 뱁새눈이 또 면박을 주었다.

"알아, 알아. 발음이 좀 샜다. 자식이 뭔 말을 못하게 해."

"뭐 비슷하기라도 해야 이해를 하지."

"아, 이 자식이 진짜……."

도저히 말로는 이길 수 없다고 생각했는지 들창코가 고개를 돌려 용악산을 보며 말했다.

"험험. 그나저나 조가촌의 누굴 찾아오셨소? 말만 조가촌이 지 조 씨는 별로 없다오. 그냥 옛날부터 내려온 이름이라서 그 냥 그렇게 부르는 거지. 내가 이래 뵈도 이 동네 빠꼼이라오.

나한테 말해보슈."

"됐습니다."

용악산은 얼른 한마디를 던지고는 도망치듯 언덕을 내려갔다.

용악산이 사라져 간 방향을 보며 뱁새눈이 말했다.

"저 작자. 좀 수상하지 않소?"

"뭐가?"

"왠지 모르게 분위기가 섬뜩하오. 꼭 지옥에서 막 탈출한 사람처럼. 혹시 관부나 무림맹에 쫓기는 흉신악살이 아닐까?"

"마. 넌 그게 나빠. 매사에 사람을 띄엄띄엄 보니까 눈이 그렇게 쪽 째지지."

"음머. 왜 또 남의 눈을 갖고 그런데."

"솔직히 그게 눈이냐? 내 손톱 밑에 낀 때도 네 눈구멍보단 두껍겠다."

들창코가 그동안 면박당한 것에 대한 복수라도 하려는 것처럼 뱁새눈의 눈을 잡고 늘어졌다. 하지만 뱁새눈은 더욱 만만치 않았다. 되로 받고 말로 돌려주는 것이었다.

"그러는 사형이야말로 코가 그게 뭐요? 내 살다 살다 자기 눈구멍보다 큰 콧구멍은 처음 보오."

그러자 들창코가 콧구멍을 벌름벌름하더니 뱁새눈의 멱살을 단번에 틀어쥐었다.

"이 자식이. 내가 콧구멍 얘기하는 거 제일 싫어하는 줄 알면서!"

"흥. 눈구멍으로 먼저 시비를 건 사람이 누군데!"

두 사람이 서로의 멱살을 잡으며 옥신각신하는 동안 표자
룡은 용악산이 사라져 간 어둠 속을 조용히 응시하고 있었
다.

괴상한 사형제들과 헤어진 후 용악산은 한참 동안 조가촌을
헤맸다. 어디나 그렇듯이 도시의 외곽은 부자들에게 밀려난
가난한 사람들이 주로 살았다.

용악산은 따개비처럼 다닥다닥 붙어 있는 전각들과 그들 중
에서도 나름대로 규모를 갖춘 장원들을 일일이 찾아다니다 마
침내 금룡관이라는 현판을 발견했다.

"설마 여기가?"

현판은 비바람에 낡을 대로 낡았고 대문은 건드리기만 해도
폭삭 무너질 것 같았다. 다만 담장 너머로 보이는 고목과 높이
솟은 지붕으로 미루어 상당한 역사를 지닌 고택이라는 것을
짐작할 수 있었다.

문을 두드리자 나오라는 사람은 안 나오고 웬 비루먹은 개
한 마리가 고개를 빠끔히 내밀었다.

하악골이 유난히 발달한 개는 가마솥에서 데쳐지기 직전에
탈출을 한 것처럼 털이 홀라당 빠져 있었다. 심한 피부병을 앓
는 모양이었다.

"으르르르⋯⋯!"

개는 용악산을 보더니 다짜고짜 자세를 낮추고 날카로운 이

빨을 드러냈다. 짐승의 예리한 감각으로 용악산에게서 죽음의 기운을 읽었나 보다. 평생을 죽음과 벗하고 살았으니 어쩌면 당연한 일일지도 몰랐다.

그런데 가만 보니 놈은 다른 개들과 어쩐지 다른 구석이 많았다. 송곳니가 쓸데없이 날카로웠고 주둥이는 길었으며 뼈만 남은 앙상한 몰골에도 불구하고 체고가 높았다.

어쨌거나 비루먹긴 비루먹었다.

도대체 왜 이런 개를 키우나 싶었는데.

"아니, 이 빌어먹을 개새끼가 언제 또 들어왔대! 저리 안 갓!"

갑자기 등장한 사내는 우악스런 몸짓으로 신발까지 벗어 냅다 던졌다. 투수법(投手法)이 범상치 않다 싶더니 신발은 정확히 개의 등짝을 맞히고 떨어졌다.

개는 '깨갱' 소리를 내며 꽁지가 빠져라 도망갔고 사내는 한 발로 깽깽거리며 뛰어가 자신이 던진 신발을 다시 주워왔다.

"에헤이. 빌어먹을 놈 같으니라고. 그렇게 문을 꽁꽁 걸어 잠갔는데 언제 또 들어온 거야. 제엔장!"

그러다 갑자기 용악산을 발견하고는.

"어라? 형장은?"

그는 수다쟁이 들창코였다.

"하하하. 이런, 찾는 곳이 우리 무관이었수? 그러게 나한테 진작 얘길했으면 한 번에 왔을 거 아니오. 내가 이 동네 빠꼼이라니까. 하하하."

들창코가 아는 척을 하며 호들갑을 떨었다.

용악산은 그와 구구절절한 말을 하기 귀찮아서 비파랑의 호
패와 보자기를 건네주며 말했다.

"물건만 전해주고 갈 거요."

검보는 비파랑이 자신에게 선물한 것이었지만 함께 돌려주
었다. 어쩐지 그 검보의 주인은 자신이 아니라 금룡관일 것 같
아서였다.

여기까지다.

비파랑의 일기에서 그의 아비가 마인들에게 죽었다는 걸 알
고 난 후 용악산이 해줄 수 있는 최대한의 호의.

무사히 물건을 전해준 용악산이 돌아서 가는데 들창코가 호
패를 보면서 혼잣말처럼 중얼거렸다.

"비파랑? 특이한 이름이네. 비파랑이 누구야?"

그러나 잠시 후.

"뜨아아아! 비, 비파랑! 이보시오! 거기 천산에서 온 양반!"

들창코가 부르는 소리에 용악산은 문득 걸음을 멈추고 뒤를
돌아보았다.

"……?"

"거, 거기 꼼짝 말고 그대로 계시오. 알겠소? 한 발짝도 움직
이면 안 되오!"

들창코는 용악산에게 몇 번을 다짐을 해놓고는 장원 안으로
달려가며 목이 터져라 고함을 질러댔다.

"싸부니—임! 싸부니—임! 빨리 좀 나와보십시오!"

'왜 저러지?'

용악산은 고개를 갸우뚱하며 대문을 쳐다보았다.

잠시 후 안쪽에서 우당탕 소리가 들린다 싶더니 대문이 쾅 소리와 함께 부서질 듯 열렸다. 모습을 드러낸 사람은 육 척 장신에 머리카락이 희끗희끗한 초로인이었다.

호패를 손에 쥔 그는 용악산을 보자마자 놀란 눈을 치켜뜨더니 눈썹을 휘날리며 달려왔다.

범상치 않아 보이는 거구의 초로인이 자신을 향해 달려들자 용악산은 본능적으로 한 발을 뒤로 빼고 주먹을 말아 쥐었다.

여차하면 일격에 턱을 부숴 버릴 수 있도록.

그런데 지척으로 다가온 초로인은 다짜고짜 우람한 양팔을 활짝 벌리더니 용악산을 으스러져라 안았다.

"잘 왔네, 잘 왔어!"

초로인은 덩치에 어울리지 않게 어깨까지 들썩이며 흐느꼈다.

도대체 왜 이러는 걸까?

죽은 아들이라도 살아 돌아온 줄 아는 걸까?

뭔가 잘못되어 가고 있었다.

"노인장, 무슨 일인지 모르지만 우선 이 손을 좀 놓고……."

"어서 오게. 어서 와! 오랫동안 소식이 없어 내 얼마나 걱정을 했는지 모른다네."

한동안 얼싸안고 흐느끼던 초로인은 이제 용악산의 어깨를 잡아 흔들면서 쉴 새 없이 말문을 열었다.

"어디 보자. 어렸을 때 얼굴이 많이 남아 있군그래. 하지만 이제 진짜 사내가 되어 돌아왔어. 진짜 사내 말일세! 으하하하. 어쩜 이리도 제 아비를 쏙 빼닮았을꼬. 으하하하!"

초로인의 호탕한 목소리가 땅거미가 지기 시작한 골목을 쩌렁쩌렁 울렸다.

순간 용악산은 비파랑을 처음 만났을 때 그와 나눴던 대화가 번개처럼 스쳐 갔다.

"그런데 우리가 예전에 만난 적이 있던가요?"

"그건 왜 묻는 겁니까?"

"어딘지 익숙해서 말이죠. 늘 보던 이웃 같은데 막상 누군지는 모르는 뭐 그런 느낌이랄까요? 하하. 이거 말을 해놓고 보니 내가 생각하기에도 좀 이상하군요."

'이런. 나를 비파랑으로 오해하고 있어!'

이제와 생각해 보니 비파랑과 자신은 서로를 쏙 빼닮은 것이다. 제삼자가 보았다면 단번에 맞추었겠지만 당사자들이다 보니 익숙하기만 할 뿐 몰랐던 것이다.

마치 형제들은 서로가 닮은 줄을 모르지만 다른 사람들은 한눈에 형제라는 걸 알아보는 것처럼. 그런 줄도 모르고 엉뚱하게 예전에 만난 사람들 중에서 기억을 더듬었으니……

"자자, 여기서 이럴 게 아니라. 안으로 들어가세. 그동안 어디서 뭘 하며 지냈는가? 어째서 연락 한 번 없었나? 우리 서령이가 자네를 얼마나 기다린 줄 아는가?"

노인은 용악산이 미처 대답을 할 겨를도 없이 질문을 쏟아내며 안으로 잡아끌었다.

용악산은 미처 뭐라고 말할 사이도 없이 초로인의 손에 이끌려 반강제로 장원에 들어섰다.

좌우에는 지난날의 영화를 말해주듯 멋스런 전각들이 들어서 있고 가운데는 제법 널찍한 연무장이 있었다.

연무장에는 스무 명 정도의 사람이 목검을 들고 수련 중이었다. 사람들은 갑작스런 용악산의 등장에 다들 수련을 멈추고 호기심 어린 눈빛으로 보았다.

"자자, 다들 이리 모이거라."

사람들이 순식간에 용악산과 초로인을 에워쌌다. 가까이 다가온 사람들이 용악산을 두고 숙덕거리는 소리가 들렸다.

"누구지?"

"분위기 장난 아닌데."

"등에 칼을 찼어. 후아. 뭐 저렇게 큰 칼을 차고 다니냐?"

"도객인가 봐."

"행색으로 봐선 거진데."

웅성웅성하는 분위기 속에 초로인이 목청을 가다듬었다.

"험험. 모두 잘 듣거라. 마침내 기다리던 내 사위가 왔다."

초로인의 말에 또다시 여기저기서 웅성거렸다.

"저게 무슨 말씀이시지?"

"사위라니. 사부님에게 숨겨둔 딸이 있었나?"

"에이. 설마? 점잖은 사부님께서 그러시려고."

"방금 분명 사위라고 그랬잖아."

그러다 모여든 제자들 중 한 사람이 용기를 내어 물었다.

"사부님, 사위라면 혹 서령 누님의 남편을 말씀하시는 건가요?"

"하하하. 두 말 하면 잔소리. 나에게 딸이 서령이 말고 또 있느냐?"

초로인은 뭐가 그렇게 좋은지 연신 싱글벙글했다.

"핫. 그럼 서령 누님이 시집을 가는 건가요?"

"하하하. 장차 그렇게 될 것이니라."

초로인의 딸이 시집을 간다는 말에 사람들은 적잖게 놀란 모습이었다. 그 놀람의 진의는 대부분 아쉬움과 섭섭함이었다.

초로인이 그런 제자들을 향해 말했다.

"자자. 이제 얼굴을 익혔으니 내일부턴 알아서 깍듯이 이 금룡관의 식구로 대하거라. 오늘은 다들 수고했다. 그만 들어가 쉬려무나."

우르르 몰려들었던 제자들이 또다시 우르르 물러갔다.

그런데 유독 세 사람은 물러가지 않았다.

용악산이 객점에서 만났던 바로 그 세 명의 괴상한 사형제들이었다. 세 사람은 용악산의 등장에 잔뜩 경계하면서도 한 편으로는 호기심 어린 얼굴을 했다.

특히나 용악산에게 가장 호의를 보이던 수다쟁이 들창코가 가장 경계했다. 막상 자기 식구가 될지 모른다고 생각하자 썩 내키지 않은 모양이었다. 생긴 것만큼이나 감정의 기복이 심 한 자였다.

"그런데 서령이는 어디 갔느냐? 남편 될 사람이 왔는데 어 째 코빼기도 안 보이누?"

"아침나절에 제자들의 표사 계약건으로 백마표국에 갔습니 다."

뱁새눈이 대답했다.

"그래? 그녀석이 돌아오면 깜짝 놀라겠지? 으하하하. 재밌 구나, 재밌어."

초로인이 한껏 기분 좋은 웃음을 짓다가 용악산에게 말했 다.

"자, 인사 나누게. 이 아이들은 나의 적전제자들이라네. 덩 치 큰 이 녀석이 첫째. 그리고 저기 눈이 째진 녀석이 둘째. 마 지막으로 반듯하게 생긴 저 녀석이 셋째일세."

"공춘보요."

"하풍달입니다. 헤헤."

"표자룡이라고 합니다."

세 사람이 각각 생긴 것처럼 하나는 삐딱하게, 하나는 굽실 거리며, 하나는 반듯하게 포권을 했다.

일방적으로 예를 받기만 할 수는 없는지라 용악산도 일단은
마주 포권을 했다.

"풍달아, 파랑이를 객방으로 모셔라. 먼 길을 와서 그런지
몹시 피곤한 기색이구나. 껄껄껄."

"예, 사부님. 이쪽으로 오시지요. 헤헤."

하풍달이 용악산의 옷자락을 잡아당기며 말했다.

눈매가 날렵하다 싶더니 단번에 이제는 용악산이 대세라고
생각한 것 같았다.

하지만 용악산은 그의 손을 정중하게 사양하며 말했다.

"관주께 드릴 말씀이 있습니다."

"껄껄껄. 어렸을 때는 곧잘 아저씨라고 부르더니. 그래, 말
해보게. 무슨 일인가?"

"상황이 묘하게 됐습니다만 사실 전……."

그때였다.

우당탕탕!

갑자기 대문이 활짝 열리며 사내 하나가 시퍼렇게 멍든 얼
굴로 사색이 되어 달려왔다.

"사부님! 사부님!"

"웬 호들갑이냐? 얼굴은 또 왜 그 모양이고?"

"헉헉… 큰일 났습니다. 백마표국에 갔던 서령 누님이, 헉
헉……."

"이런 답답한 녀석. 숨은 나중에 쉬고 어서 본론부터 말해보
거라. 서령이에게 무슨 일이 있는 거냐?"

"돌아오는 길에 이상한 놈들이, 헉헉… 시비를 걸어와서 그만. 헉헉……."

"뭐야! 대체 어떤 놈들이더냐!"

초로인이 발끈 했다.

"일단 가면서 말씀하시죠. 헉헉… 함께 갔던 제자들이 시간을 끌고는 있지만 아무래도 역부족일 듯싶습니다."

"감히 어떤 놈들이 이 금룡관주의 딸을!"

초로인은 눈썹을 치켜뜨더니 소리쳤다.

"내 검을 가져오너라!"

갑자기 사방이 소란스러워지며 제자들이 우르르 뛰쳐나와 병장기들을 챙겼다. 방금 인사를 나눴던 적전제자들도 눈 깜짝할 사이에 무장을 마쳤다.

"풍달아, 넌 파랑이를 객방으로 안내하거라."

초로인은 다시 용악산을 향해 다급하게 말했다.

"여보게. 내 급한 일이 있어 잠시 자리를 비워야겠네. 자세한 이야기는 나중에 다녀와서 하기로 하세. 참, 술은 마실 줄 알겠지?"

그는 용악산이 미처 대답할 겨를도 주지 않고 제자들을 이끌고는 우르르 무관을 빠져나갔다.

"따라오시지요."

남아 있던 하풍달이라는 자가 용악산을 안내했다.

*   *   *

제자들이 빠져나간 금룡관은 쥐죽은 듯 고요했다.

용악산은 아무도 없는 객방에 혼자 앉아 있었다.

하풍달이라는 자는 용악산을 객방에 넣어두고는 어디론가 사라져 버렸다.

옆에는 용악산이 건넸던 비파랑의 보자기가 함께 놓여 있었다. 아마도 직접 전해주라는 뜻일 것이다.

'어쩌다 이렇게 됐지?'

정신이 하나도 없었다.

모든 게 순식간에 후다닥하고 지나갔다.

자신은 그저 비파랑이 부탁한 물건만 전해주고 갈 참이었는데 어쩌다 객방에까지 들어오게 됐을까.

어차피 그들이 돌아오면 모든 오해가 풀릴 터.

용악산은 크게 걱정하지 않았다. 밤도 깊었으니 여기서 하룻밤 묵어가는 것도 괜찮을 것이다.

초로인의 말대로라면 설마 사윗감의 물건을 전하러 온 사람을 박하게 대하겠는가.

오랜 여행에 지친 용악산은 의자에 앉아 몸을 기댔다.

무관에 어울리지 않게 화사한 장식과 은은한 분위기는 아무래도 여자의 손길을 오랫동안 거친 것 같았다.

비파랑의 그녀는 어떤 사람일까?

생각이 거기까지 미치자 비파랑의 얼굴이 떠올랐다.

그는 이곳으로 오기 위해 그동안 얼마나 피나는 수련을 쌓

왔을까?

누구에게서 어떤 경로로 얻었는지는 모르지만 북풍십삼막
이라는 도법을 얻어 수련했을 터이고, 다시 실전 감각을 기르
기 위해 정마대전에 참전했을 것이다.

전투에 지친 밤이면 여자를 생각하며 피로를 잊었을 것이
다.

그에게 여자를 만나러 오는 길은 그처럼 외롭고 쓸쓸하고
고단한 여정이었던 것이다.

용악산이 상념에 빠져 있는 사이 항주에서의 네 번째 밤이
깊어갔다.

용악산은 밤이 늦도록 잠을 이루지 못했다.

오랜 노숙에 익숙해진 탓인지 깨끗하고 포근한 침상이 영
적응이 되질 않았다.

결국 잠을 포기하고 창가에 섰다.

바깥에서는 겨울의 끝자락을 알리는 비가 내리고 있었다.

평원에서 항주로 오는 동안에 한 계절이 훌쩍 지나간 것이
다.

사람들이 돌아온 것은 삼경이 가까워질 무렵이었다.

비가 추적추적 내리는 사이로 횃불이 분주하게 오가더니 초
저녁에 있었던 싸움을 두고 사람들끼리 와자지껄 떠드는 소리
가 들렸다.

"이거 사매를 무관에 가둬 둘 수도 없고. 어째 보는 놈들마

다 흑심을 품으니."

"그러게 말이야. 인물 좋은 게 백년 원수라더니. 난 절대 사매처럼 예쁜 여자랑은 결혼을 안 할 거야. 아까처럼 시커먼 놈들이 보쌈이라도 해 가면 어쩌냐?"

"사형, 사형에게는 절대 그런 일 없을 테니 걱정 마시오."

"뭐? 너 방금 그 말 무슨 뜻이냐?"

"마음대로 생각하시오."

두 사람은 한시도 쉬지 않고 티격태격하던 공춘보와 하풍달이었다.

"그나저나 이거 단순한 납치 미수 사건 맞소? 지난번 일도 그렇고. 난 어째 계속 찜찜하오."

"그게 아니면 뭐 뜯어먹을 게 있다고 사매를 납치하겠냐? 우리 무관에 돈이 많냐? 절세의 보검이 있길 하냐."

"뭐, 그건 그렇지만."

대충 얘기를 들어보니 평소 은서령에게 흑심을 품고 있던 사람들이 납치를 시도했었나 보다.

다행히 금룡관주가 제자들을 이끌고 서둘러 출동을 하는 바람에 한밤의 사건은 별 탈 없이 끝났지만 도주한 놈들을 찾느라고 일부는 아직도 추적 중인 것 같았다.

'다른 사람들은 어떻게 됐을까?'

용악산은 정마대전의 한복판에 있었던 사람들의 소식이 궁금했다.

마인들이 얼마나 많은데 무림맹이 그들을 다 죽일 수 있나.

마지막 전투 후 살아남은 형제들은 천하 각지로 파편처럼 흩어졌다.

무림맹에서는 추격대를 구성해 그들의 뒤를 무섭게 쫓고 있었다. 지옥 끝까지라도 따라가 마도의 씨를 말려 버리겠다는 무림맹주의 강력한 의지 때문이다.

어떤 이들에게 정마대전은 아직 끝나지 않은 싸움이었다.

그들 중에는 용악산의 수하들도 있었다.

십 년 동안이나 동고동락했던 수하들…….

'살아 있다면 어딘가에서 신분을 숨긴 채 지내고 있겠지?'

용악산은 다시 자신의 손으로 돌아온 호패를 보았다.

비파랑…….

'내가 비파랑이라고?'

용악산에게 지금 가장 필요한 것은 확실한 신분이었다.

그런 면에서 호패와 비파랑의 얼굴을 기억하는 사람들의 존재는 다시 올 수 없는 기회였다.

저들이 존재하는 한 그 누구도 용악산을 마인이라고 생각하지는 않을 테니까.

죽은 비파랑과 대종사의 얼굴이 차례로 떠올랐다.

"전 항주로 가는 길입니다. 십 년 동안 오늘을 기다려 왔죠. 어쩌면 오늘을 기다리며 지난 십 년을 버텨온 건지도 모르겠습니다."

"물은 가장 낮은 곳으로 흘러 마침내 거대한 바다에 이른다. 세상의 낮은 곳으로 가라. 그곳에 네가 할 일이 있다."

항주와 세상의 가장 낮은 곳.

생각해 보면 참으로 묘한 우연이었다. 아버지와도 같았던 대종사의 유지를 따라 천산남로에 있었고 거기서 다시 비파랑을 만났다.

비파랑이 가야 할 길을 자신이 왔으며 이제는 비파랑으로 오해를 받고 있다.

항주를 말할 때 환하게 웃던 비파랑의 얼굴이 아직도 선명했다. 그는 항주가 고향은 아니나 자신의 아들딸들은 그렇게 될 것이라고 했다.

여자와의 결혼을 생각하고 있었던 것이다.

사내로 하여금 그런 미소를 짓게 만든 여자는 어떤 사람일까?

그때 바깥에서 금룡관주의 목소리가 들려왔다.

"사위, 자는가?"

용악산은 아무런 대답도 하지 않았다.

밤이 늦기도 했지만 상념을 방해받고 싶지 않았다.

대종사를 잃은 슬픔과 오랜 여행으로 지친 그에게 오늘 밤은 오랜만에 찾아온 평화였다. 이 밤이 지나 금룡관을 나선다면 그에겐 또다시 길고 고단한 여행이 시작될 것이다.

무림맹은 바보가 아니다.

그들은 중원 구석구석에 감시의 눈을 심어놓고 수상한 자들을 색출하고 있었다. 그런 조짐은 평원을 지나 항주까지 오는 동안에도 곳곳에서 발견되었다.

배가 닿는 나루터와 산맥을 넘는 고개는 물론이고 도시로 들어오는 길목마다 눈에 띄던 거지들.

일설에 개방의 방도는 십만이 넘는다고 한다.

천마신교의 전체 교도들과도 맞먹는 어마어마한 숫자다.

그들의 이목에 걸리지 않고 항주까지 오는 건 불가능했다.

역시 초라한 행색과 등에 찬 대도가 문제였다.

결국 의심을 받았다는 느낌이 든지 얼마 되지 않아 한 무리의 무인들과 마주치곤 했다.

해당 지역의 마인 색출을 책임진 문파의 무인들이었다.

그들은 용악산에게 신분을 증명하길 요구했고 용악산은 비파랑의 호패를 건네주었다.

하지만 그들은 호패만으로 만족하지 않았다. 사문을 묻는 이도 있었고 고향을 묻는 이도 있었다.

그때마다 용악산은 신강무가연합의 기련검 노일야를 팔았다.

평원에서 비파랑이 했던 말을 그대로 한 것이다.

호패만으로는 의심의 눈초리를 거두지 않던 자들도 기련검 노일야라는 말에는 순순히 보내주었다.

심지어 기련검을 흠모한 나머지 술을 청한 문파도 있었다.

하지만 이제 금룡관을 나서는 순간 모든 게 달라질 것이다.

호패를 보여줄 수도 없고 신분을 증명할 수도 없다.

언젠가는 부딪치게 될 것이고. 그때부턴 죽이고 도망가고 죽이고 도망가고……

깊은 산중에 숨어 세상 밖으로 나오지 않는 한 평생을 그렇게 살아야 할지도 모른다. 언젠가 자신을 꺾을 만큼의 실력을 지닌 강자를 만나 그의 칼 아래 쓰러지기 전까지는.

그러니 오늘 밤의 이 평화가 용악산에게는 더없이 소중한 것이다.

"허허. 많이 피곤했던 게로군. 술이나 한잔할까 했더니만."

계속해서 대답이 없자 금룡관주는 그대로 돌아갔다.

긴 회랑을 혼자 걸어가는 초로인의 발자국 소리가 쓸쓸하게 들렸다.

금룡관주는 무엇 때문에 비파랑을 그토록 애타게 기다린 걸까. 비파랑의 일기에 따르면 금룡관주와 비파랑의 아비 사이에 깊은 인연이 있는 듯했다. 비파랑이 죽었다는 걸 알면 그와 그의 딸은 어떤 표정을 지을까.

그 밤 내내 용악산은 아직도 쫓기고 있을 교도들과 흩어진 수하들, 죽은 대종사 그리고 비파랑에 대한 생각으로 잠을 이루지 못했다.

그러다 날이 밝았다.

커다란 창을 통해 쏟아져 들어오는 햇살이 방 안에 가득 퍼지면서 새로운 아침이 열리고 있었다.

용악산은 다시 손에 쥔 호패를 보았다.

'그의 몫인 이 삶. 내가 살아도 되는 걸까?'

第三章
마인, 소녀를 만나다

天山刀客

"얍! 타앗! 헛!"

동이 트기도 전에 바깥에서는 시끄러운 기합 소리가 들려왔다.

새벽 운기를 하고 있던 용악산은 눈살을 찌푸렸다.

발이 땅을 끄는 소리, 검이 대기를 가르는 소리가 가쁜 호흡과 뒤섞여 집중을 할 수가 없었기 때문이다.

이른 새벽부터 누가 이렇게 부지런을 떠는 것일까.

운기조식을 포기한 용악산은 옷을 갖춰 입고 바깥으로 나갔다. 문을 열자마자 회랑이 있었고, 그 회랑 너머에 시원스런 연무장이 펼쳐졌다.

웃통까지 벗어젖힌 사내는 어슴푸레한 새벽안개 속에서 땀을 뻘뻘 흘리며 검술 수련에 한창이었다.

사내는 금룡관의 셋째 제자인 표자룡이었다.

자로 잰 듯한 반듯함 속에 어딘지 칼날처럼 예리한 기운이 보이는 사내.

뒤늦게 용악산을 발견한 그는 동작을 멈추고 포권을 했다.

용악산 역시 마주 포권을 했다.

남의 수련을 지켜보는 건 강호의 금기인지라 용악산이 다시 방 안으로 들어가려는데 표자룡이 말했다.

"개의치 마십시오."

"......?"

그제야 용악산은 저들이 자신을 비파랑으로 알고 있음을 상기했다. 비파랑은 이 금룡관에서 더 이상 외인이 아닌 것이다.

용악산은 기둥에 등을 기대고 앉아 표자룡의 검술 수련을 구경했다.

"헛! 타앗!"

표자룡은 그의 반듯한 외모만큼이나 근골 또한 좋았다.

철삿줄을 촘촘히 꼬아놓은 듯한 근육은 그의 수련이 어제오늘의 일이 아니라는 걸 보여주었고, 떡 벌어진 어깨와 쭉 뻗은 두 팔은 검을 다루기에 가장 이상적인 신체를 타고났음을 말해주었다.

누구라도 보면 탐을 낼 만한 무골. 하지만 무골인 것과 무재인 것은 또 다르다.

그런 면에서 표자룡은 무재 또한 갖추었다. 많은 것을 살필 필요도 없다.

자고로 검봉(劍鋒)은 검수의 눈빛과도 같은 법.

표자룡이 검신을 쭉 뻗었을 때 검봉이 한 치의 흔들림도 없는 것만으로도 그가 뛰어난 무재라는 것을 증명했다.

그건 집중력의 문제였고 집중력은 무공에 대한 자질, 곧 무재다.

그러나 정작 용악산을 놀라게 한 것은 따로 있었다.

'이렇게 작은 무관에 저런 검법이……'

청기를 띈 검신, 현란한 검로, 허공에 가득히 그려지는 검영……

뛰어난 화공이 일필에 난엽(蘭葉)을 치고, 이휘에 여백을 남겨두는 것처럼 거침없다고 할까?

그럼에도 불구하고 표자룡이 펼치는 검법에는 치명적인 결함이 있었다.

"검법의 이름이 무엇이오?"

문득 흥미가 동한 용악산이 물었다.

표자룡은 수련을 멈추고 정중하게 두 손을 맞잡으며 대답했다.

"벽월검입니다. 원래는 난영벽월검(蘭影霹月劍)이었으나 사부님께서 후대에 몇 수를 고치시면서 벽월검으로 개명을 하였지요."

난초의 그림자가 달을 가른다?

뜻밖이었다. 검로에서 화선지를 날렵하게 가르는 난엽의 기

상이 느껴진다 했더니 정말로 난초의 이름을 딴 검법일 줄이
야.

"금룡관에는 벽월검 외에 다른 무공도 있습니까?"

"비전무공을 말씀하시는 거라면 삼종의 검공과 사종의 권
각법이 있습니다. 비전무공은 적전제자들에게만 전수되고 일
반제자들은 십팔반무예를 익히지요."

"금룡관을 대표하는 무공이 무엇이오?"

"검공으론 벽월검이, 권각법으로는 풍천장(風川掌)과 차륜박(車
輪拍)이 금룡관을 떠올리게 합니다."

"그렇군요."

용악산이 더 이상 말을 않자 표자룡은 다시 몸을 돌려 수련
을 시작했다.

"타핫! 하앗!"

안타까운 일이다.

난초가 뿌리를 내리고 가지를 뻗었는데도 꽃을 맺지 못했으
니……

용악산이 보기에 벽월검은 쾌검이었다.

애초 창안자가 쾌를 염두에 두고 만들었다는 뜻.

한데 표자룡은 무거운 중검(重劍)을 들고 있었다.

본시 무공이란 첫 번째 그것을 수련하는 사람의 인품과 맞
아야 하고, 두 번째 체형과 맞아야 하고, 세 번째 병기와 맞아
야 한다.

하지만 어쩐 일인지 표자룡은 자신의 인품과 체형에는 검법

을 맞추었으되, 가장 중요한 검을 조화시키지는 못했다.

이는 그 역시 벽월검 속에 숨어 있는 무리를 완전히 터득하지 못했다는 의미. 그렇다면 그의 사부라도 그릇된 것을 바로잡아 주어야 할 것이 아닌가.

용악산은 문득 짚이는 것이 있어 물었다.

"벽월검은 몇 대를 거쳐 왔습니까?"

"백 년 전 사조께서 기틀을 잡으시고, 사부님을 거쳐 저에이르렀으니 삼 대째라 할 수 있습니다."

표자룡은 이번에도 수련을 멈추고 정중하게 대답했다.

질문을 할 때마다 지나치게 예를 갖추는지라 묻기가 미안할지경이었다.

'그렇군.'

용악산은 이제야 벽월검의 허점이 어디서 생겨나는지 알 수있었다.

사람들은 하기 좋은 말로 흔한 삼재검법도 일만격(一萬格)을 수련하면 고수가 될 수 있다고 한다.

하지만 그건 정말 무식한 소리다.

칠백 년 전 한 불세출의 고수가 있었다.

어느 날 그는 벼락처럼 심득을 얻어 검법 하나를 창안했다.

그 소식을 듣고 천하의 사람들이 검법을 배우려고 구름처럼몰려들었다. 그는 영기가 서린 어느 산자락에 도관을 세우고몰려든 사람들 중에서 문일지백(聞一知百)의 기재들만 골라 혹독한 수련을 시켰다.

그가 죽고 난 후에는 그의 제자들이 또 다른 기재들을 선발해 무공을 이었고, 검법은 그렇게 칠백 년이란 세월 동안 여러 대를 거치면서 다듬고 다듬어져 오롯이 정수만 남게 됐다.

바로 화산의 매화검법이었다.

비단 화산뿐만이 아니었다.

무당의 태극권, 소림의 금강불괴신공, 개방의 강룡십팔장, 곤륜의 운룡대팔식, 점창의 사일검, 공동의 복마검 같은 것들이 모두 비슷한 과정을 거치고 탄생한 신공들이었다.

강호의 명문대파가 어디 구파일방뿐인가. 오대세가도 구파일방 못지않은 신공들을 하나씩은 가지고 있었다.

정종무공이란 결코 하루아침에 탄생하는 게 아니었다.

이처럼 여러 대를 거쳐 오면서 천재들에 의해 다듬어진 신공을 수련하는 자와 저잣거리로 이리저리 떠돌면서 제멋대로 변형되어진 삼재검법을 수련하는 자를 어떻게 동일 선상에 놓고 비교할 수 있겠는가.

벽월검은 훌륭한 검법이긴 하되 그것의 허점을 메우고 정수를 뽑아내기엔 대를 이어온 세월이 너무나 짧았다.

그럼에도 불구하고 벽월검은 뿌리가 아주 좋으니…….

'언젠가 고수를 만나면 큰일을 내겠군.'

그때 '쾅' 소리와 함께 회랑의 서쪽 끝에서 누군가 문을 박차고 모습을 드러냈다.

"……!"

"……!"

"셋째야! 제발 잠 좀 자자. 잠 좀!"

부스스한 모습으로 방문을 박차고 나온 사람은 늙수그레한 얼굴의 장제자 공춘보였다.

셋째조차도 저렇듯 수련에 열심인데 장제자라는 작자가 저 모양이라니.

그는 부끄러운 기색도 없이 표자룡을 향해 재차 나무랐다.

"자고로 운동이 삼이면 먹는 게 칠이라고 했다. 수련을 해도 아침이나 먹은 연후에 할 것이지 넌 어째서 허구한 날 식전 댓 바람부터 소리를 꽥꽥 지르고 난리냐? 니가 오리냐?"

"식후에도 수련할 겁니다. 타앗! 핫!"

"우우. 독한 놈."

공춘보는 고개를 절레절레 흔들며 혼잣말을 했다.

듣고 있던 용악산은 기가 막혔다. 무인이 수련에 매진하는 것은 당연한 일인데 어찌 저런 흰소리를 태연하게 하는 것일 까.

용악산이 보기에 공춘보는 지나치게 뚱뚱했고 동작이 굼떴으며 게으르기까지 했다.

그의 무공을 보지 않아 확단할 수는 없지만 저런 상태라면 수년 내에 그는 아우인 표자룡에게 따라잡힐 것이다.

세상에. 사형보다 나은 사제라니.

아니, 사제보다 못한 사형이라고 해야 하나?

아무튼 이래저래 복잡한 무관이었다.

그때 공춘보가 뒤늦게 용악산을 발견하고는 떨떠름한 표정으로 포권을 했다.

그는 길거리에서 처음 만났을 때와는 달리 용악산을 마음에 들어 하지 않는 기색이 역력했다.

그렇기도 할 것이다. 어느 날 갑자기 사매의 남편감이랍시고 생면부지의 사람이 나타났는데 행색이 초라하기 짝이 없으니.

공춘보는 무슨 말인가를 입속에서 옹알옹알거리며 회랑을 내려갔다.

"사부님도 무심하시지. 그 좋은 혼처들을 모두 마다하더니. 보경장의 서도윤만 해도 그래. 그만한 혼처가 어딨다고. 사냥꾼 출신에다 저렇게 가난한 사람한테 뭘 믿고 사매를 시집보내겠다는 건지 원. 에효. 장차 우리 사매가 얼마나 고생을 할꼬. 그렇다고 내가 데리고 살 수도 없는 노릇이고……."

공춘보의 입에서 두서없는 말들이 푸념처럼 쏟아졌다.

그는 용악산이 듣지 못하는 줄 알지만 이미 두정이 열려 개미 발자국 소리까지 듣는 용악산에겐 지척에서 말하는 것처럼 생생했다.

용악산은 별로 개의치 않았다.

공춘보의 경계심이 자신에 대한 악의에서 비롯됐다기보다 사매를 아끼는 마음에서 우러나오는 것이란 걸 알기 때문이었다.

피 한 방울 섞이지 않았지만 언제나 자신을 혈육처럼 대해주던 대종사가 생각났다. 죽는 순간까지 자신을 지켜주고자

했던 그의 마음도 아마 저렇듯 애틋하지 않았을까?

거기까지 생각이 미친 용악산이 고개를 절레절레 흔들었다.

마도의 일대종사를 한낱 중소 무관의 제자와 비교하다니…….

종사에 대한 그리움이 깊어 자신도 모르게 그만 엉뚱한 생각을 했나 보다.

그때 회랑을 내려가던 공춘보가 갑자기 놀란 눈을 크게 뜨고는.

"헉! 내 신발!"

똥 씹은 표정으로 황급히 주변을 두리번거리다가 수련 중인 표자룡에게 물었다.

"셋째야. 내 신발 못 봤냐?"

"아까 누렁이가 물고 가던데요. 타앗! 핫!"

"뜨아아아! 이 개놈시키가 또!"

누렁이는 용악산이 어제 보았던 비루먹은 개를 말하는 모양이었다.

공춘보는 한쪽 신발만 신고 마당을 분주하게 돌아다니면서 신발을 찾았다.

본래 입식 문화인 한족들은 실내에서도 신발을 신는 법인데 금룡관은 어쩐 일인지 회랑 바깥에 신발을 벗어두는 이민족의 풍습을 따랐다.

하나는 검술 수련을 하느라 정신이 없고, 다른 하나는 개가 물어간 신발을 찾아다니느라 정신이 없는 금룡관의 아침이 계속됐다.

"기침 하셨습니까요? 헤헤."

왼쪽에서 실실거리며 나타난 사람은 금룡관의 둘째 제자인 하풍달이었다.

입만큼이나 눈치도 날렵해서 그는 단번에 용악산이 금룡관의 대를 이을 차기 실세라고 믿는 게 확실했다.

그렇지 않고서야 용악산만 보면 저렇게 똥파리처럼 손을 싹싹 비빌 리가 없었다.

"여긴 항상 아침이 이렇게 시끄럽습니까?"

용악산이 물었다.

"표 사제의 수련이야 비가 오나 눈이 오나 하루도 거르지 않으니 매양 그렇고요. 공 사형이 시끄러울 때는 누렁이가 신발을 물어갔을 때만 그렇습니다."

"그 개는 신발을 얼마나 자주 물어갑니까?"

"뭐, 거의 매일이지요. 누렁이가 그래도 지조가 있어 한사코 공 사형의 신발만 고집한답니다."

"그건 어째서 그렇습니까?"

"공 사형 말로는 성적(?)으로 집착하기 때문이라는데, 제 생각엔 공 사형이 자기를 볼 때마다 신발을 집어 던지기 때문인 것 같습니다. 신발만 없으면 내쫓기지 않을 거라 생각하는 거지요."

"영리한 개로군요."

"아니죠. 멍청한 개죠. 신발이 없으면 짱돌을 던지거든요."

"……!"

용악산은 불현듯 골치가 아파왔다.

이런 허무맹랑한 사람들과 진정 한솥밥을 먹어야 한단 말인가.

"한 시진 후에 식사가 준비됩니다. 사부님께서는 잠은 한데서 자도 아침은 꼭 무관에서 먹으라고 하시지요. 이건 예외가 없습니다. 만약 어길 시에는……."

"……?"

"점심을 안 줘요. 그럼 전 이만."

어이가 없었다. 대게 밥은 다른 곳에서 먹어도 잠은 꼭 집에서 자라고 하지 않는가.

하풍달은 그런 황당한 소리를 해놓고도 정작 본인은 아무렇지도 않은 듯 회랑을 따라 홀연히 사라져 갔다.

'미치겠군!'

용악산이 한숨을 쉬며 몸을 일으켰다.

차마 이런 행색으로 식사 자리에 낄 수는 없는지라 간단하게 소세라도 할 참이었다.

그때 저만치 회랑의 반대편에서 누군가 걸어오고 있었다.

여자였다.

백의궁장에 방모(紡帽)를 썼는데 보풀보풀한 양털 사이로 검은 머리카락이 앙증맞게 내려와 있었다.

한 손에는 김이 모락모락 나는 함지박을 들고 있었는데 어디론가 외출을 하는 모양이었다.

그녀도 용악산을 발견하고는 상당히 놀란 듯했다.

당황하기는 용악산도 마찬가지였다.

그렇다고 이제 와서 발걸음을 돌리는 것도 이상했다.

결국 두 사람은 서로를 마주 보면서 천천히 다가갔다.

또각또각······.

터벅터벅······.

여자와 용악산의 발자국 소리가 점점 가까워졌다.

잠시 후 두 사람은 회랑의 한가운데서 만났다.

어색한 가운데 그녀가 먼저 조심스럽게 목례를 해왔다.

눈송이처럼 내려앉았다가 살짝 올라가는 눈썹에 부끄러움이 담겨 있었다.

이른 봄 서둘러 꽃송이를 터뜨린 매화가 뒤늦게 내린 눈을 맞고 파르르 떤다면 저런 청초한 모습이 될까?

그녀는 몹시도 아름다웠다.

마치 금룡관 속에 또 다른 세상이 있고 그 세상으로부터 걸어나온 것처럼······.

아마도 그녀가 비파랑이 연모한 은서령일 것이다.

용악산 역시 간단한 목례로 화답을 했다.

십여 년 만의 해후치고는 너무나 싱거웠다.

하긴 그녀의 입장에서 보자면 워낙 어렸을 때의 일이니······.

그녀는 죽은 비파랑이 자신을 얼마나 그리워했었는지 알기나 할까.

두 사람은 잔뜩 어색한 얼굴로 서로의 옆을 비켜 지나갔다.

그런데 하필이면 동시에 똑같은 방향으로 움직였다.

용악산이 서둘러 왼쪽으로 방향을 고쳐 트는데 그녀 역시 왼쪽으로 움직였다. 다시 오른쪽, 다시 왼쪽⋯⋯.

무려 세 번이나 얼굴을 부딪칠 뻔한 후에야 용악산이 물었다.

"어느 쪽으로 가시겠소?"

"왼쪽요."

그녀가 작은 목소리로 말했다.

"그럼 난 오른쪽으로 가겠소."

용악산은 무뚝뚝하게 대답하고 오른쪽으로 움직였다.

그런데 이번에도 똑 같은 방향으로 움직인 것이다.

이번엔 두 사람 모두 안심하고 몸을 움직인 터라 여자의 이마가 용악산의 가슴에 살짝 와 닿았다.

"어마!"

움찔 물러나는 여자의 얼굴이 발갛게 달아올랐다.

"왼쪽으로 가신다고 하지 않았소?"

"제 쪽에서 보자면 이쪽이 왼쪽이라서⋯⋯."

용악산의 목소리가 너무 무뚝뚝했나 보다.

딱히 화를 낸 것도 아닌데 여자는 무척 당황했다.

용악산은 괜스레 미안해졌다.

"그럼, 두 사람 모두 왼쪽으로 갑시다."

여자는 고개를 끄덕여 대답을 대신했다.

그제야 겨우 두 사람은 어색한 상황을 피해 서로의 길을 갈
수 있었다.

그때 마당 한가운데에서는 공춘보가 여전히 신발을 한 짝만
신은 채로 두 사람을 보고 있었다.

"잘들 논다!"

그렇지 않아도 민망했던 용악산이 고개를 쓰윽 돌려 공춘보
를 노려봤다. 공춘보는 움찔 놀라더니 황급히 고개를 돌리며
딴청을 피웠다.

"근데, 이놈의 개는 도대체 어디에 신발을 물어다 놓은 거
야!"

*   *   *

겨울이 저물어 가는데도 항주의 새벽은 차다.

막 동이 터 오르기 시작할 무렵 은서령은 항주의 서쪽 저잣
거리에서 거지 아이들에게 따끈따끈한 만두를 나눠 주고 있었
다.

처음 이 일을 시작한 사람은 십여 년 전의 어머니였다.

아버지는 그날그날 새로 덖은 차를 즐겼는데 어머니는 그런
아버지를 위해 매일 아침 항주의 다루가를 찾았다.

그런데 그때마다 매번 배고픔과 추위에 떨고 있는 거지 아
이들을 길에서 만났다.

딱 은서령 또래의 아이들이었다. 어머니는 아이들을 불쌍하

게 생각한 나머지 매일 아침 만두를 쪄서 아이들에게 나눠 주기 시작했다. 은서령은 어렸을 때부터 어머니의 손을 잡고 따라다니며 그 일을 도왔다.

지금은 어머니가 돌아가셨지만 그녀는 여전히 그 일을 멈추지 않았다.

한 아이가 만두를 손에 쥐고도 어쩐 일인지 가질 않고 서성거렸다.

"왜? 만두가 작아?"

"……."

아이가 미적미적하자 옆에 있는 다른 아이들이 키득키득 웃었다. 은서령은 고개를 갸우뚱하며 무릎을 굽혔다. 아이와 눈을 맞추기 위해서였다.

"미안해. 오늘은 이것뿐이야."

"그게 아니고요……."

소삼은 올해 아홉 살이었다. 무슨 사연이 있는지 모르지만 한 달 전 이곳까지 흘러들어 와 아이들과 한패가 되었다.

거지 소년들의 삶이란 대개가 비슷했다. 낮에는 동냥을 하고 밤이 되면 사라졌다가 은서령이 올 시간에 맞춰 이곳에 와서 기다렸다.

아마도 구석진 곳에서 어미 잃은 어린 새들처럼 서로의 체온을 나누며 추위를 견뎠을 것이다. 그러다 은서령이 가져온 따뜻한 만두 한 개면 금세 행복한 표정을 짓곤 했다.

"어디로 가?"

은서령이 섭섭한 얼굴로 물었다.

아이들은 꼭 바람 같았다. 언제 나타났는지 모르게 나타났다가 갈 때도 바람처럼 사라졌다.

어떤 아이들은 배고픔을 견디다 못해 소매치기나 좋지 않은 무리들에게 들어가기도 하고, 또 어떤 아이들은 숙식을 제공하는 객점의 점소이로 들어가기도 했다.

어떤 식이든 매일 아침 보는 아이들이 언제부턴가 보이지 않게 되면 그렇게 섭섭할 수가 없었다.

"어디로 가는데? 설마 나쁜 사람들하고 어울리는 건 아니겠지?"

"저 자식, 평산객점에 취직했데요."

소삼이 말을 않고 계속 미적거리자 누군가 대신 말을 해줬다.

소삼은 말을 한 아이를 무섭게 노려본 후 은서령에게 냉큼 무언가를 한 다발 안겨주고 후다닥 달아났다.

버들강아지였다. 가장 먼저 봄소식을 알린다는 버들강아지는 이제 막 새순을 틔워 보드랍기 그지없었다.

"저 녀석이 누나를 좋아한대요. 킥킥킥."

"맞아요. 이담에 크면 누나한테 장가갈 거래요. 킥킥킥."

저만치 달아나는 소삼을 가리키며 다른 아이들이 놀려댔다.

그 말에 장난기가 동한 은서령은 목을 쭈욱 빼고 도망치는 소삼의 뒷모습을 향해 소리를 질렀다.

"왕소삼, 너 저 말 진짜지? 누난 그럼 너만 믿고 기다린다!"

은서령의 말에 달려가던 소삼의 어깨가 움찔했다. 그러다 돌부리에 걸려 앞으로 꽈당 넘어졌다. 손에 들고 있던 만두가 바닥을 도르르 굴렀다.

"이크!"

은서령이 손으로 입을 가리는 사이 아이들은 배꼽을 잡고 웃었다. 소삼은 인상을 찡그리며 무릎팍을 바쁘게 문지르더니 얼른 만두를 집어 또다시 줄행랑을 놓았다.

그 모습을 보고 은서령은 환하게 웃다가 버들강아지를 들고 다시 발걸음을 재촉했다.

다루가에는 새벽부터 차를 사러 온 소상인들로 북적거렸다.

강남에서 생산되는 차의 삼 할은 항주로 모였다가 강과 운하를 타고 중원 각지로 퍼져 나갔다.

특히, 다루가는 대양 무역을 통해 들어온 해동과 왜의 차를 많이 취급하는 곳으로도 유명했다.

은서령은 차향이 그윽한 다루가의 서쪽을 총총히 걷고 있었다.

꽁꽁 언 손을 입으로 호호 부느라 입김이 뭉게뭉게 피어올랐다. 양쪽으로 즐비하게 늘어선 다루들은 오랜 역사만큼이나 고풍스러웠다.

은서령은 많은 화려한 다루들을 지나쳐 하필이면 다루가의 가장 끝에 위치한 허름한 건물로 들어섰다.

다향만리(茶香萬里).

다루의 이름이었다.

문을 열고 들어서자 좁은 실내에 대여섯 개의 탁자가 놓여 있었고 그중 한 곳에 백발이 성성한 노인이 앉아 있었다.

노인은 눈을 게슴츠레하게 뜬 채로 두 손을 쭉 뻗어서는 바늘에 실을 꿰는 중이었다.

"노야?"

"웬 버들강아지냐?"

"어떤 남자가 줬어요."

"보경장의 서도윤이 말이냐?"

"노야, 서도윤 공자와 저는 아무 사이도 아니에요. 자꾸 그렇게 연결 짓지 마세요. 그러다 혼삿길 막히면 어떡해요."

"얼씨구. 시집을 가고 싶긴 한 모양이구나."

"말이 그렇다는 거죠."

"그나저나 이번엔 또 어떤 놈이냐?"

"그런 사람 있어요. 엄청 잘생긴데다 예의도 바르고."

"흥, 사내가 인물 좋아서 뭣에 쓰게. 자고로 인물 좋은 게 백년 원수라고 했어. 사내란 모름지기 수수한 맛이 있어야지."

"그런데, 뭐 하고 계셨어요?"

"옷이 떨어져 꿰매려는데 실을 못 꿰겠구나. 뭔 놈의 바늘귀를 이렇게 작게 만들었는지……."

바늘귀가 아니라 눈이 말썽이었지만 곧 죽어도 늙은 척하기는 싫은 노인이었다. 그런 마음을 아는 은서령은 피식 웃으며 손을 내밀었다.

"이리 주세요. 제가 해볼게요."

노인은 바늘과 실을 허물없이 건네주었다.

노인이 언제부터 이곳에 터를 잡고 차를 팔았는지에 대해서는 아는 이가 없었다.

일설에는 다루가가 시작될 때부터였다고도 하고, 이십여 년쯤 전에 서쪽으로부터 흘러들어 왔다는 소문도 있었다.

아무도 그의 내력에 대해 궁금해하지 않았고 그저 다들 천노인이라고만 불렀다. 다만 차를 보고 고르는 솜씨는 이곳 다루가에서 최고였기에 단골손님들이 꽤 많았다.

"다 됐어요."

"히야. 그걸 용케도 끼웠네. 난 또 이런 바늘은 누가 끼우나 했지."

천 노인이 손을 내밀자 은서령은 오히려 주위를 돌아보며 말했다.

"꿰맬 옷이 뭐예요? 제가 해드릴게요."

"그래 주면 나야 고맙지."

오랜 친분 탓인지 천 노인은 별다른 사양 없이 등을 척 내밀었다.

"거기 뒤에 보면 손바닥만 한 구멍이 나 있지? 뼈다귀만 남아서 그런지 하필이면 거기가 자주 닳는구나."

은서령은 천 노인의 옷자락을 움켜쥐며 바느질을 시작했다.

"그래. 무관은 요즘 어떠냐?"

"항상 그렇죠. 뭐."

"들자 하니 용무관(龍武館)에는 입관하려는 사람들이 줄을 선다며?"

"다들 구문룡의 명성을 듣고 찾아와요. 심지어 우리 무관에 와서도 여기가 구문룡 소협이 있는 곳이냐고 묻는걸요."

"허허. 같은 동네에 있는 무관인데 한 곳은 사람이 넘쳐 장원을 넓히려 하고, 또 한 곳은 파리만 날리고 있으니. 쯧쯧쯧. 관주의 걱정이 이만저만 아니겠구나. 무관에 제자가 들지 않으면 무슨 수로 꾸려 나가누. 어떻게 올 겨울은 버틸 수 있겠냐?"

"호호. 노야. 그 정도는 아니에요. 걱정 마세요."

활짝 웃으면서 말을 하지만 천 노인은 은서령의 웃음 속에 담긴 걱정을 읽었다.

어미가 죽고 난 후 살림이라고는 모르는 관주 밑에서 혼자 무관을 꾸려 나가려니 보통 힘든 게 아닐 것이다.

사형들이라고는 허구한 날 사고나 치고 다니고, 그나마 조금 번듯한 셋째는 오로지 늘지도 않는 무공 수련에만 몰두하고 있으니 광이 바닥나는 줄도 모르는 것이다.

'저 어린것이 사람들 걱정할까 봐 말도 못하고 혼자 얼마나 발을 동동 구를꼬.'

정마대전은 많은 것을 바꿔놓았다.

첫 번째는 새로운 영웅들의 탄생이었다.

그동안 실력은 있으나 강호에 잘 알려지지 않은 많은 사람들이 정마대전을 치르면서 명성을 떨쳤다.

그것은 고스란히 그들이 속한 문파나 세가의 영광으로 돌아갔다.

특히 구대문파와 오대세가라는 전통의 명문에서 영웅들이 많이 배출되었는데 그들은 정마대전을 통해 굳힌 입지를 바탕으로 세를 불리기에 바빴다.

정마대전은 중원이라는 호수에 폭풍이 몰아친 것과도 같아서 어지럽게 부상한 흙탕물이 가라앉으려면 시간이 필요했다.

그리고 한번 가라앉아 정착되어 버린 흙은 좀처럼 바꿀 수 없다.

여기에 문제가 있었다.

당금 무림에서 세를 가졌다는 무림단체는 어느 곳이나 질서가 굳어지기 전에 조금이라도 더 이권을 장악하려고 혈안이 되어 있었다.

이권은 한정되어 있게 마련이고 노리는 곳은 많으니 자연 부딪치는 일이 잦을 수밖에.

소위 노른자위라고 불리는 곳은 더더욱 그랬다.

어떤 경우엔 구대문파가 속가를 동원해 대리전의 양상을 펼치기도 했다.

그들의 체면상 도검을 휘두르며 경쟁하지는 않지만 물밑에서는 그보다 더욱 치열한 전쟁을 벌이고 있었던 것이다.

정마대전의 전우가 지금은 경쟁자인 상황이었다.

당연히 인재가 필요하게 마련이었다.

이재가 밝은 자, 인맥이 넓은 자, 언변이 좋은 자…….

그야말로 인재란 인재는 모조리 무림단체들이 쓸어갔다.

그중에서도 특히 대우를 받는 사람들이 칼을 든 무림인이었다.

그래서 두 번째 변화가 생겼다.

지금은 무림인들이 크게 대접을 받는 세상이었다.

정마대전을 치르는 동안 참전 무인 칠 할이 죽었다는 말이 있었다.

그런 상황에서 수요는 폭발하고 무인들의 수는 모자라니 자연히 몸값이 올라갈 수밖에.

칼만 들면 삼류라도 떵떵거리며 살 수 있다는 소문이 그래서 생겨났다.

구대문파와 오대세가는 물론이고 천하의 수많은 무림단체들이 앞다투어 상금을 내걸고 비무대회를 여는 것도 실력있는 무인을 뽑기 위해서였다.

여기서 세 번째 변화가 나왔다.

사람들은 비무대회에 참가하기 위해, 혹은 무인이 되어 돈을 벌기 위해 무공을 배우러 다녔다.

아무리 무인이 귀하다고는 하나 전통의 명가들이 아무나 제자로 받아들일 수는 없었다.

문턱이 낮고 자질을 따지지 않으며 고리타분한 무리(武理)를 강요하지 않는 곳.

바로 무관이었다.

강호는 지금 무관이 성업 중이었다.

이곳 서항주에만도 이십여 곳이 넘고 항주 전체로 치자면 백여 곳이나 된다고 한다.

그중에는 어지간한 문파나 무가가 함부로 할 수 없을 만큼 강한 잠룡이 웅크리고 있는 곳도 많았다.

하지만 세상 이치가 그렇듯이 무관도 빈익빈 부익부였다.

무관이 어떤 고수를 품고 있느냐에 따라 그 차이는 하늘과 땅이었다.

용무관의 관주는 시류를 보는 눈이 제법 매서워 정마대전에 열 명의 제자들을 참전시켰다.

그중에 그의 아들이자 장제자인 구문룡이 제법 큰 공을 세우고 살아 돌아왔다.

무관제자로서는 전례가 없을 만큼 큰 공이었는데 덕분에 절강의 내로라하는 문파의 후기지수들과 어깨를 나란히 하며 절강오룡(浙江五龍)으로까지 불렸다.

그는 순식간에 영웅이 되었고 용무관은 무공을 배우겠다는 사람들로 문전성시를 이루었다.

반면에 금룡관은 정마대전 이전보다 더 제자가 들어오질 않았다.

이유는 간단했다. 용무관이 사람들을 쪽 빨아먹은 것이다.

같은 값이면 이름난 곳을 가지 누가 시원찮은 무관을 찾겠는가.

"고수를 품어야 해, 고수를."

천 노인이 갑자기 뜬금없는 소리를 했다.

"네?"

"자고로 산은 높이가 아니라 신선을 품어야 명산이라고 했어. 금룡관도 고수를 품어야 해."

"고수라면 아버지도 있고 표 사형도 있어요."

"나도 귀가 있다. 둘 다 이제 겨우 이류의 끄트머리에 한 발짝 걸쳤다는 소문이 파다한데 무슨 소리."

"이류라뇨. 당치도 않아요. 아버지나 표 사형이나 겉으로 실력을 잘 드러내지 않아서 그렇지 무시무시한 고수라고요."

"사람들의 평가는 언제나 정확한 거야. 내 앞에서까지 자존심 세울 거 없어."

"설사, 이류라고 쳐도 대단한 거라고요. 몽둥이를 든 저잣거리 왈패 대여섯은 거뜬히 해치울 수 있다고요."

"내가 소싯적엔 혼자 열 놈도 상대했다. 그게 무슨 대단한 거라고."

"피이. 거짓말."

"험험. 뭐 어쨌든 좋아. 관주와 자룡이가 고수라고 치자. 하지만 밝은 별 열 개가 달 하나만 못하다고 했어. 서동을 들었다 놨다 할 수 있는 고수가 있어야 한다고. 그러면 한 방에 해결이야. 한 방에."

"휴우. 그런 고수가 우리 무관엔 뭐 하러 들어오겠어요?"

"엉? 듣고 보니 그렇네. 이거 내가 실없는 소릴 했군. 쩝."

무관들의 경우 다른 무관과 경쟁을 하기 위해 교두의 명목으로 일정 기간 고수를 초빙하는 일도 있었다. 실제로 효과도 있어 한동안은 제자들이 대거 몰려오곤 했다.

하지만 지금 금룡관으로선 그런 고수를 초빙한다는 게 어불성설이었다.

그 엄청난 비용을 감당하다간 금룡관의 뿌리가 흔들릴 것이다.

제자로 들이는 건 미친 소리다.

어느 누가 자신보다 약한 사람에게 무공을 배우려 하겠는가.

한마디로 천 노인의 말은 노망난 늙은이의 헛소리였다.

"그나저나 제가 사다 드린 약은 다 드셨어요?"

"그, 그게 말이다."

"안 드셨군요. 그렇죠?"

"약이 좀 써야 말이지."

"약이 쓰지 그럼 달아요!"

은서령이 바느질을 하다말고 버럭 소리를 질렀다.

은서령이라면 오금을 저리는 천 노인은 기어들어 가는 목소리로 겨우 말했다.

"고뿔에 좀 걸린 것 같고 성화는……."

"고뿔을 방치하면 중병이 되는 거라고요. 노야는 나이가 있어 특히 조심해야 되는데. 아이 속상해. 진짜!"

은서령은 바느질도 멈추고 의자에 털썩 주저앉아 버렸다.

어렸을 때부터 자신을 친손녀처럼 대해주었던 사람이었다.

차마 아버지나 사형에게 말 못할 일들도 천 노인 앞에서는 허물없이 의논했다. 이제는 속정이 깊이 들어 해가 다르게 쇠약해져 가는 모습이 그렇게 안타까울 수 없었다.

그런데 챙겨주는 약까지 먹지 않았다니.

"알았다, 알았어. 내 지금부터라도 꼬박꼬박 챙겨 먹으마. 이제 됐냐?"

"약속하셨어요?"

"껄껄껄. 그럼, 누구 말이라고."

은서령은 다시 천 노인의 등 뒤로 다가가 바느질을 시작했다.

"누가 챙겨줄 사람도 없는데 자기 건강은 자기가 챙겨야죠."

"거참, 알았다니까 그러네. 오늘 따라 왜 이리 잔소리가 심하누. 너 혹시 오늘 홍건적 쳐들어오는 날이냐?"

"네?"

은서령은 처음에 무슨 말인지 몰라 어리둥절해하다가 뒤늦게 그 뜻을 깨닫고는 빽 소리를 질렀다.

"노야!"

"이크. 귀청 다 떨어지겠네. 이놈아, 할아비 귀 안 먹었다. 살살 말하거라. 살살."

천 노인이 짐짓 자신의 귀를 손가락으로 후비면서 말했다.

"노야, 저도 이제 열아홉 살이라고요."

"이놈아. 내 눈엔 아직 기저귀 찬 애기야."

"응석받이 애기가 어쩌면 시집을 갈지도 모른다고요. 그때도 낭군 앞에서 홍건적 어쩌고 하실래요?"

"엉? 그게 뭔 소리냐?"

"있어요, 그런 게."

"오호. 오늘 따라 요 녀석이 왜 이렇게 까칠한가 했더니 무슨 일이 있긴 있군. 지금 바느질이 문제야? 그렇게 재밌는 얘기를 하고선 꼬랑지를 내리면 안 되지."

천 노인은 은서령의 손을 밀치더니 돌아앉았다.

"알았어요. 얘기해 드릴 테니까 등이나 대세요. 몇 땀 안 남았단 말이에요."

"알았다, 알았어. 그나저나 버들강아지를 준 그놈이냐? 그놈이 정식으로 청혼을 한 거냐?"

"딴사람이에요."

"오호. 인기 폭발인데."

"어젯밤 누가 찾아왔어요. 아버지와는 오래전부터 호형호제하던 분의 아들인데 저와는 어렸을 때 복중혼약한 사이래요."

"복중혼약? 저, 저런 구닥다리 같은 노인네 같으니라고. 그래서?"

"혼인첩을 보낸 지는 몇 해가 되었는데 그동안 어디서 뭘 했는지 이제야 왔더라고요. 아버지는 벌써부터 그를 사위라고 불러요. 아, 사람들 보기 창피해 죽겠어요."

"큭큭큭. 관주가 좀 고리타분한 구석이 있지. 그래 뉘집 자식인고?"

"잘 모르실 거예요. 저 멀리 천산지맥의 어느 골짜기에서 사냥꾼 아버지와 함께 살던 사람이에요."

"천산지맥? 천산은 마교가 창궐한 곳인데? 그 녀석 혹시 마인 아니냐?"

"그렇지 않아요. 오히려 아버지를 마인들에게 잃었데요."

"그나저나 듣다 보니 괜히 화가 나는구나. 아비도 없이 천애 고아나 다름없는 놈에게 너를 보내겠다고? 내 이놈의 관주를 그냥… 커헉!"

천 노인은 금방이라도 자리를 털고 일어서려다가 비명을 지르며 주저앉았다.

"갑자기 일어서시면 어떡해요?"

"끄아아… 깊이 박혔냐?"

"그게 아니라, 바늘이 똑 부러졌잖아요!"

은서령은 쌈지에서 다른 바늘을 하나 꺼내 다시 실을 꿰고는 바느질을 시작했다.

"끙. 그래 넌 그 녀석이 마음에 들고?"

"잘 모르겠어요."

"어라. 이 녀석 좀 보게. 전혀 마음에 없는 눈치는 아닌걸."

"그게 아니라. 어쩐지 제가 알던 옛날의 오라버니와는 많이 달라요. 예전의 그는 상냥하고 친절했는데 지금은 어쩐지… 무서워요. 잘 웃지도 않고요."

"사내가 조금 묵직해야지."

"그는 제가 마음에 안 드나 봐요."

"뭐? 이런 고얀 놈을 봤나. 제깐 놈이 뭔데 너를 싫다고 한단 말이냐! 어디 선계에서 선녀라도 찾는 모양이지. 후레자식 같으니라고."

천 노인은 마치 자신의 손녀가 퇴짜를 맞기라도 한 것처럼 흥분했다.

"노야! 욕설은 안 하기로 저랑 약속하셨잖아요."

"얼씨구. 벌써부터 제 서방이라고 편드는 거냐?"

"서방은 무슨 서방이에요. 저는 아직 시집갈 생각이 없단 말이에요."

"흥, 얼굴이 발개지는 걸 보니 꼭 그렇지만도 않은걸?"

"휴우. 이제 다 됐어요. 빨리 찻잎이나 주세요. 아버님 기침하시기 전에 끓여 드려야 해요."

천 노인은 다장(茶欌)을 뒤적뒤적 하면서도 혼자 툴툴거렸다.

"썩을 놈. 대체 어떻게 생겨먹었기에 저런 계집아이를 싫다는 거야. 옥면공자라도 되는 거야 뭐야. 구시렁구시렁……."

밤새 울적했던 은서령도 그 모습을 보자 마음이 조금은 풀렸다. 언제나 자신의 편이 되어주는 사람이 있다는 건 이럴 때 좋다.

잠시 후 천 노인은 깨끗한 종이에 정성스럽게 싼 차를 건네주며 말했다.

"언제 한번 그 녀석을 데려 오련?"

"왜요?"

"주둥이를 찢어놓게."

"노야!"

"껄껄껄. 농담이다. 그래도 한 번 보여줄 거지? 모름지기 사내는 사내가 봐야 하는 법이란다."

"그럼 안녕히 계세요. 약 꼬박꼬박 챙겨 드시고요."

은서령은 들어올 때와는 달리 한층 밝아진 모습으로 인사를 하고는 총총걸음으로 나갔다.

"껄껄껄. 저 꼬맹이가 시집을 간단 말이지."

천 노인이 혼잣말을 하고는 다탁에 놓인 것들을 하나씩 치웠다.

그러다 부러진 바늘 조각을 발견했다. 고개를 두리번거려 주위에 사람이 없는 걸 확인한 천 노인은 얼른 부러진 바늘을 입안에 넣고 오도독오도독 씹어 먹었다.

第四章

운하의 괴물

天山刀客

거하게 차려진 식탁을 가운데 두고 금룡관의 여섯 식구가
모여 앉았다. 그들 중에 새로운 사람이 하나 있었으니 바로 용
악산이었다.

은도천은 무엇이 그리 좋은지 연신 수염을 쓰다듬었다. 나
머지 제자들은 용악산과 은서령을 번갈아 보며 눈치만 살폈
다.

"험험……."

은도천이 괜한 헛기침을 했다.

그것에 맞춰 금룡관의 사형제들이 일제히 용악산을 쳐다보
았다. 용악산은 무슨 뜻인지 몰라 한참을 망설이는데 하풍달
이 용악산과 옆에 있는 보자기를 번갈아 보며 눈을 깜빡깜빡

했다.

용악산은 뒤늦게 그것이 은서령에게 보자기를 전해주라는 뜻인 줄 알았다.

무엇이 들어있는 줄도 모르고 그저 은서령에게 줄 선물이라고만 생각하는 모양이었다.

사실 보자기 속에 들어 있는 게 무엇인 줄 모르기는 용악산 또한 마찬가지였다. 어쨌든 진짜 비파랑이 살아서 전해주려한 물건이었으니 자신을 곤란케 하지는 않을 터.

용악산이 슬그머니 은서령의 앞으로 보자기를 밀어 놓았다.

"어이쿠. 그냥 빈손으로 와도 될 것을. 껄껄껄."

은도천이 짐짓 모르는 척 딴소리를 하며 수염을 쓰다듬었다.

그는 은서령과 용악산을 친하게 해주려고 노력하는 기색이 역력했다.

은서령은 용악산에게 시선을 한 번 준 후 천천히 보자기를 풀기 시작했다.

잠시 후, 속에서 나온 것은 비단으로 한 땀 한 땀 정성들여 수를 놓은 당혜였다. 이제는 다 자라 성인이 된 은서령의 발에 꼭 맞을 것 같은 당혜.

은서령의 볼이 발갛게 물들었다.

"이런이런. 매양 따라다니며 눈밭에 벗겨진 신발을 신겨주곤 하더니. 껄껄껄."

은도천이 말했다.

은서령이 어리둥절한 표정을 짓자 은도천이 다시 설명해 주었다.

"기억나지 않느냐? 어렸을 때 파랑이가 곧잘 넘어진 네 손을 잡아 일으켜주곤 했던 거 말이다. 그때마다 신발 속에 들어간 눈을 제 소매로 깨끗이 닦아 다시 신겨주곤 하더니. 하하하."

은도천의 말에 은서령은 부끄러운 듯 살포시 웃기만 했다.

그러다 용악산을 향해 가볍게 목례를 했다.

그 무렵 공춘보의 동그래진 눈은 용악산과 은서령의 손에 들린 당혜를 빠르게 오갔다.

'설마 이 친구도 신발에 집착하는……?'

"자. 이제 다들 식사를 시작하자꾸나."

은도천이 젓가락을 집어 음식을 먹기 시작했는데도 어쩐 일인지 다들 멀뚱멀뚱 서로의 눈치만 보고 있었다.

그러다 용악산이 젓가락을 들자 그제야 공춘보부터 차례로 음식을 먹기 시작했다.

용악산은 사람들이 자신을 은연중에 대접하고 있음을 알았다.

"백마표국에 갔던 일은 어찌 됐느냐?"

은도천이 물었다.

"기다려 보라고 했으니 곧 좋은 소식이 있을 거예요."

그러나 대답을 하는 은서령의 얼굴엔 고단함이 묻어났다.

"잘 안 된 모양이구나."

"너무 걱정 마세요. 아버지. 항주에는 표국이 많으니 오늘부턴 다른 곳도 알아볼게요."

"사매, 십 년 동안 거래해 온 백마표국도 등을 돌리는데 다른 표국들이라고 일거리를 주겠어? 쓸데없이 힘 빼고 다니지 마."

공춘보였다.

"별로 힘들지 않아요. 그리고 내가 할 일인걸요."

"괜히 아쉬운 소리 하다가 문전박대만 당하니까 그렇지. 난 사매가 어디 가서 그런 대접받는 거 싫단 말이야!'

"역시 내 걱정해 주는 사람은 공 사형밖에 없다니까. 알았어요. 아쉬운 소리 안 하고 절대 기죽지 않을게요. 하지만 부지런히 돌아다녀야 해요. 일반 제자들은 우리만 믿고 열심히 수련 중이잖아요."

용악산과는 좀처럼 말을 섞지 못하던 은서령은 그녀의 사형제들과는 스스럼이 대화를 나누었다.

무관에서 실력을 쌓은 제자들이 주로 할 수 있는 일은 그때그때 필요에 따라 차출해 가는 객원 표사나 보표 등이었다.

한때는 금룡관도 표사를 보내달라는 표국들로 문전성시를 이룬 적이 있었다.

삼대를 걸쳐 오면서 항주 바닥에서 쌓은 신뢰 때문이었다.

하지만 지금은 그나마 거래를 해오던 표국들이 대부분 등을 돌렸다. 근자에 용무관이라고 하는 상당한 실력을 지닌 무관이 새로 들어섰기 때문이었다.

"휴우. 그게 꼭 그렇지도 않아."

하풍달이 말했다.

"하 사형, 그게 무슨 말씀이세요?"

"어제저녁에 두 녀석이 짐을 쌌어. 이번 달에만 벌써 여섯 명째야. 이대로 가다간 한 달도 안 돼 제자들이 남아나질 않겠어."

"뭣! 이런 배은망덕한 놈들을 봤나. 아무리 작은 무관제자라지만 수년을 가르쳐 준 사부님께 인사 한마디 없이 야반도주를 했단 말이야!"

공춘보가 음식을 먹다 말고 흥분해 소리쳤다. 그러더니 갑자기 은도천을 향해 말했다.

"사부님, 걱정 마십시오. 그런 배은망덕한 놈들은 차라리 없는 게 났습니다."

하지만 공춘보의 말과 달리 은도천은 안타까운 얼굴을 했다.

"그 아이들을 나무랄 것 없느니라. 오죽했으면 야반도주를 했겠느냐? 그동안 얼마나 마음고생이 심했을꼬. 쯧쯧쯧. 불가에서는 전생에 만겁의 인연을 쌓아야 후생에 겨우 옷깃을 스친다고 했다. 하물며 스승과 제자의 인연은 얼마나 깊은 것이냐. 나중에라도 만나거든 사제를 대하듯 따뜻하게 대해주거라. 다들 알겠느냐?"

"하, 하지만……."

공춘보가 못마땅한 표정을 지었다.

"어허, 군자란 남의 잘못을 탓하기 전에 내 허물을 먼저 보는 법이다."

"휴우. 알겠습니다, 사부님."

은도천의 지엄한 말에 공춘보가 마지못해 대답을 했다.

그러나 공춘보는 여전히 걱정스런 얼굴을 하고 있는 은서령을 향해 작은 소리로 속삭였다.

"사매, 걱정 마. 내가 있잖아, 내가."

"네, 공 사형. 전 공 사형만 믿을게요."

은서령이 환하게 웃어 주었고 공춘보는 다시 그녀를 향해 누런 이를 드러내 보였다.

그 모습이 오누이처럼 다정해 보였다.

평생 재물에 대한 부족함을 모르던, 특히 배신에 대한 죗값을 죽음으로 받아내던 용악산에게는 모두가 낯선 풍경이었다.

말없이 떠난 제자들을 염려하는 사부나, 어려운 시절을 보내면서도 서로 위로하고 힘이 되어주는 사형제들이나…….

그때 은서령이 조심스럽게 말을 꺼냈다.

"그래서 말인데요, 공 사형."

"응, 뭔데? 뭐든 말해봐. 사매 부탁이라면 내 뭐든 들어줄 테니까."

"되촌에 한번 가봐 주시지 않을래요?"

"뭐, 뭣! 사매. 그건 안 돼."

공춘보가 코까지 벌렁거리며 놀란 표정을 지었다. 그는 화가 나거나 놀라면 들창코를 벌름거리는 습관이 있었다.

"공 사형."

"포상금도 몇 푼 안 되지만 되촌의 괴사는 항주 칠대 불가사의 중에 하나라고. 겁없이 덤벼들었다가 개망신만 당하고 물러난 문파가 한둘인 줄 알아."

"꼭 포상금 때문만은 아니에요. 어제 백마표국에 다녀오는 길에 되촌 사람들을 만났는데 그 사람들이 너무 안됐어요. 이제는 도와주겠다는 사람도 없고. 오죽하면 마을 전체가 정든 고향을 버리고 이주를 생각하겠어요."

"사매, 그건 공 사형 말이 맞아. 되촌 괴사를 해결하려고 뛰어들었다가 죽어나간 고수가 벌써 여럿이야. 양민들의 사정은 딱하지만 우리 힘으로는 어쩔 수 없다고."

하풍달까지 나서서 은서령을 말렸다.

"아이. 오빠."

평소엔 이 사형, 저 사형 하다가도 꼭 부탁할 일만 있으면 뜬금없이 오빠라고 부르는 은서령이었다.

용악산은 묘한 기분이 들었다. 저 한마디는 바로 비파랑이 그렇게 듣고 싶어 하던 한마디였기 때문이었다.

이번에는 공춘보도 하풍달도 만만치 않았다.

"글쎄, 안 된다니까! 한 번 말하면 알아들어야지!"

"맞아. 오늘은 아무리 콧소리를 내도 소용없어!"

하풍달이 또 거들었다. 평소엔 공춘보와 티격태격하다가도 공동의 적을 만나면 무섭게 똘똘 뭉치는 두 사람이었다.

"알… 았… 어요."

은서령은 금세 풀이 죽은 얼굴이 되어서는 젓가락을 탁자 위에 슬그머니 내려놓았다. 두 번째 작전이 시작된 것이다.

"왜 그러느냐?"

은도천은 은서령의 속셈을 알면서도 짐짓 모르는 척 시치미를 떼고 물었다.

"통 입맛이 없어서요. 돈 나갈 때는 많은데 들어오는 수입은 없고…… 휴우. 어쩔 수 없죠 뭐. 이대로 앉아만 있다가 다 함께 굶어 죽어요. 전 사형들과 함께라면 두렵지 않아요."

"핫. 또 저런다. 또!"

공춘보와 하풍달이 밥을 먹다 말고 뜨악한 얼굴로 호들갑을 떨었다.

은서령은 금방이라도 눈물이 그렁그렁 맺힐 것 같은 표정으로 공춘보와 하풍달을 빤히 쳐다보았다.

그저 쳐다보기만 했다.

공춘보와 하풍달은 애써 모른 척하며 딴청을 피웠다.

산채를 이것저것 집어 먹기도 하고 애꿎은 물을 벌컥벌컥 마시기도 하고. 하지만 자신들의 얼굴을 향해 쏟아지는 은서령의 측은한 눈빛을 견디지 못하고 기어이 항복을 했다.

"젠장. 알았다, 알았어! 이제 됐냐?"

"휴우. 또 이렇게 되는구나. 또."

공춘보와 하풍달이 땅이 꺼져라 한숨을 쉬며 말했다.

"역시. 전 사형들이 흔쾌히 동의해 주실 줄 알았어요."

은서령은 언제 그랬냐는 듯이 방긋 웃으며 젓가락을 집어

들었다. 이것저것 고기반찬을 막 집어다 공춘보와 하풍달의
접시에 올려주는 것이었다.

"어쩐지 오늘 따라 고기반찬이 올라오더라니."

"그러게 말이오. 진즉에 눈치챘어야 했는데."

공춘보와 하풍달이 그런 소리를 주고받는 동안 은서령은 무
슨 이유에선지 아랫입술을 오물거리며 잠시 망설였다. 그러다
용악산을 향해 조심스럽게 물었다.

"저… 오늘 바쁘세요?"

                    *   *   *

"아, 고민이야, 고민. 난 어째서 사매의 그 표정만 보면 마음
이 약해지는 걸까? 딱 고 위기만 넘기면 되는데 말이야."

배를 타고 운하를 따라 되촌으로 가는 길에 삿대를 잡은 공
춘보는 계속 구시렁거렸다.

"항주 칠대 불가사의가 뭐요?"

용악산이 하풍달에게 물었다.

"항주에서 풀리지 않는 일곱 가지 수수께끼를 두고 일컫는
말이지요. 첫째, 구룡장주의 재산은 과연 얼마나 되는가? 둘
째, 구룡장주의 딸과 우리 사매 중 누가 더 예쁜가? 셋째, 용무
관주는 소문처럼 흑도출신이 맞는가? 넷째, 용무관주와 사부
님께서 논검을 하면 누가 이길 것인가? 다섯째, 누렁이는 왜
하필 공 사형의 신발만 물어가는가? 여섯째, 되촌의 괴사는 정

말 귀신의 짓인가? 일곱째, 자룡이는 과연 여자에게 관심이 없는가?'

구룡장은 남궁세가의 오대외장 중 한 곳으로 용악산도 그것이 항주에 있다는 걸 알고 있었다.

하지만 용무관은 모르는 곳이었다. 아마 금룡관과 경쟁 관계에 있는 또 다른 무관이 아닐까 싶었다.

그건 그렇고 무슨 항주의 칠대 불가사의가 저렇게 사사롭고 조잡하단 말인가.

그러나 이어지는 하풍달의 설명을 듣고 나서야 용악산은 겨우 이해할 수 있었다.

"헤헤. 공 사형과 제가 수련 중 짬이 날 때마다 심심풀이로 한번 만들어본 것입죠."

정말 실없는 사람들이었다.

무인의 길로 들어섰으면 눈이 오나 비가 오나 수련에 매진할 것이지 저런 쓸데없는 고민이나 하고 앉았으니.

이것이 무관제자의 한계란 말인가.

"되촌의 괴사는 또 무엇이오?"

"휴우. 그게 참 무시무시합니다. 몇 년 전부터 운하를 따라 괴상한 변사체가 떠내려오곤 했습니다. 하반신만 남아 둥둥 떠다니는 시체인데 이를 두고 항주 사람들은 물귀신의 짓이다, 살인마의 짓이다, 극악마공을 익히는 마인의 짓이다 하며 말들이 많았죠. 그 일로 관부에서 운하를 이 잡듯 뒤지며 조사를 했지만 아무런 단서도 찾지 못했습니다. 그러는 와중에도 변사체는 계속 발견되었고 종국에는 무림인들까지 진상 파악에 나섰죠. 하지만 큰소리를 치며 나섰던 무림인들까지 변사체로 발견되는 일이 속출했습니다. 결국, 원인은 밝혀지지 않은 채 소문만 더욱 무시무시해졌죠."

"그게 되촌의 괴사와 무슨 연관이 있습니까?"

"되촌에 운하와 연결되는 호수가 하나 있는데 사람들은 그 물건이 호수와 운하를 오가며 사람들을 죽인다고 믿습니다. 실제로 호수에는 오래전부터 섬뜩한 전설이 하나 있거든요."

사람들은 계속해서 운하를 따라 북상했다.

운하와 호수의 도시라더니 항주는 과연 온통 운하였다.

오죽하면 항주를 한 바퀴 도는데 말을 타고는 이틀이 걸리지만 배를 타면 하루가 걸린다고 했을까.

일행은 거미줄처럼 복잡하게 이어진 운하를 따라 반 시진쯤 올라간 후에야 한적한 마을에 도착했다.

과연 마을엔 운하와 연결된 커다란 호수가 하나 있었다.

하풍달의 말로는 운하의 수량을 안정적으로 확보하기 위해 일부러 자연 호수와 연결한 것이라고 했다.

즉, 갈수기 때에는 호수의 물을 끌어다 쓰고 장마철에는 반대로 호수에 물을 저장함으로써 운하가 넘치는 것을 방지한단다.

항주에는 이런 홍수방지용 호수가 이십여 개나 있다고 했다.

마을은 온통 죽음의 그림자가 드리워져 있었다.

흉한 마을이라 해서 사람들이 찾지 않는데다 그나마 있던 사람들도 두려움을 느끼고 하나둘씩 빠져나간 탓이었다.

용악산 일행의 등장에 마을 사람들은 크게 기대도 하지 않는 눈치였다. 이미 많은 사람들이 문제를 해결하겠다고 다녀갔지만 모두 허탕만 쳤기 때문이었다.

그것으로 끝나면 그나마 좋겠지만, 사람들은 자신의 실패를 합리화하기 위해 소문을 더욱 부풀렸을 테고, 그것은 고스란히 되촌의 불행으로 돌아왔을 것이다.

"안개를 부리는 여자 물귀신입니다. 틀림없어요. 우리 마을 사람들 중에서도 본 사람이 한둘이 아닙니다. 심지어 저도 봤다니까요."

그나마 한가닥 희망을 가지고 나온 늙은 촌장이 한 말이었다.

"촌장님, 매양 그런 허무맹랑한 소리를 하시니까 아직도 해결이 안 나지요. 괜히 쓸데없이 살을 붙이지 말고 본 대로만 말씀해 주세요."

공춘보가 말했다.

"허허. 내 이 두 눈으로 똑똑히 봤다니까 그러네. 평소에는 하얀 소복을 입고 물속에서 헤엄을 치다가도 보름달이 뜨면 물 밖으로 나와 북두칠성을 향해 절을 하더라니까. 그것뿐인 줄 아시오. 어떤 날 밤에는 호숫가 나무 그늘에 누워서 달빛을 즐기더란 말이오. 그 모습을 보고 내가 얼마나 식겁을 했는지 아시오?"

"풍달아, 가자 가. 이 촌장님 진짜 사람 잡을 분이다. 어떻게 저런 새빨간 거짓말을 입에 침도 안 바르고 하시냐."

"허허. 정말 미치겠구먼. 이거 속을 까뒤집어 보여줄 수도 없고."

촌장은 가슴을 탕탕 치며 억울해했다.

"입장을 바꿔놓고 생각해 보십시오. 촌장님 같으면 그 말을 믿으시겠습니까? 세상에 안개를 불러들이고 북두칠성을 향해 절을 하는 귀신이라뇨. 그게 말이 됩니까? 혹시, 약주 드시고 온 거 아니에요?"

하지만 촌장은 막무가내였다. 자신은 목숨을 걸고 거짓말을 한 적이 없다는 것이다.

"아이고 답답해, 아이고 답답해."

"푸아. 환장하겠네, 진짜."

공춘보가 촌장과 티격태격하고 있을 때 용악산은 조용히 호수를 살폈다.

호수의 가장자리를 따라 하늘을 찌를 듯이 솟아 있는 전나무는 호수 전체에 짙은 그림자를 드리우고 있었다.

그 때문인지 호수 한가운데서는 대낮인데도 물안개가 귀신의 머리카락처럼 스멀스멀 피어올랐다.

꼭 전설 때문이 아니라도 무언가 쑤욱 솟아오를 것만 같은 으스스한 분위기.

그러나 용악산의 관심을 끈 것은 호수 곳곳에서 자라는 왕부들이었다. 일 장 높이까지 자라는 왕부들은 기후가 따뜻한 강남의 호수라면 어디서나 쉽게 볼 수 있는 것이었다.

이런 부들 숲은 많은 물고기들을 불러들이게 마련이다.

가운데 깊은 곳을 제외하고는 대부분 부들이 자라는 것으로 보아 무언가 존재한다면 사람들의 눈에 들키지 않으면서도 오래도록 먹을 것을 해결할 수 있는 상황.

"거짓말이 아니오."

갑작스런 용악산의 말에 사람들이 대화를 멈추고 용악산을 돌아봤다.

"그게 무슨 말씀이십니까?"

하풍달이 물었다.

용악산은 대답대신 촌장에게 물었다.

"마을에 혹 판선(板船)이 있습니까?"

판선은 강남의 늪지대에서 타는 바닥이 평평한 배를 일컫는다.

"호수에 흉사가 돌고부터는 사람들이 통 고기잡이를 나가지 않아서요. 그런데 판선은 무엇에 쓰시렵니까?"

"물귀신을 잡으려면 늪으로 들어가야지요."

"어랍쇼? 촌장님 말씀을 진짜로 믿는 겁니까?"

공춘보가 기도 차지 않는 다는 듯이 물었다.

"이익도 없는 거짓말에 목숨을 걸 사람은 없소."

용악산이 자신의 말을 믿어주는 듯하자 촌장은 팔을 걷어붙이고 나섰다.

"뭐 약간 부서지기는 했겠지만 예전에 쓰던 배라도 있는지 한번 알아보겠습니다. 더 필요한 건 없습니까?"

"창이 필요한데. 많으면 많을수록 좋겠습니다."

"어이쿠. 평생 땅만 파먹고 사는 사람들에게 그런 흉한 물건이 있을 리가요. 대신 작살은 어떠신지요? 예전에 고기잡이 하던 사람들이 좀 있어 작살이라면 구할 수 있을 것 같은데."

"좋습니다."

"알겠습니다. 준비해 옵죠."

"휴우. 이거 오싹한 것이 장난 아니네."

공춘보가 삿대를 저으며 말했다.

사람들은 밤을 기다려 배를 타고 호수로 나아가는 중이었다. 아닌 게 아니라 분위기가 으스스하긴 했다.

밤이 되자 물안개는 더욱 기승을 부렸고 덕분에 한 치 앞을 내다보기가 어려웠다.

게다가 촌장이 가져온 배가 낡고 오래된 것이라 언제 가라앉을지 몰라 아슬아슬했다.

한밤의 고요함 속에 삿대가 물을 젓는 소리만이 정적을 깨웠다. 배에 탄 사람은 모두 셋. 표자룡과 촌장은 용악산이 호숫가에 대기시켜 놓았다.

"그나저나 무슨 호수에 수초가 이렇게 많지?"

하풍달이 말했다.

"호수가 아니오."

용악산이 말했다.

"예?"

"과거에는 호수였을지 모르나 지금은 늪이오. 늪이 놈을 불렀소."

"그놈이라면 촌장이 말한 그 물귀신 말입니까?"

"타아. 나 살다 살다 별 희한한 소리를 다 들어보겠네."

삿대를 잡고 있던 공춘보가 코웃음을 쳤다.

하풍달도 도대체 무슨 소리를 하는지 모르겠다는 얼굴로 용악산을 보았다.

용악산은 뱃머리에 서서 기운을 상단전으로 모았다.

두정안(頭頂眼)이라는 것이 있다.

정수리에서 일직선을 따라 내려오면 이마 위 뼈가 튀어나온 부분을 미궁(眉弓)이라 하고, 바로 그 미궁과 두 눈이 만나는 지점에 있다는 제삼의 눈.

서장 밀교의 승려들은 이곳을 통해 보통 사람들은 보지 못하는 세상을 본다. 다만 두정안을 열기 위해서는 일 갑자 이상의 공력을 지닌 상태에서 천기를 보아야만 가능했다.

하지만 용악산은 마초를 복용해 인위적으로 두정안을 열었다.

그렇다. 이건 마공이다.

용악산은 밤안개의 미세한 흐름을 통해 안개 너머의 사물을 입체화했다. 그의 머릿속에 흐릿한 영상들이 잡혔다.

작은 미풍에 흔들리는 물결, 수면 위로 뛰어오른 물고기, 그리고……

"저기!"

용악산이 불현듯 호수 위 어느 지점을 손가락으로 찌를 듯 가리켰다.

전신에서 뿜어져 나오는 위엄 때문에 공춘보는 귀신에라도 홀린 사람처럼 서둘러 삿대를 찍었다.

배는 안개와 물살을 가르며 빠르게 그러나 조용하게 나아갔다. 그리고 마침내 어느 지점에 이르러 용악산이 손을 들었다.

멈추라는 뜻이었다.

공춘보는 삿대를 뽑고 슬그머니 작살을 집어 들었다. 하풍달도 작살을 집어 들었다.

애초 촌장은 사람 수에 맞춰 네 개의 작살을 가져다 주었다.

그중 한 개는 표자룡이 가지고 있었고 나머지는 모두가 하나씩 가졌다.

"도대체 여기에 뭐가 있다는 겁니까? 사방에 온통 안개뿐이잖습니까?"

공춘보가 용악산의 근처로 바짝 다가와서는 목소리를 쥐어짰다.

보이는 것은 온통 안개와 시커먼 물뿐. 도무지 여기가 호수의 어디쯤인지도 짐작할 수 없었다.

용악산은 소매를 가볍게 저어 안개를 밀어냈다.

그러자 배를 삼키고 있던 안개가 거짓말처럼 사라지며 사방 대여섯 장 공간에 달빛이 쏟아졌다.

"뜨흡!"

"하아!"

공춘보와 하풍달이 동시에 놀란 눈을 치켜떴다.

안개가 부뚜막의 연기도 아니고 어떻게 손을 휘저어 없애버릴 수 있단 말인가.

두 사람은 용악산이야말로 안개를 부리는 물귀신이 아닐까 하는 얼굴로 눈을 떼지 못했다.

"저기를 보시오!"

용악산이 가리키는 지점엔 한줄기 흙탕물이 길게 지나가고 있었다. 달빛이 좋은 탓인지 아니면 수심이 얕은 탓인지 미세하게나마 그것을 알아차릴 수 있었다.

"사두진(蛇頭陣)을 아시오?"

독사의 머리 모양에서 착안한 것으로 강호인이라면 누구나 알고 있는 흔하디 흔한 진법이었다.

"모, 모르겠는데요."

두 사람이 동시에 대답했다.

"할 수 없군. 내가 방향을 잡을 테니 두 사람은 양쪽에서 엄호해 주시오."

"그, 그게 무슨 말입니까?"

공춘보가 물었다.

"여기서부터 세 방향으로 나눠 놈을 호숫가로 몰아갈 거요."

"호숫가로 유인하다뇨?"

용악산은 대답도 않고 작살 하나를 손에 쥔 다음 슬그머니 호수 속으로 내려갔다. 물은 예상대로 허리춤까지밖에 안 왔다.

"지, 지금 뭐 하시는 겁니까?"

"우, 우리도 내려 가야합니까?"

공춘보와 하풍달이 잔뜩 겁먹은 목소리로 호들갑을 떨었다.

"내려오겠소? 아님 내가 내려 드릴까?"

용악산은 일부러 무서운 얼굴로 말했다.

수하들이 두려움에 떨고 있을 때 그는 항상 더욱 무섭게 몰아붙였었다. 그래야 바짝 긴장을 해서 실수를 하지 않을 테니까.

하지만 두 사람은 용악산보다 수많은 사람들을 잡아먹었다는 호수 속 정체 모를 괴물에 대한 공포심이 더 컸던 모양이었다.

공춘보가 갑자기 배를 돌리더니 삿대를 찍어 달아나기 시작했다.

말이 통하지 않을 때는 행동으로 보여줄 수밖에.

용악산은 용골을 잡고 엄청난 완력으로 배를 뒤집어 버렸다.

첨벙. 첨벙.

"와푸, 와푸……."

"어푸… 어푸…."

"조용히 하지 않으면 그 입까지 내 손으로 다물게 해주지!"

착 가라앉은 목소리. 잡아먹을 듯한 두 눈.

공춘보와 하풍달은 오싹한 공포를 느끼며 곧장 입을 다물었다. 용악산은 더 이상 두 사람이 알던 그가 아니었다. 무뚝뚝하긴 해도 저렇듯 섬뜩한 기도를 풍긴 적은 없었는데…….

용악산은 그제야 만족하고 흙탕물을 따라 나아갔다.

그때 뒤에서 누군가 손가락으로 등을 콕콕 찍었다.

"또 뭐요!"

짜증이 난 용악산이 험악한 얼굴로 뒤를 돌아보았다.

"여, 여기 밑에……."

공춘보와 하풍달이 새파랗게 질린 얼굴을 하고선 손가락으로 자신들이 서 있는 물속을 가리켰다.

가만 보니 두 사람의 몸이 물속으로 스르륵 가라앉고 있었다.

늪지대인지라 바닥에 쌓인 퇴적물이 두 사람을 집어삼키고 있었던 것이다.

"운우보(雲羽步)를 펼치시오."

등평도수의 시초가 되는 무공으로 구름과 깃털처럼 몸을 가볍게 하는 보법이었다. 거창한 이름과는 달리 사두진만큼이나 흔하디흔한 보법.

"우, 우리는 그런 거 모릅니다."

"……!"

난감했다. 사두진도 모른다. 운우보도 모른다.

도대체 할 줄 아는 무공이 있기나 한 걸까?

아니, 이들이 과연 무인이 맞나 싶었다.

"배로 올라가 있으시오."

결국 용악산은 이미 뒤집어진 배를 다시 바로 세운 다음 두 사람을 무 뽑듯이 뽑아 올려주었다.

"귀찮아 죽겠군."

차라리 데려오지 말걸 하는 생각까지 들 정도였다.

그러면 그럴수록 흩어진 부하들 생각이 간절했다.

눈빛만으로도 자신의 생각을 읽고 알아서 행동하던…….

용악산은 작살을 쥐고 천천히 물살을 가르며 나아갔다.

두 사람도 미안했던지 배를 타고 용악산으로부터 약간 떨어진 곳에서 따라왔다. 세 방향은 아니지만 두 방향에서 놈을 몰 수 있었다.

용악산은 다시 기운을 두정안으로 모았다.

물속의 형상이 흐릿하게 떠오르기 시작했다. 흙탕물은 근처를 한 바퀴 돌다가 좌측으로 삼 장 정도 떨어진 곳에서 멈췄다.

그리고 느껴지는 커다란 형체.

놀랍게도 공춘보와 하풍달이 탄 배가 바로 그 형체 위를 천천히 지나고 있었다.

"아래를 보시오!"

용악산의 말에 하풍달과 공춘보가 수면에서 최대한 멀리 떨어져 물속을 살폈다.

"잘 안 보이는데. 풍달아, 넌 보이냐?"

"글쎄올시다. 나도 잘 안 보이는데."

"더 가까이서 봐야지!"

용악산이 눈을 부라리자 두 사람은 황급히 엎드려 물속에 얼굴을 집어넣었다.

그때 두 사람은 기이어 보고야 말았다.

하얀 소복을 입은 여자가 길고 검은 머리카락을 풀어 헤친 채 옆으로 누워 있는 것을.

"꼬르르륵……."

쿵!

공춘보는 그 자리에서 기절을 하고 말았고 하풍달은 턱을 달달 떨며 겨우 말을 했다.

"귀, 귀, 귀신입니다."

"심장을 찍어! 어서!"

"모, 모, 못해요!"

"이런 멍청이! 어서 찍으란 말이야!"

목을 조여 오는 듯한 용악산의 목소리에 하풍달은 두 눈을 질끈 감고 작살을 찍었다.

그 순간.

꽤애애애액!

돼지 멱따는 소리와 함께 거대한 물체가 호수 밖으로 튀어 나오며 몸부림을 쳤다. 안타깝게도 하풍달이 찍은 작살은 심장이 아닌 허리에 박혀 있었다.

물방울이 사방으로 튕겨 나가고 파도에 배가 뒤집어졌다.

놈이 물 밖으로 튀어 오르는 순간 용악산의 작살도 손을 떠났다.

파앙!

밤의 대기를 찢으며 날아간 작살은 정확히 놈의 심장을 관통했다.

쩨애애애액!

놈이 또 한 번 괴성을 지르며 몸부림을 쳤다.

괴물 같은 놈이었다. 심장을 맞고도 펄떡거리는 놈이라니.

더욱 문제인 것은 놈이 물에 빠진 하풍달과 공춘보를 노린다는 점이었다. 하풍달은 그나마 정신이라도 깨어 있지만 공춘보는 완전 무방비 상태였다.

다급했다. 작살은 다 떨어졌고 공춘보가 들고 있던 것은 이미 호수 속에 가라앉아 찾을 수가 없었다.

용악산은 부들이 깔린 수면 위를 박차고 달림과 동시에 표자룡을 향해 소리쳤다.

"표자룡! 소리가 난 쪽으로 작살을 던져!"

다급한 와중에 공대고 뭐고 없었다.

이제부턴 표자룡에게 달렸다.

그는 과연 소리만 듣고도 밤안개를 뚫고 삼십여 장 바깥으로 정확히 작살을 던질 수 있을까?

그도 사형들과 마찬가지로 허당이라면 문제가 여간 심각해지는 게 아니었다.

용악산이 제아무리 신기를 지녔다고 해도 물속에서 만큼은 괴물을 당할 수 없는 것이다.

놈을 호숫가로 유인하려 했던 것도 그런 이유에서였다.

쐐애애액!

순간, 안개를 뚫고 작살 한 자루가 무섭게 날아왔다.

수면 위를 달리던 용악산이 허공으로 솟구쳐 작살을 낚아챘다. 동시에 물속 흐릿한 형체를 향해 칠성 공력을 실어 던졌다.

추왁!

쫴애애애액!

공춘보를 막 집어삼키려던 괴물은 또 한 번 괴성을 지르며 몸부림쳤다. 흡사 호수 바닥에서 돌풍이라도 부는 듯 물이 뒤집히고 물보라가 치더니 이내 잠잠해졌다.

잠시 후, 호수가 지독한 비린내와 함께 피로 물들었다.

찰싹! 찰싹!

"사형, 사형, 눈 좀 떠 보십시오."

표자룡이 게거품을 물고 쓰러진 공춘보의 뺨을 때렸다.

벌써 수십 대를 때렸는데도 공춘보는 도무지 깰 생각을 하지 않았다. 그렇다고 숨이 끊어진 것도 아니었다. 맥을 짚어보면 말짱할 때보다 더 씩씩하게 뛰고 있었다.

"그래가지고 깨겠냐? 이리 나와 봐. 퉤, 퉤."

보다 못한 하풍달이 나섰다. 그는 손에 침을 두어 번 뱉더니 사정없이 귀싸대기를 올려붙였다.

쫘악!

순간 공춘보가 눈을 번쩍 떴다.

"……?"

"……!"

"풍달이, 너 이 자식! 어쩐지 꿈에서 누군가 자꾸 때리더라니!"

"오해요, 오해. 난 이제 한 대밖에 안 때렸소!"

하풍달의 멱살을 잡고 당장에라도 메치려던 공춘보는 옆에 쓰러져 있는 귀신을 보고 기겁을 했다.

"뜨아아!"

단말마와 함께 앉은 자세에서 뒷걸음질을 치는 것이었다.

"안심하시오, 죽었소."

하풍달이 말했다.

"꿀꺽."

겨우 용기를 내서 가까이 다가온 공춘보가 괴물을 살폈다.

생긴 건 영락없이 사람인데 꼬리와 지느러미가 있는 것을 보면 물고기 같기도 하고. 그런데도 이목구비가 모두 달려 있는 것을 보면 또 사람인 것 같기도 하고.

"미치겠네, 진짜. 도대체 이게 뭐냐?"

"휴우. 나도 모르겠소."

하풍달이 말을 하며 나무 그늘 아래 앉아 있는 용악산을 턱으로 힐끔 가리켰다. 모든 해답은 용악산에게 있다는 듯.

"인면어(人面魚)요."

용악산이 대답했다.

"인면어? 그럼 사람 얼굴을 한 물고기가 진짜로 있었단 말이오?"

공춘보가 놀라 물었다.

"진짜 사람 얼굴은 아니오. 단지 머리 쪽 무늬가 그렇게 보일 뿐이지. 사람들이 귀신의 머리카락이라고 했던 것도 물속에서 흔들리는 지느러미를 보고 착각한 거요. 소복은 하얀 배 부분을 보고 그런 거겠지."

세상에 가장 믿지 못할 것이 사람의 눈이다.

나뭇가지에 걸린 연을 보고 유령이라고 착각하는 것처럼 공포에 질린 마을 사람들에겐 저 괴물이 소복을 입은 귀신처럼 보였던 것이다.

소문은 집단 최면을 불러일으켰고 결국엔 모든 사람들이 자신들이 본 것을 진짜라고 철석같이 믿게 된 것이다.

"오오, 과연."

"히야. 진짜 그렇네."

공춘보와 하풍달이 쭉 뻗은 황소만 한 인면어를 살피며 감탄을 했다. 그러다 조금 전 용악산이 보여준 놀라운 무공을 상기하고는 곁눈질로 속닥거렸다.

"풍달아, 봤냐?"

"봤소."

"사람이 손을 휘저어 안개를 부리는 거에 대해 너 어떻게 생각하냐?"

"그게 다가 아니오."

"뭐?"

"사형이 기절해 있는 동안에는 물 위를 날아다녔소."

"……!"

"……?"

"진짜냐?"

"내 이 두 눈으로 똑똑히 봤소."

용악산을 보는 두 사람의 눈이 더욱 가늘어졌다.

두 사람이 그러는 동안 표자룡이 용악산에게 다가와 조심스럽게 물었다.

"촌장의 말이 진짜라는 걸 어떻게 아셨습니까?"

"나도 처음엔 거짓말인 줄 알았소. 그런데 달밤에 북두칠성을 보며 절을 한다거나 호숫가로 나와 달빛을 즐긴다고 할 때 촌장이 진실을 말하고 있다는 걸 알았지."

"좀 더 자세히 설명해 주시겠습니까?"

여전히 공손한 표자룡이었다.

"천지간의 생물 중에는 무슨 이유에선지 모르나 제 명을 넘어서까지 사는 영물들이 더러 있는데, 그중 하나가 만월에 물 밖으로 머리를 내미는 가물치에 대한 얘기요. 사람들 눈에는 그게 북두칠성을 향해 절을 하는 것처럼 영험하게 보였을 테지."

"가, 가물치? 이게 그럼 가물치란 말씀입니까?"

"어라. 가물치는 산후조리에 좋은 건데."

하풍달과 공춘보가 옆에서 실없는 소리를 했다.

"인면어는 어떤 특정한 물고기를 말하는 것이 아니오. 어느 물고기든 천지간의 기운을 받아 천수를 넘어서게 되면 원래의 종이 지닌 한계를 벗어난 능력이나 특징을 가지게 되오. 물 밖에서 달빛을 쬐는 것이나 얼굴에서 기이한 문양이 생긴 것도 그런 이유에서요."

그때 표자룡이 이상한 질문을 했다.

"혹, 사람이 무학의 끝을 보면 노화순청이나 반로환동에 이르는 것과도 같은 이치인지요?"

영물을 잡아놓고도 표자룡은 엉뚱하게 깊고 넓은 무학의 세계를 보고 있었다. 그는 자연 법칙을 초월한 저 신비로운 힘의 정체를 알고 싶은 것이다.

표자룡의 그런 진지한 질문에 공춘보는 헛소리로 추임새를 넣었다.

"뭐, 사람도 영물이 있다고?"

그런 공춘보가 창피했던지 하풍달이 슬그머니 공춘보의 옆구리를 꼬집었다.

"왜?"

"거, 제발 좀……."

하풍달이 용악산의 눈치를 보며 공춘보를 말렸다.

용악산은 그들을 무시하고 표자룡의 질문에 대답했다.

"당신의 질문은 한 가지는 맞고 한 가지는 틀렸소."

"가르침을 주시겠습니까?"

표자룡이 정중하게 포권까지 하며 청했다.

"맞는 것은 영물의 탄생이 반로환동의 이치와 같다는 것이고, 틀린 것은 그것이 무학의 끝에 이르러서 만나느냐는 것이오. 무학의 깊이에는 끝이 없소."

표자룡은 사뭇 진지한 표정으로 한동안 상념에 잠겨 있었다.

용악산은 그가 무슨 생각을 하는지 알 것도 같았다. 그 역시 저맘때쯤 같은 화두를 잡고 고민했던 적이 있었으니까.

무인이란 무공을 어느 정도 익혔을 때 자신의 무공이나 수련 방법에 대한 의구심을 품게 된다.

과연 내가 바른 길을 가고 있는 것일까?

혹, 끝에 이르는 길은 한 가지인데 다른 곳에서 헤매고 있는 것은 아닐까?

하지만 무학의 깊이에 끝이 없다면 정해진 길도 없다.

길은 반드시 시작과 끝이 존재하게 마련이니까.

이윽고 상념을 끝낸 표자룡이 난데없이 허리를 굽히더니 용악산을 향해 포권을 했다.

"공 사형의 목숨을 구해 주셔서 감사드립니다."

갑자기 하풍달도 벌떡 일어서서는 표자룡처럼 포권을 했다.

"저 역시 감사드립니다."

하풍달은 옆에 있는 공춘보의 옆구리도 쿡쿡 쑤셨다.

"설마하니 생명의 은인도 몰라보는 건 아니겠죠?"

"생명의 은인? 그게 뭔 소리야?"

"비파랑 공자께서 공 사형의 목숨을 구해주셨단 말이오. 정신을 잃어 모르겠지만 공 사형은 이미 저 괴물 가물치의 입속에 한 번 들어갔다 나왔소."

"꿀꺽!"

공춘보는 온몸을 부르르 떨더니 용악산에게 포권을 했다.

"구명지은에 감사드립니다."

그 무렵 마을 쪽에선 수십 개의 횃불이 화룡처럼 꼬리를 물고 달려왔다.

"촌장이 마을 사람들을 데리고 오는 모양인데요?"

하풍달이 말을 했고 공춘보는 무언가 생각나는 것이 있는지 갑자기 소도를 꺼내 가물치의 배를 가르기 시작했다.

일단 배를 가르자 내용물이 주르륵 쏟아지며 악취가 코를 찔렀다.

"으, 냄새야."

하풍달과 표자룡이 코를 틀어막고 저만치 물러났다.

하지만 공춘보는 오히려 가물치의 뱃속으로 머리를 집어넣으면서까지 무언가를 열심히 찾았다.

"뭐 하는 거요?"

하풍달이 물었다.

공춘보는 한참 만에야 내용물을 잔뜩 뒤집어쓴 채로 기어나와서 말했다.

"젠장. 없네, 없어."

"도대체 뭐가 없다는 거요?"

"내단 말이야. 영물이니까 내단이 있어야지. 비 공자, 이거

정말 영물 맞습니까? 잡괴기 아닙니까?'

용악산은 피식 웃고 말았다.

공춘보의 수작을 알기 때문이었다.

잠시 후 호숫가에 도착한 마을 사람들은 덩실덩실 춤을 추었다. 일부는 사람들의 손을 잡고 허리가 부러져라 인사를 했다.

"고맙습니다요, 정말 고맙습니다요. 덕분에 억울하게 죽은 우리 마누라 원한을 풀게 됐습니다."

"협객님들. 이 은혜 평생 잊지 않겠습니다. 저희가 갚지 못하면 자식들이라도 대를 이어 갚겠습니다."

마을 사람들은 눈물까지 글썽이며 진심으로 고마워했다.

"하하, 뭘요. 검을 든 협객이라면 당연히 해야 할 일이죠."

"하하. 이젠 안심하고 사셔도 됩니다."

재주는 곰이 부리고 돈은 사람이 챙긴다더니 지금이 딱 그 짝이었다.

공춘보와 하풍달은 사람들의 공치사를 받느라 정신이 없었다.

모르는 사람들이 보면 두 사람이 모든 일을 해결한 줄 알 것 같았다. 특히나 공춘보는 온몸에 괴물의 내용물을 뒤집어쓴 터라 혼자 필사의 격투를 벌인 사람처럼 보였다.

잠시 후 촌장은 마을 사람들이 십시일반으로 모은 포상금을 들고 왔다. 공춘보는 한 번의 사양도 없이 냉큼 받더니 그중 절반을 뚝 떼어 품속에 넣고는 배시시 웃었다.

하풍달은 그 모습을 보면서도 히죽히죽 웃고 있었고 표자룡은 모른 척했다.

용악산이 보기에 마을은 이미 피폐해질 대로 피폐해져 있었다. 얼추 보아도 몇백 냥은 될 것 같은데 저런 마을에서 돈을 만들기까지 얼마나 피땀을 쥐어짰을 것인가.

아무리 약속한 포상금이라고는 하나 저렇듯 냉큼 받는 것이 영 미뜩치 않았다.

게다가 그걸 따로 덜어내는 모양새라니.

더욱 놀라운 것은 표자룡의 반응이었다.

공춘보와 하풍달은 어쩐지 그러고도 남을 위인들 같지만 표자룡이라면 좀 다를 줄 알았다.

그런데 표자룡의 입에서 나온 대답은 뜻밖이었다.

"두고 보시면 알게 될 겁니다."

마을 사람들이 돌아가자 공춘보는 낑낑거리며 자신들이 타고 온 배에 가물치를 실었다.

동네 사람들이나 줄 것이지 그 무거운 걸 왜 가져가려냐는 하풍달의 질문에 공춘보는 이렇게 대답했다.

"이거 싣고 한 바퀴 쓰윽 돌아야지."

말인즉슨, 운하를 타고 가며 동네방네 자랑을 하겠다는 뜻이었다. 그제야 하풍달도 동의를 했다.

"쿡, 사매도 이걸 보면 깜짝 놀라겠죠? 우리가 진짜로 해결할 줄은 꿈에도 몰랐을 거요."

"큭큭큭. 그나저나 우리 호흡이 꽤 잘 맞는 것 같지 않아?"

공춘보가 용악산을 턱끝으로 힐끗 가리키며 말했다.

그가 말한 우리 속에는 용악산도 포함된다는 뜻이었다.

하지만 용악산은 속으로 기가 막혔다.

자기들이 한 일이 뭐가 있다고.

第五章

달빛 아래의 두 사람

天山刀客

"그러니까. 내가 두 사람을 배에 태우고 안개 속으로 나아가
자 갑자기 커다란 가물치가 튀어나와 나를 덥석 베어 무는 게
아니겠어. 난 소름이 돋았지만 끝까지 정신을 놓지 않고 놈과
사투를 벌였지. 하지만 역부족이었어. 놈은 곧장 나를 끌고 물
속으로 들어가려고 하지 뭐야. 그 순간 허공에서 안개를 뚫고
나타난 비 공자가 놈의 심장을 향해 작살을 그냥 냅다 던지는
거야. 작살은 소리를 내며 날아와서는……."

이야기가 달랑 두 사람을 거쳤는데도 저렇게 다르나.

공춘보는 하풍달로부터 전해들은 이야기를 줄기를 크게 훼
손하지 않는 선에서 자기가 상상하고 싶은 대로 적당히 날조
해 떠벌리고 있었다.

장제자로서 차마 기절했다는 얘기는 하고 싶지 않은 것이다.

그러나 한밤중에 자다 말고 불려나온 은서령과 은도천은 공춘보의 말은 귓등으로도 듣지 않았다.

그저 거대한 괴물 가물치를 보고는 입만 쩍 벌어졌다.

"징그러……!"

쭈그려 앉은 은서령이 작대기로 가물치를 쿡쿡 찌르면서 말했다.

"사매, 지금 가물치가 문제가 아니야. 내 얘길 좀 들어보라고. 여기 비 공자의 무공이 얼마나 대단하냐면 말이지……."

공춘보는 용악산이 안개를 마음대로 부린다는 둥, 이상한 보법으로 호수를 걸어 다닌다는 등의 말을 침까지 튀겨가며 설명했다.

공춘보 특유의 과장이 섞이긴 했지만 거짓말은 아니었다.

하지만 워낙 황당한 소리였던 탓인지, 아니면 평소 공춘보에 대한 신뢰가 없었던 탓인지 은서령과 은도천은 전부 믿는 눈치는 아니었다.

표자룡은 도통 말이 없었고 하풍달이 옆에서 거들기는 했지만 그래도 반신반의했다.

그저 공춘보와 하풍달만 답답한 노릇이었다.

"껄껄껄. 파랑이는 어렸을 때부터 창을 아주 잘 썼지."

은도천은 용악산의 무공을 사냥술이라고 생각하는 것 같았다.

이제는 자라 무공까지 익혔으니 사냥술이 더욱 발전했다고 믿는 것이다.

"하아. 그게 아니라니까요. 사부님."

"껄껄걸. 어쨌든 모두들 수고했다. 관부나 무림문파에서도 해결 못한 되촌의 괴사를 내 제자들이 해결했단 말이지. 껄껄껄, 껄껄껄."

은도천은 제자들이 자랑스러운지 한껏 의기양양해져서 자신의 처소로 돌아갔다.

은도천이 사라지고 나자 은서령이 공춘보를 향해 손바닥을 척 내밀었다.

"하하. 그래. 나도 살아 돌아와서 반가워."

공춘보는 짐짓 모르는 척 은서령의 손을 잡고 흔들었다.

하지만 은서령은 아무 말도 않고 그저 배시시 웃으며 공춘보를 바라보기만 했다. 괴상한 사형들을 자유자재로 다루는 그녀의 특수한 무공(?)이 펼쳐지고 있는 것이다.

"아. 포상금? 안 받았어. 차마 못 받겠더라고."

공춘보는 능청스럽게 시치미를 뚝 뗐다.

하지만 은서령은 여전히 입가에 미소를 거두지 않은 채 손을 내밀고 있었다. 공춘보는 이번에도 먼 산을 바라보며 한참 동안 딴청을 피웠다. 하지만 결국 자수를 하고 말았다.

"좋아. 대신 지난번처럼 전부 돌려주는 거 아니지? 우리도 먹고살아야 한다고."

"가난한 양민들의 주머니까지 털어가며 먹고살고 싶진 않아요."

"어어, 애 좀 봐! 큰일 날 소리 하고 있네! 주머니를 털긴 누가 털었다고 그래! 이건 우리가 목숨을 걸고 번 돈이라고."

"무인이라면 당연히 약자의 곤란함을 모른 척해선 안 돼요. 그건 자랑할 일이 아니라고 봐요."

"그런 소리 마. 천 냥이면 표행을 나간 제자들이 일 년을 고생해서 벌어오는 큰돈이야."

천 냥이라고 해봐야 은자로 치면 열 냥이었다. 실제로 걸린 포상금은 거의 두 배였지만 공춘보는 지금 속이고 있었다.

"천 냥이면 되촌 일가족이 삼 년은 굶지 않을 수 있는 큰돈이에요."

"휴우. 알았어, 알았어."

공춘보는 못 이기는 척 포상금을 건네주었다.

그제야 용악산은 공춘보가 포상금의 절반을 따로 챙긴 이유를 알았다. 하풍달과 표자룡이 모른 척 동조했던 이유도.

그들은 은서령이 이렇게 나올 줄 미리 알고 있었던 것이다.

은서령이 무관의 사정이 어렵다는 등의 볼멘소리를 한 것도 전부 사형들을 되촌으로 내보내기 위한 작전이었다는 것을.

그런데 은서령은 공춘보보다 한 수 위였다.

여전히 손을 거두지 않았던 것이다.

"또 뭐?"

공춘보는 시치미를 뚝 떼고 물었지만 은서령은 이번에도 말이 없었다. 그저 하얀 치아를 드러내 보이며 배시시 웃기만 할 뿐이었다.

"지금 날 의심하는 거야?"

"그럴 리가요."

말은 그렇지만 여전히 손은 거두지 않았다.

하지만 이번에는 공춘보도 지지 않았다. 가슴을 척 내밀면서 이렇게 말하는 것이었다.

"뒤져봐! 뒤져봐!"

"어머, 제가 사형 품속을 어떻게 뒤지겠어요."

"그러니까 증거도 없이 사람을 그렇게……."

"하지만 사형께서 굳이 뒤지라고 하시면."

공춘보의 말을 가로챈 은서령은 순식간에 공춘보의 몸 구석구석을 뒤지기 시작했다.

요악하기 짝이 없었다. 아니면 공춘보를 어떻게 다루는지 잘 아는 것이거나.

품속을 모두 뒤졌지만 전낭은 나오지 않았다.

"거봐. 괜히 생사람 잡고 그러면 못써. 세상에 사형의 몸수색을 하는 사매가 어딨냐?"

"두 팔을 올려 보세요."

"팔은 왜?"

"겨드랑이 밑도 봐야죠."

"아, 안 돼."

"왜요?"

"거, 거긴 간지럽단 말이야."

"앗, 사형 머리에 새똥!"

은서령이 얼굴을 찡그리며 하늘을 가리켰다.

놀란 공춘보가 얼른 고개를 숙이며 팔을 들었다. 동시에 왼쪽 겨드랑이에서 주머니가 똑 떨어졌다. 은서령이 그걸 낚아챘다.

"이크. 묵직하네요."

은서령이 전낭을 던졌다 받았다 하면서 배시시 웃었다.

공춘보는 자신의 머리를 쥐어뜯으며 절규했다.

"으아악. 젠장! 우리가 얼마나 개고생을 해서 번 돈인데."

저렇게 어이없는 속임수에 넘어가다니.

도대체 저 인간은 머릿속에 뇌가 들어 있기나 한 걸까?

용악산은 차마 말이 나오지 않았다.

"수고들 하셨어요. 피곤하실 텐데 이제 들어가 쉬세요. 대신 내일 아침은 제가 고기반찬 해드릴게요."

은서령은 사형들에게 공치사를 하더니 용악산을 향해서는 정중하게 포권을 했다.

"고맙습니다. 덕분에 어려운 일이 해결됐어요."

"어라, 우리한테는 수고했다고 하고, 어째서 비 공자에게는 고맙다고 그래?"

공춘보가 괜한 시비를 걸었다.

"그, 그거야······."

은서령은 얼굴이 빨개졌다. 그러다 하풍달과 표자룡이 배시시 웃는 걸 보자 그제야 자신을 놀리는 말인 줄 알고 후다닥 사라졌다.

은서령 마저 사라지자 이제 연무장엔 네 사람만 남게 되었다.

그때 공춘보가 자신의 속곳 속으로 손을 쑥 집어넣어 무언가를 만지작거렸다.

용악산이 눈살을 찌푸리는데 잠시 후 공춘보의 손에 들려나온 것은 놀랍게도 또 다른 돈주머니였다.

"킥킥킥. 요건 몰랐겠지?"

공춘보는 아까 은서령이 그랬던 것처럼 전낭을 공중으로 던졌다 받았다 하면서 말했다.

새똥이라는 말에 놀라 두 팔을 번쩍 들어준 게 사실은 일부러 속아준 것이었다. 적당히 머리싸움을 한 끝에 빼앗겨야 은서령이 그게 다인 줄 알 테니까.

이제 보니 은서령만 두 사람을 다룰 줄 아는 것이 아니라 공춘보와 하풍달 역시 은서령을 다루는 법을 잘 알고 있었다.

이래저래 속고 속이는 복잡한 사형제들이었다.

"큭큭. 한잔하러 가야죠."

하풍달이 말했다.

"킥킥. 두말하면 잔소리지. 새 식구도 들어오고 했으니 오랜만에 새벽까지 한번 빨아보자고."

말을 하면서 공춘보가 용악산을 힐끔 보았다. 여태 용악산을 경계하던 그의 마음이 조금씩 녹고 있는 것이었다.

"전 그만 자야겠습니다. 사형들끼리 다녀오십시오."

표자룡이 인사를 하고는 홀연히 자기 처소로 돌아갔다.

"핫, 저 녀석은 또 빠지네. 또 빠져."

"혹시, 눈치챈 거 아닐까요?"

"명월관에 예쁜 애가 왔대서 이번에야말로 확인해 볼 좋은 기회다 했는데 말이야."

"그러게 말이오. 뭐, 이렇게 된 거 우리끼리 갑시다."

가만 보니 두 사람은 표자룡에게 어여쁜 기녀를 안겨주어 항주 칠대 불가사의 중 하나를 풀어보려고 했던 것 같았다.

표자룡은 정말로 여자에게 관심이 없는가?

"나도 쉬어야겠소."

용악산도 말을 하고 돌아섰다.

뒤에서 공춘보와 하풍달이 속삭이는 소리가 들려왔다.

"저 사람은 또 왜 저래? 간만에 마음이 통하나 했더니."

"혹시 자룡이파가 아닐까요? 아, 그럼 피곤해지는데."

*   *   *

깊은 밤.

문득 정신을 차리고 보니 용악산은 어느새 금룡관의 별각 지붕에까지 올라와 있었다.

달빛이 좋아 걷기 시작했는데 그만 이렇게 높은 곳까지 오게 된 것이다.

항주의 만월은 천산의 만월보다 훨씬 작았다.

하지만 나름대로 운치가 있었다.

저만치 보이는 운하 속에 빠진 달이 특히 보기 좋았다.

금룡관의 제자들을 생각하니 피식 웃음이 나왔다.

누군가를 생각하며 웃음이 나기는 처음이었다.

그가 그동안 겪었던 사람들은 모두 죽여야 할 사람들이거나 지켜야 할 사람들이었다.

흑과 백, 혹은 적아가 뚜렷한 인간관계가 그의 삶이었다.

그런데 금룡관의 제자들은 떠올리기만 해도 웃음을 짓게 만들었다.

허술하고, 투덜대고, 구시렁대고……. 그런데 따뜻하다.

'따뜻함? 그런 게 나한테 어울리기나 할까?'

용악산은 상념을 떨쳐 내려고 호리병을 들어 술을 벌컥벌컥 마셨다.

그 순간.

그림자 하나가 장원을 재빠르게 가로질러 갔다.

양손에는 정체를 알 수 없는 무언가를 잔뜩 들고 있었다.

호기심이 동한 용악산은 전각의 지붕을 날아다니며 허공에서 그림자를 뒤쫓았다.

그림자는 후원의 조용한 곳으로 가더니 손에 들고 온 것을 내려놓고 무언가를 하기 시작했다.

뚝딱! 뚝딱!

그제야 용악산은 그림자의 손에 들린 게 망치와 정이라는 것을 알았다. 잠든 사람들을 깨우지 않기 위해 이렇게 으슥한 곳에 와서 작업을 한다는 것도.

"아얏!"

그림자가 갑자기 비명을 질렀다.

망치로 자기의 손가락을 내려친 모양이었다.

용악산은 그림자의 주인공이 누구인지 알아차렸다.

신형을 날려 바닥으로 떨어져 내린 용악산이 천천히 그림자가 있는 곳으로 다가갔다.

"괜찮으십니까?"

"앗! 깜짝이야!"

은서령은 화들짝 놀라서 뒤를 돌아보았다.

"휴우. 갑자기 나타나서 놀랬어요."

가슴을 쓸어내리는 모습이 귀여웠다.

"다치신 것 같습니다만."

"별거 아니에요. 야광주가 하나 생겨 장명등을 만들어보려는데 쉽지가 않네요."

그녀가 손가락을 들어 보이며 가볍게 웃었다.

다행히 크게 다치진 않은 것 같았다.

주변에는 만들다 만 장명등이 놓여 있었다. 네 개의 막대기로 기둥을 세우고 팔각 덮개를 얹은 전형적인 한족의 장명등이었다.

"왜 하필이면 이 밤에 만드시는 겁니까?"

"달이 기울기 전에 꼭 가봐야 할 곳이 있어서요."

그녀는 가볍게 미소를 지어 보이고는 다친 손으로 장명등을 만들기 위해 또다시 망치를 들었다.

용악산이 망치를 내려치려는 그녀의 손목을 덥석 잡았다.

"……!"

용악산은 먼저 대나무의 한쪽 마디를 남겨둔 상태에서 두 뼘 길이로 잘랐다. 다음엔 표면을 매끄럽게 다듬어 손이 상하지 않도록 했다. 은서령이 옆에서 작은 모닥불에 송진을 끓여서 건네주었다.

"여기요."

"내가 잡을 테니 소저가 부으시오."

은서령이 집게로 송진이 담긴 주발을 들어 용악산이 내민 죽통에 조심스럽게 부었다.

"이걸로 어떻게 장명등을 만든다는 거죠?"

"두고 보면 압니다. 이제 야광주를 주시오."

은서령이 품속에서 검은 가죽 주머니를 꺼냈다.

입구를 열자 환한 빛이 뻗어 나왔다. 그녀가 손을 넣어 꺼낸 것은 공깃돌만 한 작은 빛덩어리였다. 서늘하면서도 푸르스름한 것이 꼭 달빛을 닮았다.

"공 사형이 몰래 준 거예요. 오늘 잡은 인면어의 내단이라는데 이렇게 은은한 빛이 나지 뭐예요."

그녀가 자신의 손바닥 위에 내단을 올려놓으면서 말했다.

내단에서 퍼져 나온 빛이 그녀의 얼굴을 발갛게 물들였다.

용악산은 그녀로부터 내단을 넘겨받아 송진을 부은 죽통 속에 넣었다.

이제 송진이 굳을 때까지 기다리는 일만 남았다.

갑자기 할 일이 없어지자 둘 사이에 어색한 침묵이 찾아왔다.

누가 먼저랄 것도 없이 나란히 앉아 밤하늘로 시선을 주었다.

푸르스름한 만월이 두 사람을 비추었다.

용악산은 문득 비파랑의 일기에 적힌 이야기가 생각났다.

그는 은서령이 유난히 달을 좋아한다는 걸 알고부터 매일 밤 천산에 뜬 달을 보았다고 했다.

그는 얼마나 기다렸을까?

은서령과 나란히 앉아 달을 볼 수 있는 지금 이 순간을.

"저런 건 어떻게 아셨어요?"

그녀가 아직 완성되지 않은 장명등을 가리키며 말했다.

보통 사람들이 쓰는 장명등은 사면이 뚫린 작은 상자 속에 초를 넣어 들고 다니게끔 만든다.

비가 오거나 바람이 불면 잘 꺼지기도 하지만 부피가 너무 커서 들고 다니기에 여간 불편한 게 아니었다.

그런데 용악산이 지금 만들고 있는 것은 그냥 작은 원통이라 품속에 지니고 다닐 수도 있었다.

"누군가에게 배웠습니다."

"대단한 솜씨군요. 어떤 분인지 모르지만 한번 뵙고 싶어요."

"그는 죽었습니다."

"아… 어쩌다."

"평원에서 우연히 만난 적들에게."

"저런, 안됐어요."

용악산이 지금 만들고 있는 장명등은 원래 비파랑의 일기에 적혀 있는 것이었다.

만드는 방법도 아주 간단했다.

아래가 막힌 죽통 속에 야광주 하나를 넣으면 된다.

그걸 수평으로 눕히면 죽통 속에서 모아져 나온 빛이 곧장 앞으로 뻗어나가면서 기존의 장명등보다 훨씬 멀리, 그리고 정확하게 비출 수 있었다.

가장 감탄할 만한 것은 경이적인 휴대성이었다.

두 사람은 다시 말문을 닫고 한참 동안 달빛을 바라보기만 했다. 일다경 정도 지났을 때 용악산이 장명등을 들어 건네주며 말했다.

"이제 다 된 것 같습니다."

장명등을 받아 든 그녀가 앞을 비추었다.

그러자 죽통 쪽에서 쏟아져 나온 빛이 그녀가 비추는 곳을 따라 어지럽게 흔들렸다.

"어머나. 정말 신기해요!"

용악산도 장명등이 이렇게 신통할 줄은 몰랐다.

은서령은 새 장난감을 가지게 된 아이처럼 장명등을 들고 이쪽저쪽 비추며 장난을 쳤다.

그러다 갑자기 용악산의 얼굴을 향해 비추었다. 빛을 한곳으로 모아서인지 눈이 부셔 한순간 앞을 볼 수 없었다.

"재밌지 않아요?"

"⋯⋯?"

"공자님은 저를 보지 못하는데 저는 공자님을 볼 수 있으니 말이에요."

평소 수줍어하기만 하던 것과는 다른 모습.

묘한 말이었다. 자신은 보지 못하는데 그녀는 자신을 본다?

그게 무슨 뜻일까?

그녀의 말이 이어졌다.

"이러면 어색하게 눈을 마주치지 않고도 자세히 볼 수 있죠. 눈, 코, 귀, 입⋯⋯."

장명등이 차례로 얼굴 구석구석을 비추었다.

용악산은 긴장했다. 혹시 자신이 비파랑이 아니라는 걸 눈치채는 건 아닐까?

아니다. 그럴 리가 없었다.

얼굴까지 기억하기엔 비파랑을 만났을 당시의 그녀의 나이가 너무 어렸다.

"언제나 그렇게 말씀이 없으세요?"

용악산은 대답대신 돌연 손을 뻗었다.

그러자 별다른 동작을 취하지 않았는데도 그녀의 손에 들려 있던 장명등이 줄에라도 매달린 것처럼 용악산의 손으로 쑥 빨려 들어왔다.

용악산은 장명등으로 놀라 당황하는 그녀의 얼굴을 비추었다.

눈부심에 그녀가 잠시 인상을 찌푸렸다.

미간 사이로 살짝 잡히는 주름이 귀여웠다.

"……!"

장명등은 계속해서 그녀의 얼굴을 비추었다.

처음엔 놀란 표정을 짓다가 다음엔 부끄러운 표정을 짓는 은서령의 얼굴이 차례로 지나갔다. 어쩔 줄 몰라 하는 모습이 와락 껴안고 싶을 만큼 사랑스러웠다.

가슴과 가슴 사이에 울림이 생겨났다.

그녀의 얼굴이 점점 발갛게 달아올랐다.

그러다 어느 순간 그 얼굴에 비파랑의 얼굴이 겹쳤다.

용악산은 서둘러 장명등을 돌려주며 말했다.

"실례했소."

잠시 어색한 분위기가 흐르고 장명등을 받아든 그녀가 말없이 발걸음을 돌렸다.

그런데 장원 쪽이 아니었다.

달이 기울기 전에 어딘가 갈 곳이 있다더니 그곳으로 가는 모양이었다.

저만치 걷던 그녀는 갑자기 걸음을 멈추고 돌아서며 말했다.

"저랑… 같이 가지 않으실래요?"

은서령이 데려간 곳은 별각의 후미진 뒤편에 있는 작은 정원이었다.

들어서는 순간부터 석등과 나무의 배치가 심상치 않더니 정체 모를 진(陣)이 펼쳐져 있었다.

진 속에는 겨울에는 볼 수 없는 온갖 기화요초들이 자라고 있었다.

"저와 떨어지면 안 돼요. 꼭 제가 밟은 곳만 밟아야 하고요."

"여긴 뭐 하는 곳이오?"

"제가 어렸을 때 아버지께서 어머니를 위해 지어주신 거예요."

용악산은 속으로 놀랐다.

규모를 보건대 적잖은 재물이 들어갔을 것 같았다.

인위적으로 기후를 바꾸려면 기문진에 능한 진법가를 초빙해야 할 것이고, 저 많은 기화요초들을 어딘가에서 공수해 와야 할 것이다.

그 비용이 만만치 않게 들어가는 건 자명한 일. 과거 금룡관의 영화를 보여주는 대목이었다.

"어머니는 북쪽 지방에서 큰 장원을 거느린 어느 상인의 딸이었네요. 아버지께 시집을 오고 난 후 평생 자신이 살던 곳을 그리워했죠. 아버지는 그런 어머니를 위해 정원을 만들고 어머니의 고향에서 자라는 꽃들을 이곳으로 옮겨왔어요."

용악산은 그녀의 말에서 아내를 생각하는 금룡관주의 애틋

한 마음을 느낄 수 있었다. 더불어 어머니를 그리는 그녀의 마음도.

"다 왔어요. 저기예요."

그녀가 가리킨 곳에는 아직 꽃망울을 터뜨리지 않은 작은 화초가 한 포기 자라고 있었다.

"월견초(月見草)예요."

그녀가 용악산이 만들어준 장명등으로 꽃봉오리를 비추면서 말했다.

"월견초? 그게 뭡니까?"

마도백가의 서고에서 어지간한 기화요초에 대한 지식은 모두 섭렵한 용악산으로서도 처음 들어보는 이름이었다.

"훗. 두고 보시면 알아요. 운이 좋다면요."

그녀가 용악산을 흉내 내며 말했다.

두 사람은 또다시 기다렸다.

은서령은 월견초에서 한 번도 시선을 떼지 않고 줄곧 장명등을 비추었다.

용악산도 꼼짝없이 그녀의 곁에서 기다릴 수밖에 없었다.

작은 화초 하나를 사이에 두고 두 사람은 그렇게 하염없이 앉아 있었다. 그러다 갑자기 은서령이 목소리를 높였다.

"됐어요! 보세요!"

용악산은 자신의 눈을 의심했다.

장명등 불빛에 놀랍게도 월견초의 꽃봉오리가 꿈틀대는 것이 아닌가. 봉오리는 점점 부풀어 오르더니 이내 '뽁' 하고 꽃망울을 터뜨렸다. 활짝 벌어진 네 개의 노란 꽃잎이 장명등 불빛에 반사되어 더욱 아름다웠다.

"예뻐라……."

감탄을 하는 그녀의 얼굴이 꽃망울만큼이나 예뻤다.

두 사람은 한동안 넋을 놓고 꽃을 구경했다.

"월견초는 밤하늘에 달빛이 가득해야 비로소 꽃망울을 터뜨려요. 살아생전 어머니께서 가장 좋아하시던 꽃이었죠. 다시 태어난다면 꼭 월견초로 태어나고 싶다고 하실 만큼. 하지만 어쩐 일인지 월견초는 지난 십 년간 한 번도 꽃을 피우지 않았어요. 그런데 이제야… 환하게 꽃을 피우네요."

부족한 달빛을 장명등의 불빛이 도와줬나 보다.

그녀는 만월이 뜰 때마다 이곳을 찾아온 것 같았다. 어머니가 보고 싶을 때마다 이곳에 와서 월견초와 이야기를 나누었으리라.

용악산은 그녀가 그토록 달을 좋아했던 이유를 알 것 같았다.

그녀는 달을 기다린 것이 아니라 달빛에 꽃망울을 터뜨릴 월견초를 기다린 것이다. 씩씩하게 살고 있는 자신을 보며 환하게 웃어줄 어머니를 기다린 것이다.

만월은 그날 밤 내내 월견초와 두 사람을 환하게 비추어 주었다.

第六章

누군가에겐 상처가 되고

天山刀客

"짠!"

"이크. 깜짝이야."

"히히히. 뭐 하고 계셨어요?"

"욘석아, 하마터면 애 떨어질 뻔했다."

"노야, 임신하셨어요?"

"떽! 어른을 놀리면 못써."

이른 새벽 천 노인의 다루에 나타난 사람은 은서령이었다.

뭐가 그리 좋은지 싱글벙글이었는데 아까부터 계속 요상한 물건을 들고 이리저리 흔들었다. 그때마다 엷은 빛이 뻗어 나와 다루의 벽을 어지럽게 비추었다.

"그게 뭐냐?"

"장명등이에요."

"날이 이렇게 밝은데 웬 장명등?"

"아직은 겨울이라서 새벽이면 깜깜하다고요. 여기까지 오는 길에 날이 밝아서 그렇지."

"그런데 뭔 장명등이 그리 생겼누?"

"신기하죠? 그죠? 이게 밤에 비추면 장난 아니게 밝아요. 휴대하기도 얼마나 좋다고요. 이렇게 허리춤에 척 꽂을 수도 있고요. 소매 속에 감출 수도 있고 품속에 쏙 넣고 다닐 수도 있어요. 어때요? 멋지죠?"

말을 하면서 은서령은 장명등을 계속 몸 여기저기에 감추는 걸 보여주었다.

천 노인은 짜부라진 눈으로 은서령을 노려보았다.

"지금 나한테 그거 자랑하러 온 거냐?"

"노야도 참. 제가 앤 가요. 이런 걸 자랑하게."

"너 지금 하는 꼴이 딱 애야. 새 장난감을 들고 좋아라하는 아홉 살짜리 애."

"농담 그만하시고 빨리 찻잎이나 주세요. 오늘은 특별히 좋은 걸로 주세요. 양도 좀 많이 주시고요."

은서령이 장명등을 허리춤에 척 꽂으면서 말했다. 품속에 넣어도 될 것을 굳이 허리춤에 꽂는 것은 자랑을 하고 싶기 때문이었다.

"필시 그놈이 만들어주었겠지?"

천 노인이 다장을 뒤적이며 말했다.

"……!"

"맞나 보네. 쯧쯧쯧. 벌써부터 홀딱 빠졌군. 뭐? 그런데도 자기는 죽어도 시집을 안 갈 거라고?"

"흥, 죽어도 안 간다고는 안 했네요."

은서령이 혀를 삐죽 내밀며 말했다.

"오호. 요것 봐라. 진짜로 마음을 정한 모양이네. 정말 그런 게냐?"

"그런 거 아니란 말이에요."

"그나저나 서동에 이상한 소문이 돌던데. 그게 사실이냐?"

"무슨 소문요?"

"되촌의 물귀신이 잡혔다던걸? 그런데 그걸 해결한 놈들이 너희 무관의 춘보와 풍달이라지?"

"네에?"

너무도 기가 막힌 나머지 은서령이 두 눈을 크게 떴다.

"아니지? 거짓말이지?"

"휴우. 누가 그런 말을 하고 다녔데요?"

"간밤에 춘보랑 풍달이가 서동에서 제일 유명한 객점으로 와서 자기들 입으로 떠벌린 모양이야. 실제로 거대한 인면어 대가리를 잘라 와서 그곳에서 술을 마시던 사람들과 함께 한 바탕 구워 먹었다지? 어찌나 큰지 수십 명이 밤새 먹고도 남았다고 하더라고. 본 사람이 많아."

"다른 얘기는 없었어요? 가령… 인면어를 잡는데 다른 사람들이 도와줬다거나."

"그런 얘기는 없던걸. 아. 있다. 자룡이하고 비… 비… 뭐라 하던데. 하여튼 그 두 사람이 망을 봐줬다더구나."

"휴우… 그럼 그렇지."

은서령은 대충 돌아가는 사정을 알 것 같았다.

공춘보와 하풍달이라면 충분히 그러고도 남을 사람들이었다.

"가만. 그럼, 그 말이 진짜냐?"

천 노인이 놀란 얼굴로 물었다.

"네, 진짜예요. 다만 주인공이 뒤바뀌었을 뿐이지."

은서령이 어깨를 으쓱거리며 말했다.

"이크. 해가 서쪽에서 뜰 일이네. 금룡관에서 그걸 해결했다고? 그 코딱지만 한 무관제자들이?"

"그렇다니까요. 우리 무관이 이 정도예요. 이제 아셨죠?"

은서령이 한껏 의기양양해져서 말했다.

"뭐, 썩 믿기지는 않지만 사실이라면 정말 잘했구나. 그렇지 않아도 되촌 사람들 보기가 딱했는데 말이다. 그나저나 무슨 재주로 그 괴물을 잡았다더냐?"

"알고 봤더니 비파랑 오라버니 사냥 솜씨가 보통이 아니에요. 사형들을 데리고 가서는 하룻밤 만에 괴물을 잡아왔지 뭐예요. 작살로 놈의 심장을 단숨에 꿰뚫었다니까요."

은서령은 마치 자기가 직접 보기라도 한 것처럼 말했다.

"비파랑? 네 서방 말이냐?"

"노야!"

은서령이 소리를 빽 질렀다.

"이크, 욘석아. 애 떨어지겠다."

                    *   *   *

용악산이 기거하고 있는 방은 탁자가 놓인 다실(茶室)이 있고 그 한쪽 끝에 주렴이 달린 침대가 놓인 구조였다.

하풍달의 말로는 은서령의 어머니가 살아생전 손수 꾸며 놓은 것이라고 했다.

그리고는 귓속말로 살짝 언질을 주기를.

"제 생각엔 사매의 신혼방을 염두에 두고 꾸미신 게 아닌가 합니다. 사모님께서는 아무래도 자신의 죽음을 예감하고 있었던 것 같습니다. 그래서 사매의 혼례를 보지 못하고 가는 것을 안타깝게 여겨 미리 준비를 해두신 거죠. 비 공자님도 겪어보시면 아시겠지만 사부님께서 그런 쪽으로는 젬병이거든요."

그 말을 듣는 순간 용악산은 마음이 착잡했다.

딸자식을 제 손으로 시집보내지 못하고 죽어가는 어머니의 마음이 아팠고, 이 자리가 자신이 아닌 비파랑의 자리여서 더욱 그랬다.

그렇다고 이제 와서 모든 사실을 밝히고 물러날 수도 없다. 그러기엔 너무 멀리 온 것이다.

이른 새벽, 용악산은 은서령의 어머니가 딸자식의 신혼을 염두에 두고 만들었다는 침대에 누워 상념에 잠겨 있었다.

바깥에서는 오늘도 어김없이 표자룡의 기합 소리가 금룡관의 아침을 열고 있었다.

그때 인기척이 들렸다.

"기침… 하셨어요?"

은서령이었다. 용악산은 당황했지만 물릴 수가 없었다.

"무슨 일입니까?"

"차를 좀 가져왔어요."

"들어오시오."

잠시 후 은서령이 주담자를 들고 들어왔다.

용악산은 침대에서 내려 탁자로 갔고 그녀가 탁자 위에 주담자를 내려놓았다.

맑은 차향이 방 안 가득히 퍼졌다.

"아버지께서 공자님께도 차를 올리라고 하셔서요. 그럼."

그녀는 좁은 공간 안에 함께 있기가 민망했던지 주담자만 놓고는 홀연히 나가 버렸다.

사실 민망한 장소이기도 했다. 그녀 역시 그녀의 어머니가 무슨 용도로 이 내당을 꾸몄는지 잘 알 테니까.

민망하기는 용악산도 마찬가지여서 그녀를 붙잡지 않았다.

*　　　*　　　*

"차는 잘 마셨습니다."

아침 식사를 하면서 용악산이 은도천에게 한 말이었다.

"차? 무슨 차 말인가?"

"아침에 보내주신 차 말입니다."

"내가? 언제?"

은도천은 정말 모르는 눈치였다.

용악산은 은서령에게로 시선을 돌렸다. 그러자 은서령은 발 갛게 달아오른 얼굴로 시선을 어디에 둘 줄 몰라했다.

"무, 물이 없네요."

은서령이 물을 뜨러가겠다며 자리에서 벌떡 일어났다.

그런데 눈치없는 공춘보가 은서령의 소매를 잡아당겼다.

"사매, 그럴 줄 알고 내가 물 떠 왔어. 나 잘했지?"

"잘하긴 뭘 잘해요!"

은서령은 꽥 소리를 지르고는 고개를 푹 숙였다. 이제는 시 뻘게진 얼굴로 음식을 닥치는 대로 입안에 넣는 것이었다.

"어라? 사매, 고사리 나물도 먹어? 이거 먹으면 두드러기 나 서 못 먹잖아."

"상관 마세요!"

"그런데 얘가 오리 고기를 삶아 먹었나. 오늘 따라 이렇게 꽥꽥거린데."

공춘보가 계속 눈치없이 굴자 옆에서 하풍달이 옆구리를 쿡 쿡 쑤시며 귓속말을 했다.

"여자는 한 달에 한 번씩 까칠해지는 법이오."

"이크!"

뒤늦게 하풍달의 말을 알아들은 공춘보가 은서령의 눈치를 살피며 밥을 먹었다.

은서령은 미치고 팔짝 뛸 것 같았다.

그때 은도천이 은서령에게 말했다.

"파랑이와 함께 보경장(寶鏡牆)에 좀 다녀오너라."

"네?"

화들짝 놀란 은서령이 젓가락질을 하다 말고 물었다.

다른 사람들도 밥을 먹다 말고 모두 고개를 들어 은도천을 쳐다보았다.

"허허. 젊은 녀석이 어째 가는귀가 먹었누. 파랑이와 함께 보경장에 다녀오래도."

"보, 보경장에는 왜요?"

그녀가 떨리는 소리로 말했다.

사실은 보경장이라는 말보다 왜 비파랑과 함께 가라는 거냐고 묻고 싶었다.

차를 끓여다 준 일 때문에 은서령은 그와 마주 앉아 이렇게 밥을 먹는 것도 쑥스러워 죽을 지경이었다. 그런데 단둘이 다녀오라니.

하지만 은도천은 또 나름대로 생각이 있었다. 그는 무관 안에서 다른 제자들 때문에 둘만의 시간을 갖지 못하는 것 같아 어떻게든 두 사람을 친하게 만들어주려고 핑계를 만들고 있었다.

"서항주에서 가장 질 좋은 비단을 파는 곳이 보경장이 아니냐. 거기 가서 파랑이 옷도 한 벌 지어 입히고 네 것도 하나 지어 입고 그러거라."

그러면서 은도천은 품속을 뒤지더니 자그마한 전낭을 꺼냈다.

손때가 구질구질 묻은 전낭 속에서 은자 석 냥이 나왔다.

은서령은 아버지의 품속에서 돈이 나오는 걸 처음 보았다.

그도 그럴 것이 금룡관의 살림은 모두 은서령이 총괄하니 수입과 지출 역시 모두 그녀의 손을 통해서 나갔다. 아버지는 그동안 은서령이 용돈으로 준 것을 아끼고 아꼈다가 내놓은 것이었다.

"아버지……."

"장차 대금룡관의 사위가 될 사람인데 옷이 저래서야 쓰겠느냐. 기왕 해 입는 거 최고급으로 뽑아 달라고 해라."

은도천은 세상 물정을 몰라도 너무 몰랐다.

보경장에서 가장 좋은 비단옷은 금자 석 냥을 주고도 못산다.

하지만 은서령은 아무 말 없이 은자를 받아 챙겼다.

비파랑을 생각하는 아버지의 마음을 알기 때문이었다.

죽은 그의 부친에 대한 아버지의 그리움을 알기 때문이었다.

"꼭 보경장으로 가야 한다. 거기가 바느질 솜씨가 제일 좋아."

은도천이 굳이 보경장에 가라고 하는 데는 이유가 있었다.

보경장의 외동아들 서도윤이 몇 년 전부터 계속 매파를 보내오고 있었다.

언젠가 포목점에 비단을 사러 갔다가 우연히 한 번 마주치고는 그만 은서령을 짝사랑하게 된 것이다.

하지만 은도천은 은서령에게는 복중에서부터 정해진 배필이 있다며 한사코 청혼을 거부했었다.

이제 용악산과 함께 보경장으로 가서 은서령에게는 정해진 짝이 있으니 포기하라는 의중을 넌지시 전하라는 것이다.

은서령이 그걸 모를 리가 없었다.

"네에."

아버지의 뜻을 거스르고 싶지 않은 은서령은 기어들어 가는 목소리로 겨우 대답을 했다.

그때 뜬금없이 공춘보가 손을 들고 나섰다.

"저도 가겠습니다."

"넌 무공 수련 안 하느냐?"

"사매 혼자 가게 내버려 둘 순 없어요."

"서령이가 어째서 혼자냐? 파랑이와 같이 가지 않느냐?"

"그러니까 더욱 안 되죠."

"뭐? 그게 무슨 말이냐?"

"자고로 남녀칠세부동석이라고 했습니다. 아직 혼례도 치르지 않았는데 외간 남자와 단둘이 돌아다니면 좋은 소리 못

듣습니다. 게다가 확실히 비 공자와 혼례를 치를 거라는 보장
도 없고요."

되촌 괴사를 함께 해결하면서 조금 풀어졌던 공춘보의 마음
이 또다시 쩌정쩡 얼어붙는 순간이었다. 아마도 같이 술을 마
시러 가지 않아서였을 것이다. 술을 마시면서 넌지시 용악산
의 됨됨이를 살펴보려 했는지도 모른다. 어쨌거나 그는 종잡
을 수 없는 위인이기는 했다.

"이놈아, 누가 뭐래도 파랑이는 내 사위가 될 사람이야. 그
건 절대 변하지 않아."

"사매에게 물어보셨습니까?"

"뭐?"

"사매가 비 공자를 좋아하는지 물어보셨냐고요."

"네놈이 잘 몰라서 그러는데. 파랑이와 서령이는 어렸을 때
부터……."

"바로 그겁니다. 그때는 사매가 너무 어렸습니다. 애들이
뭘 압니까? 꼬맹이들의 풋정을 빌미로 본인의 의사는 묻지도
않고 혼례를 강행하는 건 옳은 일이 아닌 줄 압니다."

평소 엉성하기 짝이 없는 공춘보였다. 그런데 오늘은 하
는 말마다 틀린 게 하나도 없었다. 일 년에 한두 번 제법 사
리에 맞는 소리를 하는데 오늘이 아무래도 그날인 모양이었
다.

은도천이 가만히 은서령을 보았다.

은서령은 똑바로 시선을 마주치지 못하고 피하기만 했다.

'이런, 내가 너무 서둘렀나 보구먼. 당연히 파랑이를 좋아하고 있는 줄 알았는데. 하긴, 그땐 너무 어렸지. 아아. 소향, 당신이 있었다면 규방에서 모녀 간에 도란도란 얘기를 나누며 좀 더 세심하게 서령이의 마음을 살필 수 있었을 것을.'

소향은 은서령의 어머니였다. 은도천은 홀아비 밑에서 착하게만 자란 은서령이 차마 아비의 뜻을 거스르지 못해 제 속내를 다 표현하지 못한 것 같아 마음이 아팠다.

"그래. 넌 파랑이를 어떻게 생각하느냐?"

"흐엑. 사, 사부님."

은도천의 말에 하풍달이 기겁을 했다.

다른 사람들도 마찬가지였다. 표자룡은 얼굴이 딱딱하게 굳었고 공춘보는 고개를 절레절레 흔들었다.

가장 민망한 것은 은서령 자신이었다.

안 그래도 발갛던 그녀의 얼굴이 더욱 발개졌다.

정작 은도천 자신은 그가 무슨 잘못을 했는지 전혀 모르는 것 같았다.

"왜? 뭐가 잘못됐느냐?"

"사부님은 정말 눈치도 없으셔. 그걸 대놓고 물어보시면 어쩝니까? 옆에 비 공자도 있는데⋯⋯."

하풍달이 용악산을 힐끔 가리키며 말했다.

"아아. 내가 그만 잠시 딴생각을 하느라. 험험. 뭐 그럼 그건 나중에 물어보기로 하고. 어쨌든 춘보 너는 안 돼!"

"사부님, 제가 누굽니까? 금룡관의 장제자 공춘봅니다. 사매의 마음이 확실히 정해지기 전까지는 제가 사매를 지켜줄 겁니다."

공춘보가 말끝에 용악산을 무섭게 노려보았다. 마치 용악산이 자신의 사매를 훔치러 온 도둑놈이라도 되는 것처럼.

"이놈아. 네 말마따나 남녀가 정이 들려면 일단 오붓한 시간을 가져야 할 것 아니냐! 예끼. 이 눈치코치도 없는 놈아!"

눈치코치가 없기는 두 사람 모두 마찬가지였다.

용악산과 은서령은 묘한 동질감을 느꼈다. 지금 이 순간 자신들만큼 민망한 사람들이 있을까.

"저도 가겠습니다."

"안 된다니까."

"가겠습니다."

"너 좀 맞으련?"

"맞고 가겠습니다."

"다리몽둥이를 분질러 놓을 텐데도."

"가요! 가! 같이 가면 되잖아욧!"

참다 못한 은서령이 빽 소리를 지르며 일어섰다.

깜짝 놀란 사람들이 후덜덜 떨면서 바깥으로 사라지는 은서령의 뒷모습을 보았다.

*　　　*　　　*

"거, 경치 한번 조오타!"

"매양 보는 풍광인데 오늘따라 유난히 좋을 건 또 뭐요?"

"어제의 마음이 다르고 오늘 마음이 다르니 같은 사물이라도 보는 이의 마음에 따라 달라 보인다는 공자님의 말씀도 너는 모르냐? 무식한 것."

"공 사형한테 무식하단 소리를 들으니 이상하게 기분이 나쁘네."

앞서 걸어가는 공춘보와 하풍달은 아무런 근심, 걱정이 없어 보였다.

두 사람이 허튼소리를 하며 앞서 가는 동안 용악산과 은서령은 조금 떨어진 곳에서 나란히 걷고 있었다.

아침의 민망함이 아직도 가시지 않는 두 사람이었다.

"죄송해요."

한참 만에 은서령이 입을 열었다.

"뭐가 말이오?"

"아버지께서 비 공자의 의향은 묻지도 않으시고……."

아침에 있었던 대화의 연장이었다.

사람들은 모두 은서령이 용악산을 좋아하는지 안 하는지에 대해서만 말을 했다. 하지만 은서령의 입장에서는 용악산이 자신을 좋아하는지도 모르는 처지에 아버지와 사형들이 설레발을 치는 것이 여간 민망한 게 아니었다.

"개의치 마시오."

용악산이 해줄 수 있는 말은 그것밖에 없었다.

"장명등은 고마웠어요."

은서령이 말했다. 일단 말문이 열리자 대화를 이어가기가 훨씬 수월했다.

"다음에 또 마실 수 있겠소?"

"예?"

"아침에 끓여준 차 말이오."

"……!"

"맛있었소."

"풉!"

그녀가 갑자기 웃음을 터뜨렸다.

"왜 그러시오?"

"아니에요, 아무것도."

차는 맛있다고 하는 게 아니다.

향이 좋았다거나 맛이 부드러웠다거나, 맑았다거나, 대개는 그런 식으로 세련되게 표현해야 차를 즐길 줄 아는 사람이란 소리를 듣는다.

지금까지 자신의 곁에 얼쩡거린 사람들은 모두 그런 세련된 말투를 구사했다. 머리부터 발끝까지 화려한 비단옷으로 말끔히 차려입고는 어렵고 고상한 얘기로 자신의 호감을 사려고 안달이 났던 것이다.

하지만 은서령은 어쩐지 저 사내의 저런 투박함이 좋았다.

그제야 아침부터 굳어 있던 은서령의 표정도 조금은 풀렸다.

웃음은 사람의 마음을 열어주는 묘한 효능이 있었다.

사람들은 한참 만에 보경장이 운영하는 포목점에 도착했다.

보경장은 원래 작은 상회에서 시작했지만 비단 장사로 큰돈을 벌어 지금은 장원까지 거느린 어엿한 상가(商家)가 되었다. 취급하는 물자도 비단에서부터 대양 무역의 진귀한 물품들까지 다양했다.

보경장주는 대장원의 장주가 되어서도 초심을 잃지 않겠다는 뜻에서 예전의 포목점을 그대로 운영했고 그걸 외동아들 서도윤에게 맡겼다. 장사란 모름지기 밑바닥부터 배워야 한다는 게 그의 지론이었다.

은도천이 보경장에서 옷을 맞추라고 한 건 바로 서도윤이 운영하는 포목점에서 맞추라는 말이었다.

서도윤은 풍족한 환경에서 자란 사람답지 않게 검소했으며 예의가 발랐다. 이재에도 뛰어나 장차 보경장을 지금의 두 배로 키울 거라는 평가를 받았다. 얼굴도 잘생겨서 남몰래 가슴앓이를 하는 여자들도 많았다.

은서령도 그런 서도윤을 싫어하지 않았다. 하지만 싫어하지 않는 것이 좋아한다는 뜻은 아니었다. 자신에게 호감을 보인 많은 사내들 중에 서도윤만큼은 조금 특별했다는 것이다.

'친구로 지내면 좋을 텐데. 아, 이제는 그럴 수도 없겠지?'

오늘도 잘생긴 서도윤이 운영하는 포목점에는 여자들로 북적거렸다. 서글서글한 눈매에 언변까지 좋으니 여자들이 끊이질 않았다.

그런 서도윤도 딱 한 사람 앞에서는 말을 더듬고 뻣뻣하게 굳었으니 그게 바로 은서령이었다.

"어······!"

은서령을 발견한 서도윤의 그 자리에서 뻣뻣하게 굳었다.

그가 자신을 좋아한다는 걸 안 이후로 한 번도 찾아오지 않았던 은서령이 제 발로 찾아왔으니 놀랄 만도 했다.

서도윤은 어찌할 바를 몰라 잠시 우왕좌왕하더니 서둘러 달려와 공손히 포권을 했다. 소매는 팔뚝까지 걷혀 있어 평소 그의 소탈함을 그대로 보여주었다.

"여긴 어쩐 일로······?"

"옷을 좀 맞추려고요."

"아아. 그, 그렇군요. 잠깐만요. 치수를 재는 자가 어디 있을 텐데······."

서도윤은 자를 찾아 또 허둥대기 시작했다. 그때 저만치 있던 직원이 말했다.

"공자님, 지금 손에 들고 계시잖아요."

"아! 그, 그렇구나."

서도윤이 머쓱한 표정으로 머리를 긁었다.

은서령은 마음이 아팠다. 이렇게 착한 사람에게 상처를 주는 것이 편치 않았다.

더구나 아무것도 가진 것 없고 그저 변두리의 작은 무관 여식에 불과한 자신에게 말이다.

서도윤 정도면 훨씬 더 아름답고, 훨씬 더 부유한 집안의 여자들과도 충분히 맺어질 수 있었다. 지금도 옷을 맞추러 온 여자들이 은서령을 좋지 않은 시선으로 힐끔거리고 있었다. 저들 중에는 항주에서 제법 방귀깨나 뀌는 가문의 여식들도 여럿 있었다.

하지만 해야 했다. 어차피 자신은 그에게 한 번도 마음을 준 적이 없었고, 또 앞으로도 그럴 바에는 지금이라도 깨끗이 단념시키는 게 최선이라고 생각했다.

그러려면 옆에 있는 용악산이 자신의 약혼자라고 말을 해야 하는데 그건 더욱 민망했다.

답답하기는 공춘보와 하풍달도 마찬가지였다.

그들 역시 서도윤의 사람됨을 잘 알기에 마음이 편치 않았다.

사실 용악산이 나타나기 전만 해도 두 사람은 서도윤과 은서령이 잘되기를 바랐다. 한평생 풍족하게 쓰고도 남을 만큼의 재물이 있는데다 아비와 아들 모두가 은서령을 예뻐하니 그만한 혼처가 어딨을까?

금룡관에서의 고생은 모두 잊고 아랫사람들까지 부려가며 한평생 행복하게 지낼 수 있을 거라 생각했다.

"저… 품을 재야 하는데……."

자를 가지고 온 서도윤이 발개진 얼굴로 은서령에게 말했다.

"제가 아니라……."

은서령이 말꼬리를 흘리며 용악산을 보았다.

"⋯⋯?"

서도윤이 의아한 표정을 지었다. 처음 보는 얼굴이기 때문만은 아니었다. 그를 가리킬 때 은서령의 표정이 무척이나 부자연스러웠다는 것을 알아차렸다.

옆에 있는 공춘보와 하풍달도 그랬다. 두 사람은 오며가며 보경장에 들리기도 하고 가끔씩 술잔도 기울이는 등 허물없이 지낸 사이라 지금쯤 반갑다며 호들갑을 떨어야 했다.

그런데 얌전했다. 얌전한 정도가 아니라 서도윤의 눈을 똑바로 쳐다보지도 못했다.

어렸을 때부터 장사로 눈칫밥을 먹은 서도윤이었다. 그는 단번에 이 낯선 사내가 은서령의 아버지가 말한 그 복중 약혼자라는 걸 알아차렸다.

서도윤의 얼굴에서 핏기가 사라졌다. 땀을 삘삘 흘리며 어찌할 바를 몰라 했다. 잠시 후 서도윤은 용기를 내서 말했다.

"품을 재야 하니 두 팔을 벌려주십시오."

말을 하는 목소리가 미세하게 떨리고 있었다. 담담한 표정을 했지만 초점을 잃은 눈동자는 하염없이 흔들리고 있었다.

"도윤이⋯⋯."

공춘보가 서도윤의 어깨에 손을 올리며 이름을 나직이 불렀다.

"괘, 괜찮습니다. 급한 일이 있어서 잠시 실례하겠습니다."

서도윤은 말을 하고는 점포의 안쪽으로 황급히 사라졌다.

第七章

너희들 그러다 피똥 싼다

天山刀客

"비단옷으로 맞출 걸 그랬습니다."

포목점을 나오면서 은서령이 한 말이었다.

"난 활동하기 편한 무복이 좋소."

용악산은 짧게 대답했다.

그가 고른 것은 휘황찬란한 비단무복 대신 거친 무명천으로 만든 청의무복이었다. 생각 같아선 그것마저도 거절하고 싶었지만, 아니, 거절했어야 옳았지만 지금 입고 있는 옷이 너무 초라했다.

덕분에 은서령은 은자 넉 냥을 모두 아끼게 되었다. 무명옷은 평소 그녀가 가지고 다니던 철전으로도 충분했기 때문이었다.

공춘보는 무언가 잔뜩 못마땅한 눈치였다.

"휴우. 서도윤의 얼굴을 봤냐?"

"잊어버리시오."

하풍달이 말했다.

"어떻게 잊냐? 그 친구한테 얻어먹은 술이 얼만데."

"사형은 술 몇 잔에 사매를 팔 생각이오?"

"마! 내 말은 그게 아니잖아. 너도 알다시피 서도윤이가 그
동안 우리한테 좀 잘했냐. 사람 좋고, 돈도 잘 벌고… 에고. 그
런 놈 없는데."

"뭐, 됨됨이가 괜찮긴 했지."

하풍달이 말을 하면서 용악산의 눈치를 슬쩍 봤다.

용악산도 마음이 편치 않았다. 자신의 치수를 잴 때 바들바
들 떨리던 손과 금방이라도 눈물을 쏟을 것 같은 얼굴이 잊히
질 않았다.

"뭐, 어차피 사매도 좋아한 건 아니니까."

하풍달이 말했다. 용악산이 민망할 것을 염려해하는 말이었
다.

"그래도 이건 너무 잔인했어. 너무 갑작스럽잖아."

공춘보가 여전히 풀이 죽은 목소리로 말했다.

"이별은 아무리 천천히 와도 갑작스러운 법이오."

"얼씨구. 또 어디서 하나 주워들었구먼."

"공 사형, 술 한잔할래요?"

분위기가 착 가라앉아 은서령이 말했다.

"술?"

"그래요. 은자도 굳었으니 우리 오랜만에 저잣거리나 구경하다 가요. 맛있는 것도 사 먹고."

말을 하면서 은서령이 은자를 쫙 펴 보였다.

"히히. 그럼 그럴까?"

순식간에 얼굴이 펴지는 공춘보였다.

저잣거리로 나간 용악산 일행은 한 무리의 사람들이 전각의 담벼락 앞에서 웅성거리는 걸 보았다.

"뭐요? 뭔데 사람들이 똥파리처럼 들끓는 거요?"

공춘보가 사람들을 비집고 들어가면서 아무에게나 물었다. 그 아무나가 대답했다.

"이 양반이 말을 해도. 그럼 당신은 대왕 똥파리오?"

공춘보의 머리가 유난히 큰 걸 두고 비꼬는 것이었다.

"큭큭큭. 농담 한번 한 걸 갖고 발끈하시기는. 그나저나 대체 뭔데 그러오?"

"무림맹에서 반드시 제거해야 할 마도고수 백인의 살생부를 만들었다 하오. 죽이거나 생포해 오는 자에게는 아무것도 묻지도 않고 따지지도 않고 일만 냥을 현상금으로 준다고 하오."

"마도고수 백인? 헐, 뭔 죽일 놈의 고수가 그렇게나 많단 말이오?"

"십만마도라 하지 않소. 무림맹이 역병도 아닐 진데 그 많은 사람들을 어떻게 다 죽였겠소. 살아남은 마도의 고수들 상당수가 천하 각지로 흩어져 신분을 숨긴 채 살아가고 있다고 하오."

"정마대전도 끝난 마당에 굳이 그들을 잡아 죽일 필요가 있을까?"

"어허, 모르는 소리. 그들이 언제 어떻게 뭉쳐 또다시 무림일통을 노릴지 누가 알겠소."

"에이. 된맛을 봤는데 설마 또 마도가 창궐하려고."

"얼마든지 가능하오. 흩어진 마인들을 하나로 모을 수 있는 강력한 구심점이 나타난다면."

"구심점? 그 사람도 구가요? 젠장 할. 뭔 놈의 세상이 온통 구가들 천지야."

공춘보가 구씨 성을 쓰는 사람들에게 특별히 반감을 가지는 데는 그럴 만한 이유가 있었다.

아무나는 별 미친놈을 다 보겠다는 얼굴로 공춘보를 노려본 후 사람들 틈으로 사라졌다.

공춘보가 사라져 가는 그 사람의 뒷모습을 보며 말했다.

"이크, 저 사람도 구가였나 보네."

용악산은 뒤에서 공춘보와 사내가 나누는 이야기를 모두 듣고 있었다.

무림맹에서 내건 살생부는 용악산에게 뜻밖의 정보를 알려주었다. 저들이 제거하겠다고 한 사람들은 역으로 도주하는데 성공을 했다는 말이 된다.

그것도 무림 역사상 유래가 없는 사십여 개의 문파가 공동으로 펼친 거대 천라지망을 뚫고서.

어떤 자들이 탈출에 성공했나 벽보를 찬찬히 훑어보던 용악산은 한 가지 묘한 것을 발견했다.

'십종가의 사람들이 대거 탈출에 성공했군.'

그들이라도 살아서 명맥을 유지하게 된 것이 다행이라고 해야 할지, 아니면 대종사마저 죽은 마당에 그들만 살아남은 것을 탓해야 할지 용악산은 혼란스러웠다.

그때 갑자기 군중이 둘로 쫙 갈라지며 한 무리의 칼 찬 무림인들이 벽보를 보기 위해 모습을 드러냈다.

살벌한 분위기가 심상치 않았다.

"뜨헉. 젠장, 하필이면 저 재수없는 놈을 여기서 보게 될 줄이야."

공춘보가 갑자기 뒤쪽으로 와서는 사람들 틈에 몸을 숨겼다.

"저들이 누군데 그러는 거요?"

용악산이 곁에 있는 하풍달에게 물었다.

"저놈들이 바로 호시탐탐 우리 무관을 노리고 있는 용무관 놈들입니다."

"항주 칠대 불가사의에 나오는 그 용무관 말이오?"

"그렇죠. 저기 뺀질하게 생긴 놈이 용문관주의 막내아들 구반룡입니다. 하지만 항주 땅에서는 십자검(十紫劍)의 동생으로 더 유명하죠."

"십자검?"

"용무관주의 장자 구문룡의 별호입니다. 그는 정마대전에 참가했다가 큰 공을 세워 절강오룡 중 하나로 떠오른 인물이죠. 내로라하는 무림세가의 후예들조차 부러워하는 무명인 걸 보면 구문룡의 무예가 얼마나 대단한지 짐작하실 겁니다. 덕분에 항주 외각의 작은 무관이었던 용무관은 단번에 유명세를 탔고 무공을 배우겠다는 사람들로 문전성시를 이룹니다."

"일개 무관에서 그런 기재를 양성해 냈단 말이오?"

"그러니까 이상하죠. 소문에는 용무관주가 고수들을 초빙해 가르쳤다는 얘기도 있고, 어디선가 기연을 얻었다는 말도 있죠. 뭐 자기들이야 기연을 얻었든 흑도랑 어울리든 상관없는데. 용무관주가 구문룡을 앞세우고 인근 무관들을 돌며 비무행을 벌여서 문제지요."

"비무행?"

"친선 비무를 핑계로 경쟁 무관을 박살 내는 일종의 파무행입니다. 이건 전쟁이나 다름없어요. 지는 쪽에겐 생사가 달린 문제거든요. 벌써 그렇게 해서 무너진 무관이 십여 곳이 넘습니다. 웃기는 것은 그들이 파무행을 벌이면 벌일수록 강함을 동경한 사람들이 용무관으로 모여든다는 겁니다. 무(武)란 강함이 전부는 아닌데 말이죠……."

"왜 파무행을 벌이는 거요?"

"개파를 위한 포석이죠. 용무관주는 야망이 큰 작자입니다. 절대 무관으로 만족할 위인이 아니죠. 두고 보십시오. 인근의 무관들을 모두 평정한 다음엔 반드시 개파를 선언할 겁니다."

"금룡관에도 도전을 했을 것 같은데……."

"물론이죠. 놈들은 금룡관에 공개적으로 십여 차례 이상 비무를 신청했습니다. 하지만 사부님께서는 무슨 이유에선지 그때마다 거절하셨죠. 사람들은 사부님이 겁을 집어먹었다고 숙덕거리지만 저는 그렇게 생각하지 않습니다. 필시 무슨 이유가 있을 겁니다. 여하튼 저놈들과는 어울려서 좋을 것이 없습니다. 우리에게 시비를 못 걸어서 안달이 났거든요."

하풍달이 말을 하면서 용악산의 소매를 잡아끌었다.

하지만 그의 생각대로 되지는 않았다.

"여어, 이게 누구신가. 금룡관의 이쁜이와 꼴통 사형제들이 아니신가?"

구반룡이 은서령 일행을 발견하고 다가왔다.

"구반룡, 말을 삼가라!"

평소 실실거리기만 하던 하풍달이 발끈하며 나섰다.

"어떤 말을 삼가야 하지? 이쁜이라는 말이 싫으신가? 아님 꼴통이라는 말이 싫으신가?"

"이이……!"

하풍달은 분하지만 참는 기색이 역력했다.

용무관 사람들과는 시비를 일으키지 말라는 사부의 엄명이 있었기 때문이다.

"그나저나 표자룡이 별말없었어?"

구반룡이 뭔가 음흉한 눈빛으로 말했다.

"풍달아, 저게 뭔 소리냐?"

구반룡의 뜬금없는 말에 공춘보가 물었다.

"아무것도 아닙니다."

"큭큭큭. 아직 모르나 보군. 하긴 선뜻 말을 꺼내기도 어렵겠지."

"구반룡, 그게 무슨 말이냐?"

하풍달이 대답을 않자 공춘보가 다시 구반룡에게 물었다.

목소리에는 적개심이 가득했다.

"표자룡에게 우리 무관으로 오면 제자로 받아준다고 했지. 표자룡 정도의 오성이면 능히 적전제자도 될 수 있어. 용무관의 적전제자가 무얼 의미하는지는 알겠지?"

"뭣!"

공춘보가 인상을 찡그리며 고함을 질렀다.

"아아. 너무 흥분하지 말라고. 망해가는 금룡관보다야 앞날이 창창한 용무관이 났지. 자고로 무관이라면 제자들이 뜻을 펼칠 수 있도록 힘이 되어줄 수 있어야지 않겠어?"

"풍달아, 저 말이 사실이냐?"

"걱정 마시오, 사형. 자룡이는 금룡관에 마지막까지 남는 제자가 있다면 바로 자신일 거라고 했소."

하풍달의 단호한 말에 은서령은 마음이 든든했다.

하지만 한편으로는 뛰어난 오성을 지닌 표자룡이 작은 무관에 묶여 뜻을 펼치지 못하는 것 같아 안쓰럽기도 했다.

표자룡의 오성은 이미 무관들 사이에서 소문이 자자했으

니까.

그러나 따지고 보면 이게 다 용무관이 다른 무관을 이간질을 해서 화를 돋우려는 수작이었다.

실제로 비슷한 수법에 제자를 빼앗긴 몇몇 무관에서는 용무관에 정식으로 비무를 신청하기도 했다.

물론 결과는 그들의 대패였다.

"쯧쯧쯧. 동료를 일곱이나 죽인 배신자를 대용무관의 제자로 거둬준다면 감사하다고 달려올 일이지."

표자룡이 동료를 일곱이나 죽인 배신자라고?

티끌만큼의 과오도 없을 것 같던 그 단정한 녀석이?

용악산이 의아한 표정을 짓는 사이 은서령이 버럭 소리를 질렀다.

"말을 삼가세요. 구 공자!"

앙칼진 목소리에서 그녀가 무척 화가 났음을 알 수 있었다. 공춘보와 하풍달도 얼굴 가득 적개심을 감추지 않았다.

"꼴에 개과천선을 했다 이건가? 그래서 이번엔 끝까지 의리를 지키시겠다고? 큭큭큭. 그렇다고 더러운 피가 어디 갈까?"

"구 공자, 잘 알지도 못하면서 함부로 지껄이지 말아요!"

"내가 하나 가르쳐 줄까? 세상을 움직이는 건 돈과 힘이야. 조직도 마찬가지고. 신의를 말하는 금룡관이 위태위태한데 반해 우리 용무관이 날로 커 가는 것만 봐도 알 수 있잖아."

"휴우, 아무래도 우리는 생각의 출발부터가 다른 것 같군요."

은서령은 그 말을 끝으로 말문을 닫았다.

십칠팔 세나 되었을까?

구반룡은 아직 젖살이 빠지지 않은 앳된 외모에 제법 잘생기기까지 했다. 그러나 눈동자에는 사악한 기운이 가득했다.

"올해로 열여덟이죠. 대가리에 피도 안 마른 놈이 아비와 형의 위세를 믿고 온갖 패악질을 서슴지 않습니다. 얼마 전에는 길 가던 유부녀를 희롱하다 그녀의 남편과 시비가 붙었는데 그 자리에서 그만 남편의 팔다리를 분질러 버렸죠. 그런 독심은 아비의 그것을 고스란히 물려받은 것입니다."

하풍달이 용악산에게 귓속말을 했다.

용악산은 그보다 왜 표자룡을 동료를 죽인 배신자라고 하는지 궁금했다.

하지만 묻지 않았다. 필시 무슨 사연이 있으리라.

그리고 용악산은 구반룡보다 그의 뒤에 서 있는 다섯 명의 무인에게 호기심을 느꼈다.

마치 길들여지지 않은 야수 떼를 보는 것 같은 느낌?

용악산의 생각을 읽었는지 하풍달이 설명을 해줬다.

"용무관주가 다른 무관들과의 전쟁을 위해 초빙한 빈객들입니다. 용무관의 파무행이 도를 넘어서자 다른 무관들이 힘을 합쳐 공동전선을 펼칠 기미를 보이고 있거든요. 소문에는 장강수로맹 출신이라는 설도 있고. 휴우. 아무튼 위험한 놈들인 건 확실합니다. 건드리지 않는 게 상책이에요."

하지만 구반룡은 작심을 한 듯 은서령 일행을 그냥 보내주지 않았다.

"헤헤헤. 그러지 말고 나랑 술 한잔하지 않겠어?"

"호의는 고맙지만 사양하겠어요."

은서령이 말을 하고 돌아서려는데 구반룡이 그녀의 손목을 턱 잡았다. 뒤에서 갑자기 덮친 것이라 은서령은 미처 피하지도 못했다.

"무슨 짓이죠!"

은서령이 목소리를 높이며 손을 뿌리치려 했지만 쉽게 떨어지지 않았다. 구반룡의 금나수가 범상치 않았다.

"아아, 너무 비싸게 굴지 말라고. 손목에 금테를 두른 것도 아니잖아."

"이거 놔!"

은서령이 거듭 손목을 뿌리치려 했지만 그러면 그럴수록 구반룡은 더욱 옥죄었다.

은서령이 고통스런 표정을 짓자 더는 참지 못한 공춘보와 하풍달이 앞으로 나섰다.

"구반룡, 이 개자식! 사매에게서 손을 떼랏!"

그러나 구반룡의 뒤에 둘러서 있던 시커먼 작자들이 두 사람을 막아섰다.

산그늘이 엄습해 오는 것 같은 기운에 두 사람이 움찔 놀라며 멈춰 섰다.

두 사람이 놈들에게 가로막혀 있는 사이 구반룡은 은서령의 손목을 더욱 옥죄고 있었다.

그 순간 구반룡의 손목을 움켜쥐는 또 다른 손이 있었다.

"우웁!"

아무도 보지 못했다. 그가 순식간에 시커먼 놈들을 지나쳐 구반룡에게로 다가가는 것을.

구반룡은 고통스런 표정을 지으며 눈을 치켜떴다.

"누, 누구냐! 네놈은."

"네놈은 그 주둥이부터 고쳐야겠다."

짜악!

말이 떨어지기가 무섭게 솥뚜껑 같은 손바닥이 구반룡의 뺨을 후려쳤다.

"크윽!"

꼴사납게 땅바닥으로 쓰러진 구반룡의 입에서 시뻘건 피가 흘러나왔다.

눈처럼 하얗던 백의무복은 흙으로 더럽혀져 있었다.

잔뜩 화가 치민 얼굴로 발딱 일어선 구반룡이 고함을 질렀다.

"이 미친 새끼가……!"

짜악!

"커헉! 이런 후레……."

짜악!

"커헉! 대체 왜……."

짜악! 짜악! 짜악!

용악산은 비칠비칠 물러나는 구반룡을 따라가며 연달아 다섯 대나 뺨을 때렸다.

생각 같아선 내공을 실어 일격에 얼굴을 부숴 버리고 싶지
만 이런 놈에겐 무공을 쓰는 것조차 아까웠다.

그 순간 시커먼 놈들이 용악산을 막아섰다.

"그만하지."

이랑도를 든 사내가 말했다.

한 자루 잘 벼린 명검 같은 기도를 풍기는 사내.

"안 그래도 그만할 생각이었어. 저 망나니의 아비가 무섭다
는 얘기를 들어서 말이야."

말은 그렇게 했지만 행동은 전혀 무서워하는 사람의 그것이
아니었다. 용악산이 간단하게 대답하고 돌아서려는데.

"그냥 가면 안 되지."

"……?"

"이대로 돌아가면 우리 체면이 말이 아니다 이 말씀이지."

"그래서?"

"그래서? 후후. 이거 말귀를 영 못 알아듣는군."

차앙!

다섯 명이 일제히 자신들의 병장기를 뽑아 들었다.

"경고하는데 그 칼 집어넣는 게 좋을 거다."

"쿡. 애송이. 나도 경고 하나 하지. 우린 한 번 뽑은 칼을 그
냥 넣은 적이 없다!"

말과 함께 사내의 이랑도가 허공을 갈라왔다.

따앙!

용악산은 손가락으로 이랑도를 튕겨내고.

푹!

놈의 복부에 정권을 꽂아 넣었다.

"크흡!"

놈의 복부가 구멍이라도 뚫린 것처럼 쑥 꺼지더니 단말마의 비명과 함께 공중으로 대여섯 장이나 날아가 방물장수가 벌여놓은 좌판 위로 떨어졌다.

"쳐라!"

당황한 놈들이 동시에 공격을 했다.

왼쪽에선 환도를 든 자가 옆구리를 찔러왔다.

뒤에서는 장검이, 머리 위에서는 박도가 각각 떨어져 내렸다.

연수합격에 능한 자들이었다.

하루 이틀 손발을 맞춰본 솜씨가 아니었다.

단 한 번의 공격으로 상대의 온몸을 난자해 버릴 것 같은 기세.

용악산은 놈들의 공격을 피하지 않았다.

놈들이 베는 것은 그저 공간일 뿐, 용악산은 공간과 공간 사이에 있는 시간을 장악했다.

먼저 강기를 담은 주먹으로 환도를 휘두르는 자의 안면을 격타했다.

처퍽!

뼈와 살점이 동시에 짓뭉개지는 소리와 함께 놈의 고개가 뒤로 꺾였다. 놈은 형체가 남아 있지 않은 얼굴로 비칠비칠 물러나더니 물이 고인 웅덩이에 털썩 쓰러졌다.

따앙!

다음엔 머리를 쪼개오던 박도가 용악산의 주먹에 두 동강 났다. 그러나 용악산의 주먹은 여전히 놈의 튼튼한 어깨를 노렸다.

픽!

어깨가 무너져 내린 놈은 미처 비명을 지를 새도 없이 우당탕탕 소리를 내며 십여 장이나 굴러가다 담벼락에 머리를 박고 정신을 잃었다.

장검으로 어깨를 찍으려던 놈은 허공에서 떨어져 내리기도 전에 다시 용악산의 주먹을 맞았다.

"우욱!"

뱃속에서부터 울려 나오는 신음과 함께 놈 역시 허공으로 십여 장이나 날아간 다음 이름 모를 전각 지붕에 고깃덩어리처럼 척 떨어졌다.

그리고 경사면을 따라 주르르 미끄러져 내려오다 바닥으로 떨어졌다. 떨어지는 순간 흐물흐물한 것이 주먹을 맞는 순간 이미 정신을 잃은 게 확실했다.

검을 든 나머지 한 놈은 용악산의 목에 검을 겨누고서도 감히 베지 못했다.

검끝은 파르르 떨리고 다리는 후덜거리더니 이내 그 자리에 털썩 주저앉았다.

아무것도 보지 못했기 때문이었다.

그가 본 것이라곤 동시에 여러 곳에서 나타나 동료들을 날려 버리는 강철 주먹이었다.

세상에. 장강오룡(長江五龍)을 일격에 피떡으로 만들어 버리는 주먹이라니…….

은서령을 비롯한 공춘보, 하풍달, 구반룡의 얼굴이 경악으로 물들었다.

第八章

운명이 이끄는 대로

天山刀客

저잣거리에서 한바탕 소동이 있은 그날 밤.

용악산은 밤이 늦도록 잠을 이루지 못하고 별각의 지붕 위에서 항주의 야경을 보고 있었다. 낮에 보았던 무림맹의 살생부 때문이었다. 다행인지 그곳에 자신의 이름 석 자는 없었다.

용악산과 그의 수하들은 처음부터 천산 깊숙한 오지에서 비밀리에 길러졌다. 정마대전이 가장 치열하게 벌어지던 당시에도 자신들은 한 번도 세상에 모습을 드러낸 적이 없었다.

그렇다고 대종사의 개인호법을 위해서 길러진 것도 아니었다. 대종사는 한 번도 자신들을 호법으로 쓰지 않았으니까. 그러다가 정마대전이 막바지로 치달았고 어느 날 돌아보니 자신들은 실체가 없는 유령이 되어 있었다.

단순한 패잔병이었던 걸까?

그건 아닐 것이다. 용악산은 분명 모종의 임무를 위해 자신들이 길러졌고 그 임무는 아직 끝나지 않았다고 생각했다. 어쩌면 정마대전이 끝남으로써 그 임무라는 것이 불필요해졌을 수도 있다. 아니면 처음부터 정마대전 이후의 임무를 염두에 두고 만들어졌는지도 모른다.

용악산은 표류하는 배처럼 갈피를 잡지 못했다.

그때 저만치 아래에서 인기척이 들려왔다.

"휴우, 여기 있었구먼."

관주 은도천이 후원의 마당 한쪽에서 자신을 올려다보고 있었다. 그가 술병을 흔들어 보이며 말을 이었다.

"한잔할까 해서 찾아다녔네."

"지금 내려가겠습니다."

"아닐세. 내가 올라가지."

은도천은 도포 자락을 날리며 지붕 위로 훌쩍 뛰어올랐다.

초로의 나이에도 불구하고 표표한 신법이었다.

"진작부터 자네랑 한잔하고 싶었는데 이제야 겨우 소원을 푸는구먼. 껄껄껄."

은도천이 술병을 꺾어 한 모금을 마시더니 용악산에게 건네주었다.

"자네와 나 사이에 격식은 필요 없겠지?"

용악산은 가볍게 미소를 지어 보이고는 술병을 받아 마셨다.

뜨거운 화주가 목구멍을 타고 넘어가면서 상념들을 조금은 떨쳐 주었다.

"어떤가?"

다시 술병을 건네받은 은도천이 물었다.

"……?"

"아이들 말일세. 허술하고 모자란 듯해도 다들 심성은 착하다네. 처음엔 낯설겠지만 조금씩 정을 나눠보게."

용악산은 가볍게 고개를 끄덕였다.

"그나저나 자네 무공이 대단하다지?"

낮에 있었던 일을 누군가에게 들은 모양이었다.

용악산은 아무 말도 하지 않았다. 다만 자신에게로 돌아온 술병을 꺾어 다시 한 번 목을 축인 후 물었다.

"용무관이라는 곳에서 잦은 시비를 걸어온다고 들었습니다."

술 한 모금에 말이 한마디씩이었다.

"용무관이 이곳 서동에 터를 잡은 지 얼추 오 년이 되어가는군. 그동안 용무관이 비무행을 핑계로 깨뜨린 무관은 열 곳이넘을 걸세. 무관은 강호의 방파들 중 가장 취약한 단체인지라 작은 바람에도 쉽게 넘어간다네. 가장 쉬운 먹잇감인 셈이지."

은도천은 연거푸 한 모금을 더 들이켠 후에 말을 이었다.

"개파를 위해 가장 필요한 건 지속적인 경제적 기반이라네. 용무관은 열 곳의 무관들을 깨뜨리면서 그들이 지니고 있던 각종 이권들을 차지했네. 일종의 전리품인 셈이지. 말로야 자신들이 강제로 빼앗지 않았다고 하지만 현실이 어디 그런가. 원래의 무관에 줄을 대고 있던 곳들이 앞다투어 용무관 쪽으로 발길을 돌렸지. 용무관은 처음부터 그걸 노렸던 거야. 아무리 작은 무관이라고는 하나 그런 곳이 열 개가 된다면 상당한 기반이 된다네."

"개파를 위해 무관들을 제물로 삼는군요."

"이곳은 항주니까. 항주에서 개파를 한다는 건 뾰족한 창끝에 송곳을 찍는 것만큼이나 어렵다네. 산중에 호랑이가 아무리 많아져도 사냥감의 총합은 변하지 않는 법이지. 그런 차에 이미 기득권을 지닌 다른 방파들이 자신들의 먹이를 나눠 먹으려 하겠는가? 그래서 용무관은 상대적으로 약한 무관들을 선택한 거야. 주인 없는 먹이란 없어. 새로운 문파를 세우기 위해선 남의 것을 빼앗아야만 하지. 역설적이게도 모든 문파들이 처음엔 그렇게 시작을 한다네. 서동 제일의 방파인 북천방(北天幇)만 해도 인근의 군소방파들과 비무행을 치르면서 오늘의 위치에 올랐지. 그러니 용무관의 비무행이 다소 무리가 있어도 아무도 뭐라 못하는 걸세. 비무행이 비록 이름뿐인 명분이라고 해도 말일세."

"그렇게 보면 용무관이 금룡관과 특별히 비무를 하려는 이유를 모르겠습니다. 금룡관은 차지하고 있는 이권이라는 게 사실상 없지 않습니까?"

"수로 때문일세. 금룡관의 장원은 서동의 여러 무관들 중에서 운하와 가장 인접해 있네. 항주 전역에 그물처럼 뻗어 있는 수로를 통해 무언가 일을 도모하고 있는 것 같아."

용악산은 은도천이 용무관의 약진에 그냥 넋 놓고 지켜만
본 게 아니라는 걸 알 수 있었다. 그는 나름대로 사태의 추이
를 보고 있었던 것이다.

"언제까지 용무관의 비무첩을 피할 생각이십니까? 그러면
그럴수록 놈들의 횡포는 더 심해질 겁니다."

"언젠가는 부딪쳐야 할 날이 올지도 모르지. 하지만 지금은
아닐세."

"……?"

"내 선친께서는 항상 말을 할 땐 세 번을 생각하고, 검을 뽑
을 땐 열 번을 생각하라 하셨다네. 천하의 모든 무인들이 그렇
게만 한다면 시비가 지금보다 절반은 줄어들 거라면서. 껄껄
껄. 그럼 좀 더 나은 세상이 열리지 않겠나?"

단순히 그것 때문에? 스스로를 낮추면 세상이 좀 더 좋아질
거라는 막연한 환상 때문에?

"너무 이상적인 생각이십니다."

용악산은 말을 해놓고도 스스로가 의아했다.

현실과 동떨어진 이상주의자의 뜬구름 같은 소리를 굳이 반
박까지 할 필요는 없었다.

그런데 뜻밖에도 은도천은 용악산의 반박에 선뜻 동의했다.

"하하하. 나도 그렇게 생각하네. 하지만 말일세. 세상을 바
꾸는 방법은 그것밖에 없다네."

"무슨 말씀이신지요?"

용악산은 자신도 모르게 점점 은도천과의 대화에 빠져들고 있었다.

"한때는 나도 가슴속에 천하를 품고 이름난 고수를 찾아 강호를 주유한 적이 있었지. 그땐 정말 겁나는 게 없었어. 힘만 지니면 금방이라도 세상을 바꿀 수 있을 것 같았거든. 하지만 결국 이 자리로 돌아왔다네. 왜 인줄 아는가?"

"……?"

"물은 가장 낮은 곳으로 흘러 마침내 거대한 바다에 이르지. 결코 거꾸로 흐르는 법이 없어. 난 이 이치를 지천명이 되어서야 겨우 깨달았다네. 껄껄껄."

용악산은 큰 충격을 받았다.

죽은 대종사의 마지막 유언을 팔천 리나 떨어진 이곳에서 다시 듣게 될 줄이야. 그리고 선문답 같았던 대종사의 유언을 어렴풋이 알 것도 같았다.

하지만 그것은 용악산의 가치관을 뿌리째 뒤흔드는 말이었다.

용악산 역시 천하를 가슴에 품은 적이 있었다.

세상을 바꾸는 것은 천하제패를 통한 강력한 통치만이 유일한 해법이라고 생각했다. 그건 대종사 역시 마찬가지였고 신교를 세워 무림일통을 도모했다.

하지만 지금 눈앞의 이 초라한 노인은 그렇게 해선 세상을 바꿀 수 없다고 한다. 개울에서 흘러내린 작은 물줄기가 끝내는 웅덩이의 흙탕물을 정화시키듯 가장 낮은 곳에서부터 그렇게 천천히 흘러야 한다고 한다.

용악산은 거대한 운명의 힘 같은 걸 느꼈다. 그리고 어쩌면 이곳에서 강물이 되어 흘러가다 보면 대종사가 자신들과 같은 괴물을 만들어낸 진짜 이유를 알 게 될지도 모른다는 생각을 했다.

*　　　*　　　*

"어제 저잣거리에서 말썽이 있었다지?"

아침을 먹는 자리에서 은도천이 한 말이었다.

"그, 그걸 어떻게?"

음식을 집다 말고 은서령이 깜짝 놀라서 물었다.

그녀는 아버지가 걱정할까 봐 일부러 말을 하지 않았었다.

사형들에게도 입조심하라고 단단히 일러둔 터였다.

그런데 대체 누가…….

"춘보에게 모두 들었다."

나쁜 공 사형!

은서령이 맞은편에 앉아 있는 공춘보를 찌릿하게 노려보았다.

놀란 공춘보가 밥알을 떨어뜨리고 젓가락으로 콧구멍을 찔렀다.

"어디까지… 들으셨어요?"

은서령이 조심스럽게 물었다.

"용무관의 막내아들과 빈객들을 개잡 듯이 잡았다더구나."

말을 하는 은도천의 얼굴이 딱딱하게 굳어 있었다.

평소 쓰지 않던 말까지 썼다.

긴장한 은서령이 서둘러 변명을 했다.

"아버지, 어쩔 수 없었어요. 구반룡이 너무 무례했다고요. 비 공자님은 단지 사형들과 저를 지켜주기 위해서……."

은서령은 구반룡이 구체적으로 어떻게 모욕했는지에 대해서는 차마 입에 담지 못했다. 옆에 표자룡이 있었기 때문이었다.

하지만 이미 공춘보가 다 말해줬을 것이다.

그것도 실제보다 훨씬 부풀려서.

"잘했다."

"네… 네?"

"나는 시비를 일으키지 말라 가르쳤지 모욕을 참으라고 가르치진 않았다. 비록 피를 나누지는 않았으나 더 진한 정(情)을 나누었으니 너희들은 형제다. 앞으로도 누군가 너희들 중 한 사람에게 모욕을 주거든 다른 사람이 그의 명예를 위해 싸워야 한다. 형제란 그래야 한다."

"아버지……."

"사부님……."

예상 못한 은도천의 말에 모두들 표정이 굳었다.

이건 무인이라면 언제나 양보하고 상대의 마음을 헤아려 무겁게 검을 들라하던 평소의 가르침과 너무도 달랐다. 사람들은 가슴이 뜨거워져 한동안 젓가락을 들지 못했다.

"그리고 서령이 너……."

은도천이 갑자기 노한 얼굴을 하며 은서령을 보았다.

"왜 아직도 파랑이를 비 공자라 부르는 것이냐?"

"네?"

"앞으론 오빠라 부르거라."

"아, 아버지……!"

"안 그럼 가가라고 부를 테냐?"

"그, 그건."

"그러니까 오빠라고 불러. 내 곰곰이 생각해 봤는데 그래야 오누이처럼 정이 깊어질 것 같다. 자네도 이제부턴 서령이에게 말을 편하게 하고."

"그러지요."

용악산은 두 번도 생각 않고 대답했다.

너무나 간단하게 나오는 대답에 오히려 은서령의 눈이 휘둥그레졌다.

은도천은 황당해하고 있는 은서령을 뒤로하고 이번엔 공춘보와 하풍달을 노려보았다.

"……?"

"……?"

두 사람이 밥을 먹다 말고 뱁새눈으로 은도천을 보았다.

뭔가 불길한 기분.

저 입에서 꼭 자신들이 예상하는 말이 나올 것 같은 느낌.

은도천이 씨익 웃으면서 말했다.

"너희들도 이제부턴 파랑이를 대사형이라 불러라."

역시다.

"사부님, 장제자는 접니다. 가장 늦게 들어왔으면 응당 막내가 되어야지 어째서 장제자가 됩니까? 물이 거꾸로 흐르는 것 보셨습니까? 이건 사부님께서 평소 말씀하시던 공자님의 가르침에도 어긋난다고요."

공춘보는 필사적이었다.

밥알까지 튀겨가며 자신의 의견을 피력했다. 졸지에 듣도 보도 못한 사람을 형님으로 모실 수는 없지 않은가. 더구나 성깔도 보통이 아닌 것 같은데.

하지만 은도천은 귀를 한번 후비더니 간단하게 해결했다.

"너희들이 잘 몰라서 그러는데. 난 이미 파랑이가 어렸을 때 무공을 가르쳐 준 적이 있다. 사실상 내 첫 번째 제자였던 셈이지."

"그, 그게 뭔데요?"

"삼재검법."

"거짓말! 삼재검법을 익힌 사람이 어떻게 저렇게 세요!"

"그런 걸 두고 청출어람이라고 하는 것이다. 이 무식한 녀석아."

은도천은 거의 울상이 된 공춘보에게 핀잔을 줌으로써 상황을 단번에 정리를 했다. 그리고는 다시 용악산을 향해 눈을 찡긋해 보이며 전음을 전해왔다.

[애들이 좀 거칠어. 초장에 확 잡게, 알았지?]

[받아들일 수 없습니다.]

[부탁일세. 내가 저 녀석들을 두고 죽을 생각을 하면 마음이
안 놓여서 그래.]

거짓말이었다. 용악산은 은도천이 왜 갑자기 이런 파격적인
말을 하는지 알고 있었다. 그는 지금 용무관으로부터 용악산
을 보호하기 위해 저러는 것이었다.

어떤 식으로든 용무관이 용악산에게 보복을 할 것은 자명한
일. 용악산은 스스로를 빈객이라 칭함으로써 오히려 금룡관과
적당한 거리를 두려 했었다.

그런데 지금 은도천은 그런 자신을 품으려고 한다.

용악산에게 바람막이가 되어주고 싶은 것이다.

가족이라는 이름으로……

공춘보와 하풍달은 은도천의 그런 속뜻까지는 몰랐다. 단지
용악산을 대사형이라 부르게 된 것이 억울해 지금도 똥 씹은
표정을 하고 있었다.

단 두 사람. 은서령과 표자룡만큼은 걱정스런 눈길로 은도
천을 바라보고 있었다. 이런 결정이 얼마나 위험한 것인지 잘
알고 있기 때문이었다.

식사도 중단된 채 한동안 어색한 분위기가 지속되었다. 그
러다 하풍달이 갑자기 벌떡 일어서더니 용악산을 향해 대례를
올렸다.

"셋째 하풍달. 대사형을 뵈오!"

어차피 기울어진 대세. 이럴 때 확실히 점수 따는 거다.

표자룡도 일어나 예를 갖췄다. 그는 언제나 표정이 없었다.

"대사형을 뵙습니다."

슬금슬금 눈치를 보던 공춘보가 탁자 위의 젓가락을 용악산이 있는 방향으로 툭 떨어뜨렸다. 그리고는 젓가락을 집는 척하며 허리를 숙이더니 모기만 한 목소리로 얼른 웅얼거렸다.

"대사형을 뵈오."

사람들은 이제 은서령을 보았다. 사사로이는 은도천의 딸이지만 엄연히 금룡관의 막내 제자이기도 한 그녀.

"대사형을 뵙습니다."

그녀가 새색시처럼 다소곳이 인사를 했다.

"뭐야, 사매 지금 시집가는 줄 알아?"

공춘보가 놀렸다.

"공 사형!"

은서령이 팔을 꼬집었고 공춘보가 개처럼 혓바닥을 내밀며 고통스러워했다.

한바탕 소동이 지나가고 은도천이 용악산에게 넌지시 말했다.

"한마디 하시게."

용악산의 갈등은 그리 오래 가지 않았다.

결자해지. 자신이 저지른 일은 끝까지 자신이 해결해야지 않겠는가. 그 첫 번째는 일단 저것들을 사람으로 만드는 것이었다.

용악산은 공춘보와 하풍달, 표자룡, 그리고 은서령을 쓰윽 돌아보며 말했다.

"너희들……."

너무나 자연스런 하대에 사람들이 한순간 벙 졌다.

"……지옥이 어떻게 생겼는지 알아?"

＊   ＊   ＊

호보(虎步)라는 것이 있다.

말 그대로 모래주머니를 찬 채 호랑이처럼 네 발로 기어 산을 오르는 것이다. 만만히 볼 게 아니다. 한 식경(30분)만 하면 사지가 후달거리고 두 식경이 넘어가면 입에서 단내가 난다. 세 식경이 넘어가면 육두문자가 절로 나오고 네 식경을 넘기면 어미아비도 몰라본다.

공춘보와 하풍달은 그걸 한나절 내내 했다.

그러나 그건 몸풀기에 불과했다. 호보 한나절로 진을 쏙 빼놓더니 연무장에 기름 바른 대나무 두 개를 꽂아놓고 거기에 올라가 묘웅(猫熊:판다)처럼 달라붙어 있으란다. 바닥에는 시퍼런 비수 오백 개를 거꾸로 박아놓고서.

"조또 씨X… 우일 주이려는 거야! 하악하악……."

"내아 생가항 경 이에 아잉데! 하악하악……."

공춘보와 하풍달은 벌써 두 시진째 대나무에 달라붙어 있었다. 이게 얼마나 고도의 집중력을 필요로 하는지 미처 몰랐다.

휘지 않도록 중심도 잡아야 하고, 미끄러지지 않도록 대나무도 붙들고 있어야 하고…….

한마디로 온몸의 털이 곤두서는 극도의 초긴장 상태.

땀은 비오듯 흘렀고, 팔다리의 감각은 없어진 지 오래였다.

사람의 의지만으로 근육의 긴장을 무한정 유지시킬 수 있나.

발가락으로 대나무를 꼬집었고 이빨로는 대나무를 물었다.

조금이라도 미끄러져 내려가는 걸 막을 수 있다면 무슨 짓이든 했다.

입에서 나온 침이 대나무 줄기를 타고 줄줄 흘러내렸다.

그래도 끝까지 버텨야 했다.

바닥에 빽빽이 박혀 있는 저 비수에 찔려 죽지 않으려면.

뭐? 자신들에겐 자룡이 같은 치열함이 없다나? 그래서 무공을 익히기 전에 먼저 눈에 독기부터 담아야 한다나?

이대로 콱 죽어버릴까?

그럼 평생 사제를 죽인 죄책감에 시달리겠지?

정말 그래 버릴까?

머릿속에서는 오만가지 생각이 다 떠올랐다. 그 원흉은 지금 저만치 연무장 한가운데에서 자룡이와 치열한 대련을 하고 있었다.

"저도 목검을 가져오겠습니다."

용악산이 진검을 두고 굳이 목검을 고집하자 표자룡이 한 말이었다.

"아니다."

돌아서 목검을 가지러 가던 표자룡이 인상을 굳혔다.

이건 무인에 대한 모욕이다. 대련을 하면서 한 사람은 진검을 들었는데 다른 한 사람은 목검을 들다니.

"창법과 검법은 다릅니다."

표자룡은 전날 되촌에서 용악산이 던진 작살에 대해 말하고 있었다.

그는 안개 속에서 용악산이 펼친 신묘한 무공을 직접 보지 못했다.

모두 하풍달에게서 전해 들은 것뿐이었다.

그나마 하풍달은 안개를 부리고 호수 위를 날아다니더란 말만했지 정확히 어떤 수법으로 작살을 던졌는지 묘사하지 못했다.

어제 저잣거리에서 있었다는 일만 해도 그렇다.

공춘보와 하풍달은 입에 게거품을 물고 떠드는데 도무지 무슨 소린지 알아듣지 못했다.

주먹이 번쩍번쩍 하더니 사람들이 나가떨어지더라나?

"건방진 소리 말고 어서 검을 들어!"

"……!"

표자룡의 얼굴이 더욱 딱딱하게 굳었다.

사실 용악산이 목검을 고수한 것은 두 가지 이유에서였다.

먼저 표자룡의 자존심을 상하게 해 투지를 일으키려는 것.

나머지 하나는 보여주고 싶은 것이 있어서였다.

삭!

표자룡이 발을 어깨 넓이로 벌리면서 기수식을 취했다.

검봉은 용악산의 가슴 높이에서 독기를 품은 독사처럼 흔들렸다.

용악산은 여전히 목검을 오른쪽 아래로 내린 상태였다.

또 한 번 상대를 무시하는 듯한 행동.

감정을 드러내는데 서툰 사람일수록 모욕을 무겁게 받아들인다.

"조심하십시오!"

독이 오른 표자룡이 일검을 짓쳐 들어왔다.

붕! 붕! 붕!

일도양단으로 가슴을 가르고 횡소천군으로 허리를 벤다.

다시 검의 회전력을 죽이지 않은 상태에서 사선으로 가른다.

하지만 그때마다 용악산은 가볍게 상체를 흘리는 것만으로 표자룡의 검을 모두 피했다.

"……!"

표자룡의 동공이 급격히 확대됐다.

이럴 수는 없는 것이다.

방금 그가 보인 삼초식은 인체의 비례를 따졌을 때 빈틈이 없었다.

단 삼초식으로 상대를 벨 수 있다는 말이 아니다.

그것을 피하기 위해서는 최소한 일보를 물러난다거나 반격을 했어야 한다는 말이었다.

그런데 용악산의 발은 땅에 박힌 듯 그 자리에서 움직이질 않았다. 그런데도 삼초식을 모두 피했다.

붕! 붕! 붕! 붕! 붕!

중검이 대기를 가르는 소리가 연달아 다섯 번이나 펼쳐졌다.

이번에도 다섯 개의 다른 초식이 용악산의 상체를 갈랐다.

그물질처럼 촘촘한 공격.

근육질의 황소 같은 덩치를 가진 용악산은 절대 걸리지 않을 수 없었다.

그걸 피하려면 보법을 펼쳐야 했다.

목검을 들어 표자룡의 검을 떨쳐 내야 한다.

그러나 용악산은 이번에도 그 자리에서 꿈쩍도 하지 않았다.

그가 보여준 것이라곤 그저 유령처럼 상체를 이리저리 흘린 것뿐이었다.

"어, 어떻게 이럴 수가……."

표자룡이 모르는 것이 있었다.

그가 공간을 베기 위해 펼치는 초식과 초식 사이에 시간이라는 틈이 존재한다는 걸.

"이젠 내 차롄가?"

슷!

표자룡이 휘두르는 중검보다 훨씬 은밀하고 쾌속한 소리.

"핫!"

침착하기로 둘째가라면 서러운 표자룡이 단말마의 비명을 토해내며 뒷걸음질을 쳤다.

미처 검을 들어 올려 막기도 전에, 미처 보법을 펼쳐 검로에서 벗어나기도 전에 자신의 가슴을 스쳐 가는 강기.

후다닥 물러난 표자룡의 가슴 위로 길게 검흔이 만들어졌다.

표자룡은 거기서 두 번째로 놀랐다.

사람의 가슴은 굴곡이 있게 마련인데 어떻게 이처럼 얇은 옷자락만 균일하게 베어낼 수 있을까.

만약 이것이 비무가 아니었더라면…….

"이, 이게 무슨 검법입니까?"

"그런 눈 왜 달고 다녀? 조금 전 네가 펼친 초식이잖아."

입속에 칼이라도 물었는지 서늘하기 짝이 없는 음성이었다.

"그럴… 리가? 벽월검은 환검이 아닙니다."

쾌검이 극에 이르면 환검이 된다.

실체와 허상이 뒤섞여 그 경계를 구별할 수 없는 환(幻)의 경지.

표자룡은 용악산이 보여준 일초식에서 환영을 보았다.

"공간에 집착하지 마라. 그 한계를 넘어서면 틈은 무궁무진하다."

용악산의 한마디가 표자룡의 가슴을 무겁게 짓눌러 왔다.

어느 날부턴가 칠성에서 멈춰 더 이상 진전이 없던 자신의 무공. 그 답답함의 실마리가 안개 너머에서부터 손짓해 부르는 것 같았다.

넋 나간 표자룡을 뒤로하고 용악산의 시선이 공춘보와 하풍달을 향했다.

누렇게 뜬 두 사람은 간절한 눈빛으로 용악산을 바라보았다.

진짜 죽일 작정이 아니라면 이제는 내려주겠지?

그러나 용악산은 등을 돌려 저만치 모퉁이로 사라지며 말했다.

"한숨 자고 올 테니까 열심히들 하고 있어."

*　　　*　　　*

"어떤 놈인지 알아봤는가?"

"천산에서 온 도객이라고 합니다."

"천산도객?"

"선대의 인연으로 금룡관에 잠시 머물고 있는 빈객입니다. 어제부로 금룡관의 제자가 되었다는데 아무래도 놈을 보호하려는 개수작인 것 같습니다."

"고작 빈객 따위에게 당했단 말이지… 고작 빈객 따위에게……."

용무관주 구천서는 넉넉한 풍채에 호남형의 얼굴을 가진 대인이었다. 그러나 그 이면에 감춰진 섬뜩한 광기와 야망을 아는 사람은 많지 않았다.

총관 금류혼도 그걸 아는 사람 중 하나였다.

그는 구천서가 이걸 어떻게 이용할지도 잘 알고 있었다.

"울고 싶은데 뺨을 때려주는군."

第九章
너의 두개골에 내 이름을 새겨주마

天山刀客

새로운 날이 밝았다.

오늘은 다른 때와 달랐다.

동이 터 오르기도 전에 우렁찬 기합 소리로 금룡관의 새벽을 열던 표자룡이 조용한 것이다. 눈이 오나 비가 오나 단 한 번도 새벽 수련을 쉰 적이 없는 그였다.

어제의 고된 수련으로 늦잠을 자고 있는 걸까?

공춘보와 하풍달이 기절한 채로 잠들어 있는 것처럼?

아니다. 표자룡은 밤새 한숨도 자지 않았다.

그가 밤새 달빛 아래에서 홀로 묵련(默鍊)을 했다는 걸 용악산은 알고 있었다.

그리고 이 새벽, 아무도 잠에서 깨어나지 못하고 있는 이때에 자신을 찾아와 방문 앞에 서 있었다.

용악산이 깨기를 기다리고 있는 것이다.

바깥에서는 춘삼월에 때 아닌 눈 내리는 소리가 들렸다.

청력이 예민해지면 이런 것이 귀찮다.

"들어와."

"일어나실 때까지 기다리겠습니다."

"잔말 말고 들어와."

잠시 후, 새벽에 내린 눈으로 눈사람이 되어버린 표자룡이 들어왔다. 핼쑥해진 얼굴이었지만 눈동자는 그 어느 때보다 총총히 빛났다.

"여쭐 것이 있습니다."

"생각보다 빨리 찾아왔군."

"제가… 찾아올 줄 아셨습니까?"

표자룡의 눈썹이 가늘게 떨렸다.

용악산이 대답을 않자 표자룡은 잠시 눈빛을 고른 다음 침 잠한 목소리로 물었다.

"어제 저와 대련을 하실 때 목검을 든 것은 저에게 가르침을 주기 위한 것이겠죠?"

"그렇다."

"혹… 제 검에 문제가 있다는 것을 보여주시려고 그런 게 아 닙니까?"

용악산은 약간 놀랐다.

그가 문제의 끄트머리를 겨우 잡은 줄 알았지 이처럼 본질을 꿰뚫고 올 줄은 몰랐다.

다시 봐도 아까운 인재.

"역시. 그렇군요."

"한데 왜 아직까지 무거운 중검을 들고 있는 거지?"

"이 검은 사부님께서 제게 직접 하사하신 겁니다."

"사부님도 틀릴 수 있다. 혹시, 내 판단을 믿지 못해서냐?"

"아닙니다. 사부님의 판단도, 대사형의 판단도 틀리지 않습니다."

"……?"

"전 아홉 살 때 첫 살인을 했습니다. 제가 죽인 녀석은 여덟 살이었죠."

용악산의 눈동자가 깊어졌다.

언제나 반듯하고 빈틈없던 모습 사이로 언뜻언뜻 보이던 그림자의 실체를 이제야 알았기 때문이다.

대체 무슨 이유로 아홉 살짜리가 살인을 하게 된 걸까.

더구나 어린아이를.

"전쟁 고아들의 삶은 개만도 못했습니다. 어떻게 살아남는 건지도 몰랐습니다. 그저 본능이 시키는 대로 사람들이 모이는 곳, 먹을 곳이 있는 곳이면 어디든 찾아다녔습니다. 그러던 어느 날 저보다 어린 거지 하나가 만두를 먹고 있는 걸 보았습니다. 생각해 보니 저도 열흘을 굶었더군요."

그다음은 말하지 않아도 알 것 같았다.

어린아이들끼리 주먹질이 오갔을 것이고 그중 한방이 뜻하지 않게 약해질 대로 약해진 거지소년의 목숨을 앗아갔을 것이다.

"죽은 녀석의 시체 옆에서 만두를 먹었습니다. 살인에 대한 죄책감보다 배고픔이 더 무서웠습니다. 그때 누군가 나타나 배불리 먹여주겠다며 저를 데리고 갔죠. 세월이 흘러 어느 날 문득 돌아보니 사람들은 저를 살수라 부르고 있더군요."

"……!"

"오 년 전, 전 이곳에 자객으로 왔습니다. 죽이려는 대상은 열네 살 난 여자아이였지요."

용악산은 놀라지 않을 수 없었다.

그가 말한 열네 살짜리 여자아이가 누굴 말하는지 알기 때문이었다.

표자룡의 말이 이어졌다.

"그때 여자아이는 거지소년들에게 만두를 나눠 주고 있었습니다. 제가 아홉 살 때 죽였던 그 거지소년처럼 초롱초롱한 눈망울을 지닌 아이들이었죠. 저는 여자아이를 열흘 동안이나 따라다녔습니다. 그녀는 하루도 빠지지 않고 새벽마다 만두를 쪄서 저잣거리로 들고 나갔습니다. 추운 날에는 만두의 양이 두 배로 늘어났지요. 죽기 직전까지 굶어보지 않은 사람들은 모를 겁니다. 밤새 추위와 굶주림에 시달린 아홉 살짜리 꼬마에게 따뜻한 만두 하나가 얼마나 눈물겨운지… 그때도 누군가 제게 그런 인정을 베풀어주었다면……."

말을 하는 표자룡의 어깨가 가늘게 떨리고 있었다.

그가 말한 여자아이는 은서령이었다.

용악산은 그제야 은서령이 새벽마다 어디론가 사라졌다가 돌아오는 이유를 알았다.

"열하루째 되던 날 저는 지금의 사부님을 찾아뵙고 제자 되기를 간청했습니다. 사부님은 두말없이 저를 거둬주셨죠. 한 번도 말씀하신 적은 없지만 아마 알고 계셨을 겁니다. 제가 사매를 죽이러 온 자객이었다는 걸……."

살문의 세계는 냉정하다.

표자룡은 자신이 속해 있던 세상을 떠나면서 피의 대가를 치렀을 것이다.

그 결과가 그쪽 사람들에겐 배신이 되었을 것이고.

한데 그것이 사부가 표자룡에게 중검을 쥐어준 것과 무슨 연관이 있다는 말일까?

용악산은 어느 정도 짐작할 수 있었다.

"사부님은 제게 일부러 중검을 주신 겁니다. 검이란 제아무리 포장을 해도 결국은 남을 해치기 위한 것. 검을 들 때는 무겁게 들라는 뜻이지요. 제게서 몸에 밴 살수의 악취가 사라지기 전까진 말입니다."

제자의 가슴 아픈 과거를 살펴 중검을 내려준 사부나, 그런 사부의 마음을 헤아리는 제자나 모두 가슴이 뜨거운 사내들이다.

말을 마친 표자룡은 갑자기 몸을 일으켜 대례를 올렸다.

"고맙습니다. 어제 대사형의 가르침이 없었더라면 저는 지

금까지도 사부님께서 저를 믿지 못해 오의를 전수해 주시지
않은 줄 알았을 겁니다."

그렇다고 해도 그는 끝까지 사부의 신뢰를 받기 위해 노력
했을 것이다. 그게 용악산의 눈에 비친 표자룡이니까.

표자룡이 몸을 돌려 문밖으로 나가려다 갑자기 돌아서서 물
었다.

"이 검이 가벼워질 때쯤이면 저도 대사형처럼 환검을 볼 수
있을까요?"

딱히 대답을 기다린 질문이 아닌 듯 표자룡은 공손히 포권
을 하고는 걸어나갔다.

하지만 방 안으로 들어올 때와 달리 한층 밝아진 얼굴이었
다.

용악산은 대사형이라 부르는 그의 목소리에서 진심을 느꼈
다. 동시에 은도천에게서 다시 한 번 진한 사부의 정을 느꼈
다.

                    *   *   *

수련은 계속되었다.

공춘보와 하풍달은 벌겋게 충혈된 눈으로 대나무에 올라가
있었다. 물론 호보로 삼백 장 높이의 뒷산을 아홉 번이나 오르
내리고 난 후였다.

달라진 게 있다면 대나무의 굵기가 전날보다 가늘어졌다는

것. 발목에 모래주머니를 차고 있다는 것 정도?

그리고 대놓고 용악산을 향해 살기를 뿜는다는 정도?

용악산은 표자룡과 대련 중이었다.

표자룡은 여전히 무거운 검을 고집했으며 눈동자에는 투지가 불타올랐다.

중검으로 쾌검을 펼칠 수 없는 건 아니었다.

하지만 그 벽은 경검을 들었을 때보다 훨씬 높을 것이고, 오랜 시간이 걸린 것이다. 그러나 표자룡이 언젠가 그 벽을 넘어설 거라고 용악산은 확신했다.

그때.

쾅!

금룡관의 정문이 거세게 부서지며 십여 명의 사람이 들이닥쳤다.

육중한 중병기를 든 장한들의 흉흉한 기세에 놀란 일반제자들이 뒤로 물러났다.

나타난 인물들 중에는 구반룡도 있었다.

구반룡이 용악산을 손가락으로 찌를 듯이 가리키며 말했다.

"저 새낍니다! 저 새끼가 내 얼굴을 이렇게 만들어놨어요!"

구반룡의 말에 앙상한 체구의 초로인이 쓰윽 나섰다.

등에는 비현실적으로 큰 황금빛 도끼 두 자루를 메고 있었다.

황금빛 도끼에서 누군가를 떠올린 제자들이 설마 하는 표정으로 딱딱하게 굳었다.

"자네가 천산에서 온 도객인가?"

뒷짐을 진 노인의 전신에선 날카로운 예기가 번뜩였다.

용악산은 노인에겐 눈길을 주지 않고 부서진 정문을 보며 말했다.

"저거… 감당할 수 있겠소?"

"후훗. 금룡관의 제자가 되었다지? 그렇다면 제자를 잘못 가르친 책임을 관주에게 물어야겠군. 관주에게 형산에서 금부투왕(金斧鬪王)이 왔다고 전해라!"

그는 지엽적인 사건을 무관 대 무관의 싸움으로 확대시키고 있었다.

금부투왕이라는 한마디에 이십여 명이나 되는 금룡관의 일반제자들이 몇 걸음을 물러났다.

공포에 질린 술렁임이 파도처럼 번져 나갔다.

"형산의 나무꾼이 어째서 용무관의 개노릇을 하는 거지?"

"훗훗. 이제 걸음마를 뗀 아이들 몇을 때려눕혔다더니 기고만장하구나. 너 같은 애송이와 나눌 말이 아니다. 관주를 불러와라."

"글쎄. 늙은이가 그런 말을 할 자격이 있을까?"

"노옴. 오만방자하기 짝이 없구나. 내 아무리 바빠도 네놈의 버르장머리부터 먼저 고쳐 놔야겠다."

스캉!

두 자루의 개산대부가 빛을 받아 시퍼런 예광을 토해냈다.

"말귀를 못 알아듣는군. 당신의 상대는 내가 아니라 저 녀석이야."

용악산이 가리킨 사람은 표자룡이었다.

사람들의 얼굴이 시커멓게 변했다.

누군가로부터 표자룡이 금룡관의 넷째 제자라는 말을 전해 들은 금부투왕의 얼굴은 썩은 똥빛으로 변했다.

천산도객이라는 저놈을 상대해도 꼴이 우스운데 자신이 겨우 저런 애송이의 몫이라고?

가장 놀란 사람은 표자룡 자신이었다.

사형제들 중에서 자신이 가장 낮기는 하지만 금부투왕에 비할 바가 아니었다.

금부투왕이 어쩌다 용무관의 일을 돕고 있는지는 모르지만 용무관주조차 함부로 부릴 수 있는 위인이 아니었다.

한 가지는 확실했다.

금부투왕까지 동원한 걸 보면 용무관은 오늘 금룡관을 쓸어버리려고 왔다.

한데 대사형은 왜 자신에게 그 막중한 책임을 지우는 걸까?

그때 표자룡의 머릿속에 용악산의 전음이 들려왔다.

[검병에 손을 묶어라!]

표자룡은 용악산의 의도를 몰라 잠시 망설였다.

하지만 결국 옷자락을 찢어 검병에 자신의 손을 묶기 시작했다.

왜 그러는지 모르지만 믿는다. 저 깊고 검은 눈동자를 보고 있노라면 세상에 무서울 게 없을 것만 같았다.

마침내 양손을 검병에 칭칭 감은 표자룡이 매서운 눈으로 금부투왕과 마주했다.

그때 용악산의 전음이 또 들려왔다.

[환검을 보고 싶다고 했지?]

용악산이 이번에는 금부투왕을 향해 말했다.

"금부투왕, 저 친구의 이름은 표자룡이다. 지금부터 금룡관의 넷째 제자 표자룡이 당신의 두개골에 이름 세 글자를 새겨줄 것이다. 똑똑히 기억하라!"

*   *   *

꽈앙! 꽈앙!

개산대부는 그 이름처럼 산이라도 쪼갤 듯 엄습해 왔다.

정신이 없었다. 세상이 온통 금부투왕이 떨쳐 내는 벼락으로 가득 찬 것 같았다.

금부투왕의 무공은 상상 이상이었다.

표자룡은 본능적으로 벽월검을 펼쳐 갔다.

모든 초식을 무용지물로 만들어 버리는 패력과 달빛을 가르는 정교한 쾌검의 대결.

금부투왕의 개산대부는 이미 패력의 정점에 달했지만 표자룡의 검은 아직 극쾌를 만나지 못했다.

스칵!

황금빛 도끼날이 표자룡의 머리 위를 스쳐 갔다.

머리카락 한 줌이 뭉텅 잘려 나갔다.

돌아볼 시간도 없었다.

표자룡은 근육의 긴장감을 극도로 끌어올렸다.

고도의 집중력을 발휘했지만 틈이 보이질 않았다.

벽력부(霹靂斧)!

세상에 벽력이라는 이름을 붙인 수많은 무공이 존재하지만 금부투왕의 벽력부처럼 완벽한 벽력을 구사하는 무공을 보지 못했다.

살수의 삶을 살던 시절 나름 지독한 수련을 했다고 자부했는데……

아무리 정신을 집중해 봐도 빈틈을 찾을 수가 없었다.

빈틈을 찾을 수 없을 뿐만 아니라 자신의 정수리를 향해 떨어지는 개산대부를 피할 수도 없었다.

죽는구나, 이대로 죽는구나.

자신의 칼에 죽어가던 사람들도 이런 기분이었겠지.

그 순간, 자신의 의지와는 상관없이 손에 들린 검이 섬전처럼 앞으로 쏘아졌다.

슈우우욱!

송곳 하나 찍을 만큼의 틈도 보이지 않는 금부투왕의 부망(斧網)을 뚫는 검봉.

완벽하던 금부투왕의 부망에 허점이 보였다.

불꽃이 반짝하는 것처럼 찰나의 순간에 나타났다가 사라지는 허점. 검봉은 정확히 그 허점을 뚫고 들어갔다.

다시 말하지만 자신의 의지와는 상관없이.

놀란 금부투왕이 황급히 도끼를 회수해 표자룡의 검봉을 후려쳤다.

짜앙!

손목을 타고 벼락의 전율이 전해져 왔다.

그러나 표자룡의 검은 쉬지 않았다.

불꽃처럼 점점이 터지며 금부투왕의 신형 이곳저곳을 동시에 찔러갔다.

열 개의 검, 스무 개의 검, 서른 개의 검······.

검은 순식간에 수십 개로 늘어났다.

아니다. 검은 잔영으로 이루어진 하나의 검이었다.

하나이면서도 수십 개였다.

수십 개의 검이 수십 곳의 빈틈을 찔렀다.

동시에 여러 곳에 나타나는 검?

그게 가능할까?

공간의 한계를 벗어나면 수많은 틈이 존재한다더니 이걸 두고 한 말일까?

그렇다면 공간을 초월해야 한다.

공간의 저 너머에는 무엇이 있을까?

시간! 그래, 시간이다. 시간을 베야 한다!

단 한 번도, 감히 꿈조차 꾸지 못했던 환의 경지.

그것을 가질 수만 있다면······.

삶과 죽음이 오가는 아슬아슬한 순간에도 표자룡은 깊고 깊은 무리의 세계로 빠져들고 있었다.

오늘의 이 기연이 다시 오지 않을 것임을 알기에.

그러나 표자룡의 삼매는 오래 지속되지 못했다.

"크억!"

검의 속도를 따라잡지 못한 근육이 갈가리 찢어지는 것 같았다. 보법은 헝클어진 지 오래고 손목은 자신의 의지와 상관없이 섬전처럼 움직였다.

만약 검병에 손을 묶어놓지 않았더라면 진즉에 검을 놓치고 말았을 것이다.

그런데 초식이 낯이 익었다.

비가 오나 눈이 오나 하루도 쉬지 않고 수련하는 초식.

이게 벽월검인가?

자신의 손끝에서 펼쳐지고 있는 이 환검이 정말 벽월검이 맞단 말인가?

그렇다면 자신의 의지와는 상관없이 검을 조종하는 이 무형의 암경은.

이기어검(以氣馭劍)!

그 순간 표자룡의 얼굴 위로 뜨거운 액체가 튀었다.

동시에 미친 듯 춤을 추던 검도 멈췄다.

문득 정신을 차리고 보니 금부투왕의 온몸이 걸레처럼 난도질 되어 있었다.

너덜너덜한 옷자락 사이로 배어 나온 붉은 핏물.

금부투왕은 온몸의 피가 빠져나가는 줄도 모르는 채 넋을 잃고 서 있었다.

그의 무의식이 본능처럼 한마디를 읊조렸다.

"환··· 검··· 무··· 영(幻劍無影)!"

환검에는 그림자가 없다.

그림자도 따라잡지 못할 만큼의 극쾌의 경지를 일컫는데서 유래된 말.

금부투왕은 자신도 모르게 내뱉은 이 한마디가 누군가의 평생 무명(武名)이 될 줄은 꿈에도 몰랐다.

그의 몽롱한 정신을 깨운 것은 용악산의 호통 소리였다.

"가서 용무관주에게 전해라! 천수를 누리고 싶거든 죽은 듯이 지내라고."

새파랗게 질린 구반룡이 용무관의 제자들과 함께 금부투왕을 부축해 꽁지가 빠져라 도망갔다.

격전이 지나간 금룡관은 쥐죽은 듯 고요했다.

공춘보와 하풍달은 새파랗게 질린 얼굴로 표자룡을 보고 있었다. 뒤늦게 나와 싸움을 목격한 은서령과 은도천도 사색이 되어 표자룡을 보았다.

이십여 명의 일반제자도 사정은 마찬가지였다. 핏기가 싹 빠져나간 창백한 얼굴로 표자룡에게서 시선을 뗄 줄 몰랐다.

그러나 정작 그 모든 사람들의 시선을 한 몸에 받고 있는 표자룡은 저만치 서 있는 한 사람을 두려운 눈으로 보고 있었다.

[당신은··· 누굽니까?]

[사흘 전 금룡관의 장제자가 된 사람이다. 너의 대사형이기

도 하고.]

                *   *   *

　달빛조차 없는 깜깜한 밤.

　사내 하나가 인적이 없는 산 절벽에 홀로 서 있었다. 사내는 용악산이었다. 그는 금룡관의 정문에 새겨진 작은 흔적을 발견하고 이곳에 올라왔다.

　얼핏 보기엔 동네 아이들의 낙서 같지만 그건 분명 밀어였다.

　세상천지에 오직 자신과 자신의 수하들만이 알 수 있는 밀어.

　수하들이 찾아온 것이다.

　"어떻게 된 거야?"

　용악산이 여전히 뒷짐을 쥔 채 허공을 향해 말했다. 대답은 뒤편의 어둠 속에서 들려왔다.

　"며칠 전 저잣거리에서 우연히 뵈었습니다."

　"다들 어떻게 됐어?"

　"설마 저희들이 죽었을 거라고 생각한 건 아니시겠죠?"

　"쓸데없는 자신감."

　"그렇게 만들어주셨지 않습니까."

　"각설하고."

　"부장들이 수하들을 이끌고 각 성마다 흩어져 있습니다. 물론 모두 안전하고요."

"항주는 너야?"

"미인들이 많다 해서……."

"그래서, 미인은 만났고?"

"마음에 꼭 드는 미인을 한 명 만나긴 했는데. 하필이면 제가 세상에서 가장 무서워하는 분이 선수를 쳤더군요."

"너 많이 잔망스러워졌다. 중원물이 좋은가 보지?"

"뜻밖입니다. 그런 변두리 무관에 의탁하고 계실 줄은……."

"놀리는 거야?"

"제가 어찌 감히……."

"놀리는 것 같은데."

"……."

그림자는 말하지 않았다.

그가 놀리는 것이라고 하면 놀리는 것이다. 까라고 하면 까는 것이다. 그것이 자신의 운명(?)이었기에…….

"혹, 시키실 일이라도 있으신지요?"

"용무관이라는 곳이 있어. 좀 귀찮게 하네."

"오늘 밤에 쓸어버리겠습니다."

"아니, 당분간 그냥 놔둬."

"……?"

"금부투왕이라고 들어봤어?"

"금도끼 두 개로 사람 두개골을 제법 잘 쪼갠다고 하더군요."

"그 늙은이가 용무관의 개노릇을 하고 있었어. 아무래도 평범한 무관이 아닌 것 같아. 좀 알아봐."

"존명!"

"그리고 네가 점찍었다는 여자 말이야."

"……?"

"새벽마다 외출을 하는데 좀 위험할 것 같아."

"소악이를 붙여놓겠습니다."

"그 자식은 너무 사나워."

"홍만이를 붙여놓지요."

"여자가 보면 놀랄 텐데……."

"……."

그림자는 말문을 닫았다.

이것도 싫고 저것도 싫고. 그럼 어쩌라는 말인가.

정 답답하면 자기가 직접 따라다니던가.

"홍만이로 하지. 대신 최대한 웃으라고 그래."

"존명!"

대화가 모두 끝났음에도 어쩐 일인지 그림자는 사라질 생각을 안했다.

"할 말 있어?"

용악산이 물었다.

어둠 속의 그림자는 잠시 머뭇거리더니.

"……다시 모시게 되어 영광입니다, 대주."

그리고는 쑥스러운지 후다닥 사라지는 것이었다.

"확실히 잔망스러워졌어."

*   *   *

쾅!

구천서가 주먹을 내려치자 강철로 만든 탁자가 움푹 패였다.

그 무시무시한 철권에 시립해 있던 두 사람이 부르르 떨었다.

"도대체 그게 말이 되느냐? 표자룡의 오성이 아무리 뛰어나도 그렇지. 어떻게 하루아침에 절정고수로 탈바꿈을 한단 말이냐!"

"아, 아버지. 틀림없어요. 제 눈으로 똑똑히 봤다니까요. 눈 한 번 깜박하고 나니까 놈이 금부투왕을 난도질해 놨다고요!"

"이이……."

구천서는 화가 머리끝까지 뻗쳤지만 참았다.

구반룡이 호색한이긴 해도 아비가 무서워 거짓말을 할 놈은 아니었다. 아니, 금부투왕이 사경을 헤매고 있는 것만 봐도 증명이 되지 않는가.

"금 총관, 어떻게 생각하는가?"

"우선 표자룡의 주변에서 일어난 변화를 먼저 살펴야 합니다. 놈은 천산도객이 흘러들어 오고 나서 갑자기 고수가 됐습니다. 그렇다면 가능성은 두 가지 중의 하나지요. 천산도객이 표자룡에게 인세에 보기 드문 영약을 주었거나, 아니면 그가 직접 무형의 암경을 쏘아 표자룡의 검을 조종했거나."

"이기어검을 말하는 건가?"

"그렇습니다."

"그게 가능한 일인가? 이기어검을 펼칠 정도의 절대고수가 일개 무관의 제자로 들어간다는 게."

"저 역시 동감입니다. 아무래도 전자일 가능성이 높은데 그렇다고 해도 평범한 놈이 아닌 것만은 분명하죠."

"일이 이렇게 된 이상 전면전은 불가피하다. 비무첩을 받아들일 때까지 기다릴 필요도 없어. 반룡이에 이어 금부투왕까지 수모를 당했으니 명분도 충분해."

"고정하십시오, 관주."

총관 금류혼이 황급히 만류했다.

구천서에게 딱 하나 아쉬운 것이 있다면 바로 저 불같은 성격이었다. 연거푸 두 번이나 금룡관에게 당했으니 그가 게거품을 무는 건 당연했다. 하지만 지금은 화를 낼 때가 아니었다.

"우리 용무관은 항주에 뿌리를 내린 지 오 년도 채 되지 않았습니다. 거기에 비해 금룡관은 이 대에 걸쳐 협명을 쌓아온 무관입니다. 이런 상태에서 우리가 금룡관을 치게 되면 용무관이 약한 무관을 핍박한다는 손가락질을 면치 못하게 될 겁니다. 게다가 엄밀히 따지자면 금부투왕은 외인이지 않습니까? 이는 그렇지 않아도 용무관의 약진을 불편하게 생각하고 있던 군소방파들에게 물어뜯을 빌미를 주게 될 겁니다."

구천서도 그걸 모르는 바가 아니었다.

그래서 수십 차례 비무첩을 보내보기도 하고 시비도 걸어봤다. 심지어 금부투왕을 시켜 금룡관을 건드려도 보았다.

그런데도 금룡관주는 겁쟁이라는 소리를 들으면서까지도 끝내 비무에 응하지 않았다.

비무첩을 받아들이지 않는데 무작정 공격을 하면 그야말로 사마외도나 다를 바 없었다. 그렇지 않아도 흑도 출신이라는 소문이 무성한데 그렇게까지 하기엔 부담스러웠다.

"제게 코도 풀고 뒤도 닦을 묘책이 하나 있습니다."

금류혼의 입가에 비릿한 미소가 번졌다.

구천서가 흥미를 보였다.

금류혼이 저런 미소를 지어 보일 때면 신통방통한 묘수가 나오곤 했기 때문이다.

금류혼은 잠시 주변을 둘러 본 다음 낮은 목소리를 냈다.

"금룡관주의 여식을 납치하는 겁니다. 물론 심증은 있되 우리가 연관되었다는 증거는 없어야겠죠. 그런 상태에서 비무를 청하면 거절할 수도 없을뿐더러 제 실력을 발휘할 수도 없을 겁니다. 이런 걸 두고 일석이조라 하는 거지요."

구천서가 금룡관과 비무를 하려는 이유는 다른 무관들과는 좀 달랐다. 구천서는 원래 금룡관을 쫄딱 망하게 한 다음 장원을 헐값에 사들일 생각이었다. 운하와 인접한 금룡관의 장원은 장차 자신의 행보에 꼭 필요했다.

"항주에는 눈이 많다. 각별히 조심하도록."

"염려 마십시오. 제아무리 심증이 간다 해도 확실한 명분이 없는 이상 정마대전에 공이 있는 우리 용무관을 감히 어찌할 수 있는 놈은 없을 겁니다."

"그놈의 명분, 명분. 거추장스러워 죽겠군."

이놈의 정파라는 족속들은 뒤로는 구린 짓을 다 하면서 앞으로는 꼭 명분을 찾는다. 구천서는 문득 눈치를 보지 않고 거침없이 행보하던 옛 시절이 그리웠다.

第十章
대초자곤을 든 거인

天山刀客

은서령의 하루는 바쁘다.

언제나처럼 표자룡의 기합 소리에 잠을 깨서 만두 백 개를 찐다. 무관의 사정이 아무리 어려워도 그 숫자만큼은 내려간 적이 없었다.

그런 다음 만두가 식지 않도록 짚을 깐 목통에 담고 차 상점들이 모여 있는 다루가로 간다. 만두는 가는 길에 만나는 거지 아이들에게 나눠 주었다.

이게 얼마나 도움이 될지는 모른다.

하지만 밤새 구석진 곳으로 사라졌던 아이들이 은서령이 오는 시간에 맞춰 길목에 서 있는 걸 보면 그만둘 수가 없었다.

기다리고 있을 아이들 생각에 은서령은 발걸음을 재촉했다.

그때.

"금룡관의 은서령. 맞지?"

"누구죠?"

"같이 좀 가줘야겠다."

나타난 사람은 모두 여섯. 눈매가 날카롭고 전신에선 위험한 분위기가 폴폴 풍겼다.

"누가 보냈죠?"

은서령이 기도를 싹 바꿔 물었다. 여인 특유의 서늘한 목소리였다.

"순순히 가겠느냐? 끌려가겠느냐?"

"휴우. 하긴 납치범들이 순순히 대답할 리가 없지."

은서령은 어깨에 짊어진 만두통을 조심스럽게 땅에 내려놓은 다음 허리춤에서 유엽도를 뽑았다.

차앙!

그리고는 손끝에서 팽그르르 돌리더니 칼끝을 수평으로 척 뉘이며 상체를 낮추었다. 길이는 두 자 반. 일반 칼에 비해 짧았지만 그것을 다루는 솜씨가 예사롭지 않았다.

사내들의 눈빛이 약간 흔들렸다.

"만두나 찌고 다니니까 부엌데긴 줄 알았지? 사람 잘못 봤어!"

파앙!

은서령은 말이 끝나기도 전에 허공을 날았다.

스칵! 스칵! 스칵!

체공 상태에서 세 명의 어깨에 칼질을 해놓고는 놈들을 뛰어넘었다.

"으윽!"

"커헉!"

"으악!"

잘린 곳은 정확히 승모근이었다.

검을 쥔 팔을 지탱하는 근육. 세 명의 사내가 피가 솟구치는 어깨를 부여잡고 뒤로 물러났다.

그 모습을 본 다른 사내들이 경악했다.

"후레자식들. 얘기한 것보다 훨씬 세잖아!"

"옘병할. 손에 칼을 쥐어주면 미친년이 된다더니!"

"그러게 칼을 쥐기 전에 공격하라고 했잖아!"

남은 사내들이 이구동성으로 입을 모았다.

상소리가 자연스러운 걸 보니 근본이 좋지 않은 무리들임에 틀림없었다.

"흥, 벌써부터 이러시면 곤란하지!"

은서령은 여세를 몰아 더욱 사납게 놈들을 공격해 갔다.

아버지는 사형들에게 검법을 비롯한 장법, 권법 등을 모두 전수해 주었지만 자신에게는 무슨 이유에선지 도법 한 가지만을 전수해 주었다.

건곤은하류(乾坤銀河流)!

아름다운 이름과 달리 건곤은하류는 파고들수록 무시무시

하고 난해한 도법이었다.

여하튼 그녀는 어려서부터 칼만 파고들었다.

수련 기간으로 따지자면 사형들보다도 오래되었다.

그건 어쩌면 당연한 일이었다. 그녀는 사형들이 무관에 들어오기도 전부터 칼을 가지고 놀았으니까.

당연히 그녀의 솜씨가 사형들보다 나았다.

표자룡까지는 어렵겠지만 공춘보와 하풍달은 검법에 관한 한 자신을 따라오려면 멀어도 한참 멀었다.

하지만 그녀는 자신의 실력을 숨겼다.

강호에선 본신의 실력 삼 할을 숨기라는 격언도 있다지만 그녀는 오 할을 숨겼다. 숨겼다기보다는 굳이 드러내지 않은 쪽에 가까웠다.

사형들의 마음을 헤아려서였다.

사실 크게 어렵지도 않았다. 칼만 없다면 그녀는 젬병이었으니까.

스칵.

쩌엉.

"허억!"

"커억!

한 놈의 허벅지를 가르고 또 다른 놈의 옆구리를 긋는 데는 촌각도 걸리지 않았다.

놈들은 그저 자신들 검격 사이를 파고들어 칼을 휘두르는 그림자를 보았을 뿐이었다.

그림자가 지나갔을 때는 향기로운 방향과 함께 불같이 뜨거운 허벅지와 옆구리만이 남아 있었다.

"제기랄. 저게 어떻게 계집 칼질이야!"

"썩을 년, 실력을 숨기고 있었어!"

허리와 옆구리가 아니라 저 주둥이를 갈라놓을 걸 그랬다.

아니지. 지금이라도 갈라놓으면 되지.

은서령이 다시 칼을 휘두르며 달려가려는 순간.

퍼엉!

머리 위에서 무언가 터지며 사방에 안개가 끼었다.

산공독(散功毒)!

죽지는 않지만 흡입하는 순간 공력이 흐트러지고 결국에는 정신을 잃게 만드는 절독이었다.

은서령은 황급히 호흡을 멈추고 공력을 끌어올렸다.

"멍청한 놈들! 겨우 계집 하나를 어쩌지 못해 쩔쩔매다니!"

음산한 목소리와 함께 세 명의 사내가 독무를 헤치고 나타났다.

역시 모르는 사람들이었다.

은서령에게 당한 놈들이 굽실거리는 걸로 봐서 두령급인 듯싶었다. 확실히 풍기는 기도도 앞선 놈들과는 차원이 달랐다.

위험하다!

머릿속에서 본능적인 경고음이 울렸다.

"쳐랏!"

부상을 당한 놈들에다 새로 나타난 놈들까지 가세해 은서령을 공격해 왔다.

까앙! 까앙!

독무 속에서 칼과 칼이 부딪치고 불꽃이 튀었다.

"독한 년, 오래도 버티는구나!"

놈들은 차마 입에 담지 못할 욕설까지 퍼부어가며 무섭게 은서령을 핍박했다.

은서령은 한마디도 대꾸를 할 수 없었다.

놈들은 지금 일부러 은서령을 경동시키고 있었다.

해독제를 복용한 저들과 달리 은서령은 기도를 여는 순간 산공독에 중독되어 쓰러지리라.

하지만 이대로 숨을 참으면서 놈들의 빠른 합공을 견디는 것도 쉽지 않았다.

숨이 목까지 차올랐다.

기혈이 막히면서 얼굴이 시뻘겋게 달아올랐다.

막힌 기혈 때문에 내력도 검로를 따라 순환하지 못했다.

까앙!

은서령은 결국 칼을 놓치고 말았다.

"계집, 과연 큰소리 칠만 하구나."

눈 밑에 사마귀가 붙은 사내가 말했다.

"비겁하게 독을 쓰다니. 하아하아⋯⋯."

은서령도 더는 숨을 참지 못하고 말문을 열었다.

"어서 끌고 가!"

사마귀사내가 호통을 치자 두 명이 은서령을 양쪽에서 잡왔다.

"놔! 이거 놓으란 말이야!"

악을 써 보지만 놈들은 더욱더 고통스럽게 팔을 꺾어왔다.

옥신각신하는 와중에 누군가의 발이 만두통을 찼다.

김이 모락모락 나는 만두가 길가에 와르르 쏟아졌다.

만두 하나는 한 아이의 생명일 수도 있었다.

너무나 분해서 눈물이 날 것 같았다.

그때 갑자기 땅바닥에 시커먼 그림자가 졌다.

구름이라도 꼈나 싶어 모두 하늘을 올려다보는데.

세상에. 엄청난 거인이 자신들을 내려다보며 씨익 웃고 있었다. 등에는 산더미처럼 쌓인 장작 지게를 지고 있었다.

"너, 넌 뭐냐!"

놀란 괴한들이 은서령도 놓아버리고 칼을 고쳐 잡았다.

거인은 등에 진 지게를 내려놓더니 장작더미를 뒤적뒤적했다. 그러다 길이가 육 척에 이르는 시커먼 쇠몽둥이를 꺼내 들었다.

강호인들은 저걸 대초자곤이라고 부른다.

"쳐라!"

괴한들이 외치는 동시에 거인은 대초자곤으로 땅바닥을 내리쳤다.

콰앙!

벼락 치는 소리와 함께 흙덩어리가 사방으로 튀며 땅이 쩍 갈라졌다. 거인은 혼이 빠져 있는 한 놈의 머리통을 대초자곤으로 후려쳤다.

빠각!

시원한 소리와 함께 대초자곤을 맞은 괴한의 머리통이 썩은 수박처럼 부서졌다.

은서령의 얼굴로 피가 튀었다.

움찔 놀라는 은서령을 향해 거인이 씨익 웃어주었다.

놀란 다른 괴한들이 재빨리 칼을 휘둘렀지만 거인은 엉덩이를 쭉 빼더니 가공할 속도로 대초자곤을 휘둘러댔다.

부웅! 부웅! 부웅!

픽! 픽! 픽!

저 엄청난 괴력 앞에는 초식이고 뭐고 없었다.

칼과 사람을 동시에 쳐서 날려 버리는 궁극의 괴력에 십여 명의 괴한은 순식간에 허공으로 픽픽 나가떨어졌다.

땅에 떨어지고 나서도 팔다리가 부러진 놈들은 칼도 버려두고 혼비백산해서 달아났다.

놈들이 모두 도망가고 나자 거인은 피 묻은 대초자곤을 들고 은서령을 향해 저벅저벅 걸어왔다.

얼굴 가득 썩은 미소를 날리면서. 무슨 이유에선지 거인은 은서령과 눈만 마주치면 웃음을 지었다.

은서령은 본능적으로 뒷걸음질을 쳤다. 누구라도 저런 덩치와 마주친다면 뒷걸음질을 칠 수밖에 없을 것이다.

어느새 지척으로 다가온 거인은 얼굴을 바짝 들이대더니 입을 있는 대로 찢었다.

세상에. 이빨이 황소 이빨이었다!

"……!"

꼬르르륵.

산공독의 독기를 감당하지 못한 은서령이 기어이 정신을 놓고 말았다.

거인은 잠시 머리를 긁적긁적 하더니 바닥에 떨어진 만두를 모두 담아 은서령의 앞에 고이 놓아두었다.

그런 다음엔 부시럭부시럭 품속을 뒤져 콩알만 한 단약을 하나 꺼내 손바닥 위에 올려놓고 탁 쳤다.

단약이 삶은 감자처럼 으깨졌다.

거인은 다시 그 위에다 침을 퉤 뱉더니 손가락으로 잘게 개어 은서령의 입속에 쏙 넣어주고는 홀연히 사라졌다.

*   *   *

"진짜예요. 키가 이따만 한 거인 나무꾼이었다니까요. 얼마나 컸는지 그가 나타나는 순간 하늘에 먹구름이 낀 줄 알았어요. 힘은 또 얼마나 셌게요. 황소도 때려잡을 정도의 커다란 쇠몽둥이를 들고 나타나 괴한들을 십여 장씩 휙휙 날려 버렸다고요. 팔뚝이며 다리통이 어찌나 굵은지 꼭 우리 집 기둥뿌리 같았어요……."

은서령은 자신의 머리 위에 기다란 막대기를 세워놓고 새벽에 겪은 일을 열심히 설명하는 중이었다.

"…그리곤 마지막에 저를 보며 씨익 웃더라니까요. 휴우. 얼마나 놀랐게요. 지금도 가슴이 콩닥콩닥해요."

"시끄러! 저리가!"

"맞아. 우리는 지금 사매 허풍이나 들어줄 상황이 아니야!"

은서령이 침까지 튀겨가며 설명을 했지만 공춘보와 하풍달은 귓등으로도 듣지 않았다.

해를 가릴 만큼 큰 거인이 갑자기 나타나 괴한들을 때려눕히고 씨익 웃었다는 게 워낙 황당하기도 했지만 진짜 이유는 따로 있었다.

그렇다.

공춘보와 하풍달은 벌써 엿새째 지옥 훈련을 받고 있었다.

매일 아침 호보로 산을 오르는 것은 이제 당연한 일이 됐다.

문제는 그 후의 수련이었다.

지난 며칠 동안은 독기를 기른답시고 기름 바른 대나무에 올라가 있으라더니 오늘은 처마 끝에 거꾸로 대롱대롱 매달아 놓았다.

바닥에는 콩을 담은 함지박을 놓아두었는데 그 속에 든 콩을 하나씩 지붕 위로 옮기란다.

함지박 하나에 콩이 몇 개나 들어갈까?

세어보지 않아서 모르겠다.

아마 훈련을 내준 대사형 자신도 모를 것이다.

미치지 않고서야 누가 그걸 세어보겠는가.

함지박을 통째로 지붕 위로 옮기면 좋겠지만 옆에서 대사형의 특명을 받은 일반제자 하나가 빙당호로를 쪽쪽 빨면서 감시하고 있었다.

"팔천백스물두 개. 쩝쩝. 팔천백스물세 개 쩝쩝……."

"너도 시끄러! 정신 사납단 말이야!"

참다못한 공춘보가 빽 소리를 질렀다.

"안 그럼 졸린단 말이에요."

미치겠다.

뱃가죽이 끊어질 것 같고 피가 거꾸로 솟는 것 같았다.

뭐? 허리힘을 기르고 몸의 군살을 빼기 위해서라나?

"젠장. 이게 고문이지, 무슨 수련이야!"

"끄응. 해도 해도 너무해. 자룡이는 사흘 만에 고수로 만들어주고 말이야."

표자룡은 저만치 연무장 한가운데서 검법 수련에 매진하고 있었다.

금부투왕이 다녀간 이후 표자룡은 돌변했다. 예전에도 그는 수련을 게을리 하지 않았지만 지금은 눈에 광기가 돌았다.

어쨌든 표자룡은 진짜 수련다운 수련을 하고 있는데 반해 명색이 사형인 공춘보와 하풍달은 기초 체력 단련이나 하고 있으니 일반제자들 보기에 체면이 말이 아니었다.

그런 상황에서 은서령까지 아침부터 나타나 저렇게 턱도 없는 소리를 조잘대고 있으니.

은서령은 아무도 자신을 믿어주지 않자 가슴이 답답해 미칠 것 같았다.

"아유, 답답해. 진짜라니까요."

"쓸데없는 소리 말고 따라와."

갑자기 뒤에서 들려온 목소리의 주인공은 용악산이었다.

용악산은 은서령을 하필이면 자신의 처소로 데려갔다.

이 남자가 갑자기 아침부터 왜 이러는지 몰라 은서령은 잔뜩 긴장했다. 아무리 사형제 간이라 하더라도 남녀가 유별한데 이렇게 지극히 사적인 공간에까지 끌어들이다니.

특히나 이 방은 죽은 어머니가 딸의 신혼 생활을 염두에 두고 꾸민 곳이었다. 아버지의 고집으로 그에게 이 방을 내주긴 했지만 아직은 엄연히 남남이었다.

은서령으로서는 이런 곳에 그와 함께 있는 것이 여간 민망하지 않았다. 그래서 차를 끓여다 줄 때도 주담자만 내려놓고는 얼른 나왔던 건데…….

혹시, 그날 차를 끓여다 준 일로 자신을 쉽게 보는 건 아닐까? 남자들은 조금만 잘해줘도 자기를 좋아하는 줄 착각한다던데…….

아무래도 큰 실수를 한 것 같았다. 자기가 남자라도 오해할 것 같았다. 아무리 장래를 약속한 사이라지만 그건 어디까지나 어른들끼리의 일, 우선은 정이 먼저라는 것이 은서령의 생각이었다. 아직 좋아한다는 고백도 듣지 못했는데…….

'아아, 내가 지금 무슨 생각을…….'

은서령이 고개를 절레절레 저었다. 모든 게 그놈의 장명등 때문이다. 장명등을 만들어준 것이 고마워 차를 대접하고 그게 또 오해를 불러일으키고……

"저, 그날 일은……"

툭!

은서령의 앞으로 무공서 한 권이 떨어졌다.

북풍십삼막!

"우선 초식명과 동작부터 외워."

"예?"

"말귀 못 알아들어?"

"왜 짜증을 내고 그러세요?"

은서령은 저도 모르게 슬그머니 화를 냈다. 혼자 엉뚱한 상상을 한 것이 민망해서였다.

아니다. 먼저 시비를 건 건 사형이었다. 아무리 사형제 간이라지만 말을 놓은 지 얼마나 되었다고 왜 갑자기 저렇게 달라졌을까? 자신은 아직도 눈조차 똑바로 보지 못하는데. 말 한번 붙이기도 이렇게 조심스러운데……

"너 멍청이야?"

"어머, 점점!"

긴장감이 확 달아났다. 그동안 있던 쑥스러움도 씻은 듯 사라졌다. 그런데 뭐지? 갑자기 허물어져 버리는 이 거리감은?

"말해봐. 너 멍청이야?"

"도대체 왜 이러시는 거예요!"

참다못한 은서령이 자리에서 벌떡 일어났다.

"납치당할 뻔한 지 며칠이나 됐다고 새벽에 혼자 돌아다녀?"

용악산이 금룡관에 온 첫날 괴한들과 부딪친 일을 두고 말하는 것이었다. 이렇게 되면 자신을 걱정해 주는 건가? 그렇다고 해도 말이 너무 거칠지 않은가. 걱정이 되면 걱정이 된다고 할 것이지.

"돌아다니긴 누가 돌아다녔다고 그래요!"

은서령은 마음이 조금 누그러졌지만 여전히 앙칼진 목소리로 말했다. 자신에게 갑자기 쌀쌀맞게 대하는 그가 미운 탓이었다.

"오늘 아침에도 괴한들을 만났다며? 이번에도 사형들이 달려와서 구해줄 거라고 생각한 거야?"

"그게 아니라고요. 난… 난…….."

용악산의 갑작스런 말에 은서령은 억울해서 눈물이 날 지경이었다. 복받쳐 오르는 설움에 말문까지 막혔다.

"어린애처럼 굴지 마. 네 몸 정도는 스스로 지키란 말이야."

용악산의 말은 잔인하기 짝이 없었다. 결국 해석을 하자면 사형들의 앞날에 걸림돌이 되지 말란 말이 아닌가.

은서령은 자신의 귀를 의심했다. 이 사람이 정말 며칠 전 장명등을 만들어주던 그 사내가 맞나 싶을 정도였다.

"난 은하류를 익혔어요. 그거 하나 붙들고 있기도 바쁘다고요."

은서령은 복받치는 설움을 참으며 말했다.

반발심 때문이었을 것이다. 섭섭함 때문이었을 것이다.

그가 사형들에게 쏟는 애정을 볼 때 언젠가 자신에게도 무공을 가르쳐 줄 거라는 걸 알았으면서도 이렇게 매몰차게 쏘아붙일 줄은 몰랐다. 자신에게는 조금 더 다정다감하게 대해 줄 줄 알았는데…….

"은하류에 갇혀 눈뜬장님이 되면 곤란하지."

"네?"

이건 또 무슨 말일까?

은서령이 수련하는 걸 그가 보기라도 했던 걸까?

분명 무언가를 알고 하는 말이었다. 그것도 지금 은서령이 만난 무공의 벽에 대해 정확히 알고서 하는 말.

"사흘 줄게."

용악산은 일방적으로 말을 해놓고 혼자 자리에서 일어나 버렸다. 저만치 입구까지 걸어간 용악산이 갑자기 멈춰 서서 말했다.

"뭐 해? 남의 방에서."

"먼저 나가버렸잖아요!"

은서령이 찬바람을 쌩 일으키며 용악산을 지나쳤다.

용악산은 그런 은서령의 뒷모습을 보며 생각했다.

'정신 바짝 차려. 은서령. 앞으론 더욱 모질게 대할 거야. 누구도 당신의 털끝 하나 건드리지 못하도록 만들어줄게. 그게 그에 대한 예의일 테니까.'

수련에 인정을 두면 대성을 이룰 수가 없는 법이다.

*　　　*　　　*

　인적이 없는 절벽 위. 사내 하나가 철궁을 살피고 있었다.

　따앙. 지이이잉―

　손가락으로 궁신을 튕기자 결을 따라 울리는 소리가 고르고 묵직했다. 내친김에 시위를 잡아당기자 범상치 않은 장력이 느껴졌다. 철궁이라면 재어 쏘는 화살 또한 철시일 게 분명했다.

　철궁은 아무나 다룰 수 있는 무기가 아니었다.

　"그런 활이 수십 자루입니다."

　어둠 속에서 그림자가 말했다.

　활은 그림자가 용무관에서 훔쳐다 용악산에게 전해준 것이었다.

　"용무관에 철궁을 다룰 정도의 뛰어난 궁사가 있었던가?"

　"확실히 수상한 무관입니다. 그래서 관주라는 자의 뒷조사를 좀 해봤습니다."

　"어떤 사람이야?"

　"흑사방(黑砂幇)이라고 있습니다. 운남의 서남쪽 밀림 지대에서 악명을 떨치던 인간 사냥꾼들이었죠. 주로 묘족 여인들을 납치해다가 한족의 부유한 지주나 상인들에게 노예로 팔아먹었습니다. 용무관주는 그 흑사방의 두목이었습니다. 그 후 자신의 삶에 회의를 느껴 개과천선을 했고 오 년 전 항주로 들어와 무관을 열었습니다."

"너무 쉬워. 깔끔하고."

"역시. 저도 그렇게 생각합니다. 그래서 다른 경로로 좀 더 알아봤습니다."

"결과는?"

"백지입니다. 아무런 과거가 없습니다, 마치 유령처럼."

"과거가 없는 사람이라……."

"자칫 흠이 될 수 있는 흑도 출신이라는 가공의 과거까지 만들어내면서 숨기고 싶었던 진짜 과거가 무엇일까요?"

영악한 자였다. 누구라도 앙심을 품고 용무관주의 과거를 추적했다면 그가 흑도 출신이라는 걸 알아냈을 때 멈췄을 것이다. 그것만으로도 충분히 약점을 잡았다고 생각할 테니까.

용무관주는 그걸 역이용해 사람들이 자신의 진짜 정보에 접근하는 것을 방지한 것이다.

어차피 이 자리에서 풀 수 없는 난제라면 붙들고 있을 필요가 없었다. 용악산은 조금 다른 관점에서 접근해 보기로 했다.

"구문룡이라는 자식이 하나 있다던데."

"유명한 놈이더군요. 원래 용무관주에게는 다섯 명의 아들이 있었습니다. 그중 어린 구반룡을 제외한 넷을 정마대전에 참전시켰는데 셋이 죽고 장자만 살아서 돌아왔습니다. 그게 구문룡입니다. 명가 출신이 아닌 자로는 유일하게 절강오룡의 반열에 든 놈입니다. 실제로 정마대전에서도 나이에 어울리지 않게 눈부신 활약을 했고요."

"그 모든 게 무림맹의 신뢰를 얻기 위한 것이라면 보통 용의 주도한 게 아니야. 도대체 뭘까? 그렇게 해서 무얼 얻으려는 거지?"

"더 재밌는 건 구문룡이 지금 모처에서 폐관수련 중이라는 겁니다. 절강오룡으로는 만족을 못한다는 뜻이죠. 교두들의 밀담을 엿들었는데 놈의 탈관이 임박한 것 같습니다. 그가 탈관을 하는 날 용무관은 개파를 선언할 모양입니다."

"생각보다 행보가 빠르군. 과거 흑사방도였던 자들 중 살아남은 자들이 있는지 수소문해 봐. 그러다 보면 무언가 걸리는 게 있을 거야. 세상에 완벽한 가짜란 없어."

"존명."

"그리고 이거 좀 준비해 줘."

용악산이 종이 한 장을 허공으로 뻗었다. 종이는 어둠 속 그림자의 손으로 쑥 빨려 들어갔다. 종이를 펼쳐 본 그림자의 손이 부르르 떨렸다.

"이건……?"

"안 된다는 말을 하려는 건 아니겠지?"

"다른 건 몰라도 마지막 물건은 남만까지 가서 가져와야 합니다. 남만에 가더라고 꼭 구한다는 보장도 없고요."

"사흘 줄게."

"휴우. 알겠습니다."

용악산은 일말의 융통성도 없었다.

그림자의 대답을 확인한 용악산은 홀연히 산을 내려갔다.

그러다 뒤늦게 무언가 생각난 듯 갑자기 멈춰 서서 말했다.

"여자 말인데……."

"……?"

"홍만이 빼. 소악이 붙여."

*　　　*　　　*

은서령은 또다시 새벽길을 가고 있었다.

하지만 오늘은 어제와 달랐다. 옷은 남장을 했으며 머리에는 죽립을 눌러썼다. 시간도 반 시진이나 앞서 먼 길을 돌아서 왔다.

어제 있었던 일이 아무래도 찜찜했기 때문이었다.

생각 같아선 당분간 쉬고 싶었지만 언제나 그렇듯이 자신을 기다릴 아이들 생각을 하면 빠질 수가 없었다.

"흥, 아침에 시간 좀 내주면 어때서."

생각하면 할수록 괘씸했다.

사실 그녀는 오늘 아침 용악산의 처소에 가서 만두통이 무거우니 좀 들어달라고 했다.

물론 핑계였다. 한 식구가 되었는데 너무 소원한 것 같아 이참에 좀 친해질 생각에서였다. 아무리 그래도 대사형인데 어제는 자신이 너무 대든 것 같아 그것도 좀 미안했다.

진짜 그게 다였다. 단둘이 시간을 보내고 싶다거나 꼬리를

쳐서 그의 고백을 먼저 받아내겠다는 생각은 눈곱만큼도 없
었다.

게다가 그가 함께 가 준다면 든든하기도 할 것 같아 자기 딴
에는 무척 용기를 내서 한 말이었는데……

"바빠."

그는 그 한마디만 매몰차게 하고는 문을 쾅 닫아버렸다.

그래서 어쩔 수 없이 이렇게 변장까지 하고 오게 됐다.

대사형이 된 것까지는 그렇다고 치자. 하지만 사람이 어쩜
그렇게 하루아침에 달라질 수가 있을까?

그는 사형제들 누구에게도 친절하지 않았다.

언제나 무서운 얼굴을 하고 지독하게 몰아붙였다.

비교적 친절하다는 표 사형에게도 잠시의 쉴 틈도 주지 않
았다.

표 사형은 땀을 흘리면서까지 묵묵히 그가 시키는 대로 했
다.

표 사형이 그렇게 진지한 얼굴을 한 것은 처음이었다.

원래도 그는 진지했지만 요 며칠은 정말 눈에 광기가 돌았
다.

가장 불쌍한 사람들은 공 사형과 하 사형이었다.

그는 두 사람이 밤새 끙끙 앓다가 혼절을 했는데도 다음날
아침이면 어김없이 끌어내서 괴상한 짓을 시켰다. 모두 수련

의 연장이라고 했지만 은서령이 보기엔 사람을 잡으려는 것 같았다.

"흥. 나한테도 그러기만 해봐라."

말은 그렇게 했지만 은근히 걱정되는 은서령이었다. 슬며시 손에 들린 도법서를 읽어보니 모두 생소한 동작들뿐이었다.

"휴우. 사흘 만에 이걸 어떻게 다 외워."

은서령은 도법서를 품속에 넣고 어깨에 멘 만두통을 다시 추슬렀다. 만두가 식기 전에 서둘러 가야하기 때문이었다.

그때.

일곱 명이 앞을 막아섰다.

이번에 나타난 사람들은 더욱 흉흉한 얼굴이었다.

은서령은 침착했다.

한번이야 다른 곳을 의심할 수도 있겠지만 이렇게 반복적으로 자신을 노릴 만한 곳은 지금 용무관밖에 없었다.

자신들이 생각했던 것보다 금룡관의 전력이 강하자 자신을 납치해서 인질로 삼으려는 것이다.

그런 상태에서 무관 대 무관이 비무를 벌인다면 아버지와 사형들은 전력을 다할 수가 없다.

그래서 저렇게 다른 칼잡이들을 고용해서 자신을 납치하려는 것이다. 마치 자신들의 짓이 아닌 것처럼. 그러나 심중은 자신들이라는 걸 알 수 있게끔.

나타난 사람들은 은서령을 중심으로 커다랗게 원을 그리며 에워쌌다. 동시에 사방을 열심히 살폈다. 어제의 그 거인이 또 나타나지 않을까 잔뜩 염려하는 기색이었다.

하지만 주변에는 아무도 없었다.

"순순히 따라오면 목숨은 보장하겠다."

눈이 쪽 째진 중년인이 말을 했다.

모골을 송연하게 만드는 음성이었다. 허리춤에 찬 협봉검에서도 범상치 않은 분위기가 흘렀다. 가만 보니 모두들 협봉검을 찼다.

한두 사람이면 모를까 모두 동일하게 협봉검을 찬 게 아무래도 찜찜했다.

은서령은 조용히 만두통을 내려놓은 다음 검을 뽑아 들었다.

오늘은 결코 쉽게 빠져나갈 수 없음을 알았다.

사생결단을 내야 한다. 더구나 오늘은 그 정체 모를 거인도 없었다. 그 순간 일곱 개의 그림자가 흔적도 없이 사라졌다.

환영술!

주변의 사물에 자신의 환영을 덧씌우는 살문의 무공.

협봉검과 환영술이 저들의 정체를 알려주었다.

"살수!"

처억!

제대로 저항 한 번 해보지 못했다. 단 한 수에, 단 한 수에 예리한 검 하나가 은서령의 목젖에 닿았다.

목젖에 닿은 협봉검의 예리한 검끝이 파르르 떨렸다.

은서령의 목덜미에는 순식간에 작고 붉은 매화 한 송이가
그려졌다.

혈화총(血花塚)!

광오하게도 자신들의 흔적을 남기며 살업을 자행한다는 강
남 십대살문 중 하나.

"더 이상의 저항은 용서치 않겠다."

인피면구를 썼음에 틀림없는 중년 사내의 음산한 목소리였
다. 눈동자가 움푹 들어가 있어 꼭 동굴 속에 웅크리고 있는
늑대의 그것처럼 섬뜩했다.

직접 볼 수는 없으나 은서령은 자신의 목덜미에 새겨진 것
이 붉은 매화라는 걸 직감적으로 알아차렸다.

더불어 이들이 얼마나 위험한 자들인지도……

"누가 시켰지?"

"계집, 한마디만 더하면 사지를 하나씩 잘라주겠다. 경고하
건대 나를 시험하지 마라."

거짓말이 아니었다.

사내의 섬뜩한 눈빛은 충분히 그러고도 남음을 말해주었다.

은서령의 입술이 부르르 떨렸다.

일검도 제대로 나누지 못하고 사로잡힌 것 때문이 아니었
다. 토끼는 산중 제왕 호랑이와 맞닥뜨리면 그 엄청난 위엄에
압도되어 꼼짝도 못한다고 한다.

지금의 자신이 그랬다. 사지를 자른다는 한마디에 그녀는
말 한마디 하지 못하고 있었다.

억센 사내놈들이 자신을 끌고 가는데도 어디로 가는지 묻지
도 못하고 있었다.

약한 것이 이렇게 죄가 되는 줄 미처 몰랐다.

가슴 한편에 뜨거운 마음이 일었다.

다시 벗어날 수만 있다면 죽을 각오로 수련해야지.

그래서 다시는 이런 수모를 당하지 않아야지.

그때.

쐐애애액—

무언가 대기를 가르면서 날아오더니.

츠캉!

가장 선두에 있던 사내의 목이 뎅겅 잘려 나갔다.

사내는 목이 떨어진 줄도 모르고 몇 걸음을 걸어가다 털썩
쓰러졌다. 몸체와 잘려 나간 목이 거리를 두고 피를 쏟아내는
모습은 끔찍하기 짝이 없었다.

"개진(開陣)!"

중년인이 외쳤다. 다섯 명의 살수가 순식간에 검진을 펼쳤
다. 촉수를 건드린 독물처럼 거의 반사적인 움직임이었다.

살수의 목을 자른 것은 낫이었다.

낫은 사람의 목을 자르고도 힘이 죽지 않았는지 허공을 팽
글팽글 돌더니 저만치 구석에 앉아 있는 사람의 손으로 돌아
갔다.

맙소사. 그는 열두 살 가량의 어린아이였다.

가슴을 가로질러 멘 망태기에서 약초 몇 뿌리가 삐져 나온

것으로 보아 아마도 산에서 약초를 캐다가 파는 아이 같았다.

일개 약초꾼 아이가 어떻게 저런 낫질을 할 수 있을까?

떠돌이 약초꾼들도 일종의 동종조합이 있고 그들 사이에서 전래되는 무공이 있다더니 그런 것일까?

"웬 놈이냐!"

상대가 말도 안 되게 어려서인지 살수들도 무척 당황했다.

낫을 받아 든 아이가 쓰윽 몸을 일으켰다.

그리고 살수들을 향해 냅다 달려오기 시작했다.

척 척 척 척⋯⋯.

달려오는 동작이 심상치 않았다. 자세를 잔뜩 낮추더니 망태기에서 낫 한 자루를 더 뽑아 쥐었다. 양손에 각각 한 자루씩 두 자루가 되는 셈이다.

강호인들은 저걸 쌍겸이라 부른다.

"쳐라!"

살수들이 아이를 향해 마주 달려갔다.

서로가 부딪치려는 순간 아이가 허공으로 튀어 올랐다.

처걱! 처걱! 스칵!

"커헉."

"으아악!"

"크아아악!"

보지 않고는 도저히 믿을 수 없는 광경이었다.

아이는 허공 속으로 흐릿하게 사라지는 살수들을 귀신같이 찾아내 낫으로 찍어댔다.

그 모습이 너무나 잔인했다.

두 개의 낫이 번갈아 찍어대자 가슴에서 피가 척척 튀었다.

허공에서 가위처럼 엇지를 때는 목이 뎅겅 잘려 나갔다.

삽시간에 앞서 나간 세 명의 살수가 검 한 번 휘둘러보지 못하고 처참하게 죽었다.

남은 세 사람이 동시에 연수합격으로 아이를 노렸다.

세 개의 검이 각각 아이의 머리와 어깨와 심장을 노렸다. 셋 중 하나만 적중해도 죽을 상황.

놈들이 악명 높은 혈화총의 살수들이고 보면 당연히 그렇게 될 것이다. 그러나 아이는 신형을 바닥에 착 붙이면서 미끄러졌다. 동시에 두 개의 낫을 사방으로 그었다.

서컥!

서컥!

서컥!

"크아아악!"

"으아아악!"

"끄아아악!"

발목을 잘린 세 명의 살수가 동시에 비명을 질렀다.

그러나 그들의 비명은 오래 이어지지 않았다.

다시 허공으로 퉁 튀어 오른 아이가 낫으로 놈들의 가슴이며 얼굴을 닥치는 대로 찍어댔기 때문이었다.

피가 척척 튀고 눈알에 낫이 박혔다. 입속을 뚫고 들어간 낫이 볼을 갈랐다.

너무나 끔찍한 광경에 은서령은 털썩 주저앉았다.

먹은 것을 모두 토해 버릴 것 같았다.

척!

마침내 아이가 땅에 착지를 했을 때는 살아남은 살수가 한 명도 없었다.

아이가 은서령을 향해 고개를 쓰윽 돌렸다. 그와 눈이 마주치는 순간 은서령은 온몸의 털이 곤두서는 충격을 받았다.

아이는 피 묻은 쌍겸을 들고 은서령을 향해 저벅저벅 걸어왔다. 은서령은 주저앉은 상태에서 뒷걸음질을 쳤다.

얼어붙은 얼굴, 귀기가 서린 눈동자…….

저 어린 얼굴 어디에 저런 섬뜩함이 숨어 있는지 꿈에서라도 보고 싶지 않았다.

그러나 자세히 보니 어쩐지 이상한 느낌이 들었다.

분명 얼굴이나 체격은 아이의 그것이었는데 몸에 익은 동작은 아이의 그것이 아니었다. 아이라면 그 또래 특유의 불안정한 걸음걸이가 보여야 하지 않을까?

아이는 마치 열두 살 무렵에 성장이 멈춰 버린 어른 같았다.

아이는 은서령의 곁에 이르러서 바닥에 떨어진 만두를 주워 담기 시작했다.

마침내 만두를 모두 담은 아이가 통을 은서령을 향해 척 내밀었다. 그 모습이 어려운 사람을 대하듯 공손하기 짝이 없었다.

"고, 고마워요."

은서령은 차마 나오지 않는 목소리를 쥐어짰다.

만두통을 건네준 아이는 쓰윽 몸을 일으키더니 어디론가 홀연히 사라졌다.

꼭 귀신에라도 홀린 것 같았다.

第十一章
공춘보, 하풍달 가출사건

天山刀客

"정말이에요. 열두세 살쯤 되어 보이는 약초꾼 아이였단 말이에요. 약초 캐는 낫 두 자루를 들고 허공을 휙휙 날아다니며 괴한들의 발목을 자르고 얼굴을 찍어대는데. 휴우. 내 평생 그렇게 잔인한 광경은 처음 봤어요. 그 애가 만두를 뺏어갈까 봐 얼마나 조마조마했는지 몰라요. 어. 그런데 사형들 지금 뭐 하고 계시는 거예요?"

"사매 허풍을 들어주는 것도 오늘로 끝이야."

"맞아, 이젠 더 이상 못 참겠어."

공춘보와 하풍달은 지금 보따리를 싸고 있었다. 벌겋게 충혈된 눈은 독기로 가득 찼고 얼굴은 반쪽이 되어 있었다.

"지금 제가 허풍을 쳤다고 이러는 거예요? 말도 안 돼!"

"글쎄. 허풍이고 뭐고 우린 관심 없으니까. 이제부턴 비파랑인지 비빨강인지 하는 놈에게 말해."

"맞아, 대사형이 자룡이만 예뻐하시니 그 녀석이랑 잘해봐."

그제야 은서령은 두 사람이 보따리를 싸는 게 자신 때문이 아니라는 걸 알았다.

그때 이 모든 사단의 원흉인 사람이 저만치 걸어오고 있었다. 용악산이 두 사람에게로 쓰윽 다가가자 보따리를 싸고 있던 공춘보와 하풍달이 움찔 놀라 약간 뒤로 물러났다. 본능적인 움직임이었다.

툭!

용악산이 두 사람의 보따리 위에 무언가를 던져 주었다.

"이, 이게 뭡니까?"

공춘보가 물었다.

"자리를 잡으려면 돈이 좀 필요할 거야."

그리고는 두말도 않고 사라져 버렸다.

공춘보와 하풍달은 할 말을 잃었다. 결국은 나갈 테면 나가라는 말이었다. 주객이 전도되도 분수가 있지, 자기가 금룡관에 들어온 지 얼마나 됐다고 나가라 마라를…….

"홍, 잘 먹고 잘사시오!"

"어… 이게 아닌데."

*   *   *

"부어라. 마셔라. 죽자!"

공춘보가 술잔을 높이 들며 외쳤다.

탁자 옆에는 보따리가 놓여 있었다.

금룡관을 나온 두 사람은 곧장 서동에서 제법 잘나가는 기루를 찾아와 술판을 벌였다.

그 인간이 던져준 돈은 백 냥이나 되었다. 딱 월향루에서 거하게 한 번 먹을 정도의 돈이었다.

공춘보는 뭐가 그리 좋은지 옆에 기녀를 둘이나 끼고 킥킥거리고 있었다. 그에 비해 하풍달은 좌불안석이었다.

"진짜로 금룡관을 나올 생각이오?"

"미쳤냐? 나가려면 그 인간이 나가야지. 우리가 왜 나가."

"그런데 뭘 믿고 그렇게 큰소리를 친 거요?"

"낸들 진짜로 돈까지 줘서 내보낼 줄 알았냐?"

"그럼 지금이라도 가서 잘못했다고 빌어야 하지 않겠소?"

"쯧쯧쯧. 그러니까 네가 답답하다는 거야. 이게 얼마 만에 얻는 꿀맛 같은 휴식이냐. 눈 딱 감고 오늘 하루 실컷 즐기다가 들어가는 거야."

"돼질 텐데."

"지난 며칠은 살만 했고?"

"하긴. 더 이상 나빠질 것도 없지."

"내 말이. 자자. 아무 걱정 말고. 마시자고, 마셔."

한 시진 후 두 사람은 술이 떡이 되어 쓰러졌다.

그 무렵 험악한 인상의 몇 사람이 객점을 찾아와 기녀들에게 돈을 주고는 공춘보와 하풍달을 가지고(?) 갔다.

* * *

인적이 드문 야산.

몇 사람이 구덩이를 파고 두 사람을 묻고 있었다.

두 사람은 누군가 자신들을 생매장하는 줄도 모르는 채 술 냄새를 폴폴 풍기며 곯아떨어져 있었다.

"시작해라."

누군가 명령을 했다.

곁에 있던 사람들이 차례대로 자신들이 가져온 물을 구덩이 속에 담긴 항아리에 붓기 시작했다.

첫 번째 부어진 물은 정신을 차릴 수 없을 만큼 향기로웠다. 두 번째 부어진 물도 첫 번째 만큼은 못했지만 달콤한 향취가 감돌았다.

하지만 세 번째부터는 달랐다.

지독한 악취가 나는 검은 물부터 시작해 벌레가 꾸물거리는 썩은 물, 용암처럼 부글부글 끓는 물, 독기가 짜르르 올리는 물까지 모두 아홉 종류의 물을 항아리 속에 부었다.

보통 물이 아닌 듯 물통을 다루는 손길이 조심스럽기 짝이 없었다.

마침내 항아리가 아홉 가지의 물로 모두 찼을 때 한 사람이 입구를 밀랍으로 밀봉한 호리병 하나를 가져왔다.

무엇이 들었는지 호리병을 쥔 손에는 두꺼운 가죽 장갑을 꼈다. 그가 두령인 듯한 자를 보며 말했다.

"천지령(天地靈)이 없어서 대지령(大地靈)으로 가져왔습니다."

"뭐!"

두령인 듯한 자가 고함을 질렀다.

"죄송합니다. 죽었다 깨어나도 천지령은 구할 수가 없어서……"

천지령은 검은 강물이 흐른다는 남만의 흑하 유역에서만 자라는 신령스런 지렁이였다.

지렁이 주제에 한 번 태어나면 오십 년을 사는데 평생 아무것도 먹지 않는다. 그리고 딱 한 번 새끼를 낳는다. 열 마리 중 아홉 마리는 암컷이고 그것도 절반은 죽는다.

말이 지렁이지 사실은 영물이나 마찬가지였다. 오죽하면 지렁이의 이름에 하늘[天]과 신령[靈]이라는 말을 붙였을까?

천지령을 구한다는 것은 하늘의 별 따기였다.

대지령은 천지령의 암컷이었다. 같은 종인데도 불구하고 천지령과 대지령의 차이는 컸다.

천지령은 하늘의 기운을 받아들이고 대지령은 땅의 기운을 먹고산다.

효과는? 모른다.

천지령은 임상 실험을 통해 그 효과가 입증되었지만 대지령은 비슷하거나 조금 못 미치지 않을까 추측만 할 뿐이었다.

"어떻게 할까요?"

"에따. 모르겠다."

두령이 말을 하고는 고개를 끄덕였다.

호리병을 들고 온 사내는 장갑 낀 손으로 조심스럽게 밀랍을 제거했다. 그러자 곁에 있던 사람들이 한 걸음씩 물러났다.

사내는 보통의 것보다 두 배는 긴 듯한 젓가락을 호리병 속에 넣었다. 젓가락이 다시 뽑혀져 나왔을 때는 은빛 투명한 지렁이가 한 마리 잡혀 있었다. 살아서 꿈틀거리는 모습이 섬뜩하기 그지없었다.

"조심해!"

두령이 호통을 쳤고 사내는 조심스럽게 지렁이를 항아리 속에 넣었다. 지렁이는 순식간에 물속으로 깊이 사라져 버렸다.

사내는 그 후로도 백여 마리는 될 것 같은 지렁이를 항아리 속에 하나씩 넣었다.

지렁이를 모두 넣고 나자 다른 사람들이 서둘러 항아리의 뚜껑을 덮고 다시 그 위에 흙을 덮기 시작했다.

마침내 동그랗게 봉분을 만들어놓은 후 한 사람이 물었다.

"그런데 이 작자들은 도대체 누굽니까? 누구이기에 이 귀한 천년멸극대법(千年滅極大法)을 시전하는 겁니까?"

제아무리 저주받은 체질이라도 뼛속까지 무공에 적합한 체질로 바꾸어준다는 천마신교 비전의 벌모세수.

대법을 시행하기 전에는 며칠 동안 괴상한 훈련을 시켜 평소 쓰지 않던 근육들마저도 최대한 긴장을 끌어올려야 한다.

사람의 근육은 긴장하면 특이한 성분을 내뿜는데 그것이 대법과 어떤 반응을 일으키기 때문이었다.

그렇게 해도 십중팔구 죽어나가는 게 천년멸극대법이었다. 때문에 죽거나, 살거나 식으로 시전한다 해서 생사대법이라고도 불렸다.

"그분의 아우들이시다."

*　　　*　　　*

"으아아아아아아아악!"
"끄아아아아아아악!"

여긴 틀림없이 지옥이었다.

자신들이 어떻게 죽었는지 모르지만 이승이 아닌 것만은 확실했다. 그렇지 않고서야 온통 깜깜하고 썩은 악취가 가득한 이곳에 갇혀 있을 리가 없었다.

불가에선 여덟 가지의 지옥이 있다고 했다. 몸을 태운다는 초열지옥에서부터 톱으로 팔다리를 자른다는 흑승지옥, 지독한 고통에 피를 토하며 울부짖는다는 규환지옥…….

그런데 이건 무슨 지옥인지 모르겠다.

지독한 악취는 둘째 치더라도 온몸의 뼈와 살이 흐물흐물 녹아 물에 퍼지는 것 같은 이 고통은 정말 참을 수 없었다.

그러나 진짜 고통은 따로 있었다.

언제부턴가 정체 모를 벌레들이 온몸을 꾸물꾸물 기어다닌
다 싶더니 몸에 착 달라붙어서 피를 빨기 시작했다.

문제는 이놈들이 피를 빨기 전에 간(?)을 하려는 건지 극독
을 주입한다는 것이었다. 극독이 혈관을 타고 온몸으로 퍼지
면서 상상을 초월하는 고통이 밀려왔다.

사람을 커다란 가마솥에 넣고 삶았다가 얼렸다가를 반복하
면 이런 고통이 올까?

살아 있다면 목숨이라도 끊을 텐데 여기선 목숨도 끊을 수
가 없었다.

여긴 지옥이니까. 자신들은 이미 죽어 있으니까.

누군지 모르지만 자신들을 죽인 사람들에 대한 원초적인 저
주가 절로 튀어나왔다.

"으아아아아악! 후레자식들아! 삼 대가 똥통의 굼벵이로 태
어나라!"

"끄아아아아악! 빌어먹을 자식들아! 니들이 죽으면 지옥에
서 꼭 다시 만나자!"

*   *   *

공춘보와 하풍달이 지옥을 체험하는 그 시각.

용악산과 은서령은 오붓하게(?) 수련을 하고 있었다.

"왜 이렇게 뻣뻣해. 각목도 그것보단 낫겠다."

용악산이 말했다.

은서령이 펼치는 북풍십삼막을 두고 하는 말이었다.

"처음이잖아요."

"사흘이나 줬잖아."

"사흘 만에 이걸 다 어떻게 익혀요?"

"사흘이면 서른여섯 시진이야. 식경으로 따지면 백마흔네 식경이고."

"차라리 일각이 여삼추라고 하시지……."

은서령이 혼잣말처럼 말꼬리를 흐렸다.

"촌각을 아끼지 말고 수련에 임하라는 뜻이야. 이게 장난인 줄 알아!"

이 남자 정말 눈물 쏙 빼놓으려고 작정한 것 같았다.

그녀 역시 자신의 무공이 형편없는 줄은 안다. 하지만 그건 어디까지나 대사형의 눈높이가 너무 높은 탓이었다.

무관의 여식들 중 자신만큼 무공에 뛰어난 사람도 드물었다. 은서령은 목구멍까지 올라온 울음을 억지로 삼켰다.

"기회가 있을 때 열심히 배워. 넌 꿈도 없어?"

은서령의 눈동자가 깊어졌다.

한 번도 자신의 꿈에 대해 진지하게 생각해 본 적이 없었다.

꿈이란 그것을 이룰 만한 자격이 있는 사람들이나 꾸는 것 이라고 생각했으니까.

은서령은 다시 한 번 북풍십삼막의 일흔일곱 초식을 하나씩 시연해 나갔다.

꿈이 있냐고?

물론 있었다. 금룡관 출신의 제자들이 어디를 가든 대접을 받는 것. 표국이며 상단들이 제 발로 찾아와 무사들을 고용하겠노라고 사정을 하게 만드는 것, 그리하여 무공을 배우겠다는 사람들이 줄을 서게 만드는 것이 소박하면서도 간절한 그녀의 꿈이었다.

그렇게만 된다면 무관의 사정도 나아질 테고 저잣거리의 아이들에게도 더 많은 만두를 나눠 줄 수 있을 것이다. 그 아이들이 자라 어른이 되면 누군가에게 자신이 받은 것을 베풀 수 있지 않을까?

적어도 한번쯤은 자신보다 힘든 사람을 돌아볼 줄 아는 어른이 되지 않을까? 그래서 세상에 따뜻한 온기를 조금은 더 퍼뜨릴 수 있지 않을까?

하지만 그게 가능할까?

십 년 넘게 거래를 해온 표국들 마저 등을 돌리는 마당에.

용악산은 하얀 무복을 입은 채 도법을 펼치고 있는 은서령을 바라보고 있었다. 한 줌도 안 될 것 같은 허리와 가녀린 팔다리가 안쓰러웠다. 뺨에 착 달라붙은 머리카락과 하얀 목덜미로 흘러내리는 땀방울은 미안한 마음까지 들게 했다.

하지만 놀라운 일이었다.

북풍십삼막이 여인의 체형에 맞을 줄은.

초원을 질주하는 거친 유목민의 도법이라 패도적일 줄만 알았는데 그녀가 펼치니 섬세하고 정교하기 짝이 없었다.

원심력을 이용한 칼질은 빠르면서도 무거웠다.

패도와 쾌검의 장점만을 합쳐 놓은 듯한 느낌?

사실 용악산은 지난 며칠 동안 북풍십삼막을 어떻게 그녀에게 맞출까를 두고 고민에 고민을 거듭했다. 모두가 잠든 사이 혼자 뒤뜰로 나가 북풍십삼막의 일흔일곱 초식을 펼쳐본 게 수백 번이었다.

그러다 놀라운 사실을 발견했다.

북풍십삼막은 모든 초식이 원의 궤적을 따라 움직였고 그 힘이 정점에 이르렀을 때는 내가고수의 폭발적인 초식에 못지 않았다.

한마디로 힘이 흐르는 방향과 그 힘이 최고조가 되는 궤적의 위치만 깨우치면 내가고수 못지않은 위력을 낼 수 있었다.

무공은 머리로 하는 것이 아니다. 생사가 오가는 실전에서 칼이 향하는 방향과 그 힘의 크기를 계산하는 멍청이는 없다.

결국 부단한 수련으로 동작 하나하나를 본능처럼 몸으로 체화하는 수밖에 없었다. 그것이 은서령에게 공춘보나 하풍달처럼 기초 체력 훈련을 시키지 않은 이유였다.

"정신 차려! 보법이 흐트러졌잖아!"

움찔 놀라는 은서령의 눈동자에 습기가 찼다.

*   *   *

공춘보와 하풍달이 돌아온 것은 닷새나 지나서였다.

"개후레자식들. 용무관 놈들이 사주한 게 틀림없어. 놈들이 우리를 독살시키려고… 우걱우걱."

"사형, 독을 먹인 건 아니니까 독살은 아니죠. 우걱우걱……."

"시끄러. 지금 이 상황에서 그런 게 중요해?"

"뭐 말이 그렇다는 거죠."

"어쨌든 그 개자식들이 우리를 독항아리에 넣고 통째로 녹여 버리려고 했다니까. 풍달이와 난 끝까지 정신을 놓지 않고 살려 달라고 소리를 질렀지. 사매, 만두 좀 더 없어? 기왕 만드는 거 고기 좀 넣지. 우걱우걱… 그러다 사흘째 되던 날, 아, 그때는 사흘이나 지난 줄 몰랐어. 나중에 알고 보니까 사흘이나 지났더라고. 아이고, 배고파 죽는 줄 알았네. 우걱우걱……."

공춘보는 입속에 만두를 쑤셔 넣으면서 계속 횡설수설했다. 이따금 배를 박박 긁기도 했다.

"그러다 우연히 지나가는 스님이 비명 소리를 듣고는 우리를 파냈지 뭐야. 그리고 그 자리에서 대법을 펼쳐 응급조치를 취해줬지."

"그런데 그 스님 좀 이상하지 않았소? 머리통에 뱀 문신을 잔뜩 하고 얼굴은 또 어찌나 험악하게 생겼던지."

"생긴 게 뭔 상관이야. 소싯적에 다리 좀 떨었나 보지."

"그거야 그렇지만……."

"어쨌든 그 스님 말이 우리 몸에서 매일같이 새로운 독이 생성되기 때문에 이틀을 넘기기 어려울 거라고 했어. 유일한 방법이라고는……. 휴우. 날마다 땀을 한 바가지 이상씩 흘려 독기를 빼내야 한데."

그 생각을 하자 기가 차는지 공춘보와 하풍달은 땅이 꺼져라 한숨을 쉬었다.

"이게 다 용무관 그 후레자식들 때문이야!"

콰삭!

놀라운 일이 벌어졌다.

악에 받친 공춘보가 주먹으로 바위를 내려쳤는데 썩은 두부처럼 부서져 버린 것이었다. 좁은 공간은 이제 신물이 난다며 연무장 한쪽 바위에 걸터앉아 만두를 먹다가 생긴 일이었다.

"앗, 독력이 또 발작했다."

"씨앙. 미치겠네."

두 사람은 만두도 먹다 말고 연무장으로 쪼르르 달려가더니 난데없이 호보를 하기 시작했다.

"……!"

"……!"

은서령과 표자룡은 황당한 얼굴로 두 사람을 바라보고만 있었다.

용악산도 좀 당황했다.

공춘보와 하풍달이 벌모세수를 무사히 치르고 돌아온 후의 일에 나름 고민이 있었다.

저들이 바보가 아닌 이상 분명 체내에 일어나는 변화를 눈치챘을 것인데 어떻게 설명을 해야 할까? 밑도 끝도 없이 기연을 얻었다는 건 말이 안 된다.

그런데 두 사람은 제 마음대로 엉뚱한 사람을 범인으로 지목하더니 갑자기 생긴 공력도 독력으로 치부해 버렸다. 하긴 누가 자신들에게 상상도 못할 공력을 심어줄 거라고 상상이나 했을까?

수련을 독려하는 것도 문제였다.

억지로 하는 수련은 깨우침에 대한 열망이 없기 때문에 한계가 있게 마련이었다. 하지만 저들은 이제 누가 시키지 않아도 죽어라 수련을 할 기세였다. 이거야말로 손도 안 대고 코를 푸는 격이었다.

그 순간 어디선가 전음이 들려왔다.

[선물이 마음에 드십니까?]

[어떻게 된 거야?]

[천성이 게으른 것 같아 겁을 좀 줬죠.]

[그걸 그대로 믿더란 말이야?]

[백고충(白蠱蟲)을 한 마리씩 심어 두었습니다.]

백고충이 매일 토해놓는 약간의 배설물은 꼭 중독당한 것처럼 느끼게 해준다. 그대로 두면 설사, 복통, 그리고 약간의 가려움만 일으킬 뿐 인체에 크게 해는 없었다.

[대법을 시행하는 데는 아무런 문제가 없었겠지?]

[전혀요.]

[좋아. 수고했어.]

그날 이후 공춘보와 하풍달은 완전히 딴사람이 되었다.

금방이라도 용무관으로 쳐들어가 복수를 할 것 같은 분위기는 온데간데없었다. 대신 잠자는 시간까지 아껴가며 무섭게 수련에 매달렸다. 뭐? 똥이 무서워서 피하는 게 아니라 더러워서 피하는 거라나?

어쨌든 목숨에 대한 두 사람의 집착은 놀라울 정도여서 저러다 지쳐서 죽지 않을까 싶을 정도로 수련을 했다.

사형들 틈에서 은서령도 열심히 수련을 했다.

용악산이 무섭게 몰아붙이는 탓에 가끔은 구석진 곳에서 혼자 훌쩍이는 것도 같았다.

용악산은 모른 척했다.

수련할 때는 무섭게 몰아붙여야 하고 그래야 시행착오를 줄이며 주화입마에도 빠지지 않는다는 것이 그의 생각이었다.

어쩌면 그 옛날 수하들을 지독하게 훈련시킬 때의 습관 때문인지도 몰랐다. 그때에 비하면 금룡관의 사형제들은 놀고먹는 것이나 다름없었다.

용무관은 어쩐 일인지 그 후로 좀처럼 금룡관에 시비를 걸어오지 않았다. 연속되는 우연이 없듯이 그들 역시 은서령을 납치하려 할 때마다 맞닥뜨린 정체불명의 고수들에 대해 의심을 하기 시작한 것이다.

그 무렵 항주에는 개파를 앞두고 정체 모를 고수들이 교두의 자격으로 대거 용무관으로 초빙되었다는 소문이 돌았다.

개파를 할 때는 특정한 무맥이나 혈족을 중심으로 덩치를 불리는 것이 관례였다. 하지만 어쩐 일인지 용무관은 정체성이 모호한 개파를 시도하고 있었다.

그런 경우는 한 가지밖에 없었다.

특정한 목적을 위해 무맥이나 혈통을 따지지 않고 덩치를 불리는 것. 그럴 때는 대게 방(幇)이라는 명칭을 붙였다.

그들이 무슨 짓을 벌이든 금룡관의 제자들은 오로지 수련에만 몰두했다. 겉으로 내색은 하지 않았지만 다들 용무관의 약진에 긴장하고 있었다.

언젠가 한 번은 부딪쳐야 할 것도 알고 있었다. 어쩌면 그때를 위해 더욱 수련에 매진했는지도 모른다.

표자룡의 검법은 하루가 다르게 예리해졌고 빨라졌다.

검영이 점점 늘어났으며 중검을 자유자재로 다루는 경지까지 이르렀다. 표자룡의 성취는 언제나 기대 이상을 보여주었다.

공춘보와 하풍달은……

뻐엉!

하풍달의 주먹에 가슴을 격중당한 공춘보가 저만치 나가떨어졌다. 담벼락에 쿵 하고 머리를 부딪치니 벽돌이 우수수 떨어졌다. 누가 봐도 심각한 부상을 입었을 상황.

"이 자식이 대련을 하자고 했더니 사형을 아주 잡으려 드네!"

공춘보는 벌떡 일어나더니 후다닥 달려가 하풍달의 옆구리를 냅다 걷어찼다.

뻐엉!

하풍달이 공중으로 한 자나 날아올라 가 기둥에 머리를 박고 쓰러졌다.

우지끈.

기둥이 쩍 하고 부러졌다. 역시 뇌가 진탕되어 정신을 잃었어야 할 상황.

"젠장. 맘 놓고 덤비라고 할 때는 언제고!"

"이 자식아. 대련하자고 했지 누가 개싸움을 하자고 했냐!"

"흥, 먼저 시작한 게 누군데!"

두 사람은 어느새 한 덩어리가 되어 치고받으면서 연무장을 굴러다녔다.

바로 저게 문제였다.

갑자기 생긴 힘을 주체하지 못해 대련만 하면 상대방을 뻥뻥 날려 버리는 일이 예사로 발생했다.

피하지 못하고 맞는 것도 문제였다. 힘은 생겼는데 눈과 근육이 도저히 따라가질 못하는 것이었다.

아무것도 없이 달랑 무식하게 힘만 생긴 상황.

저 무지막지한 힘을 정교한 초식으로 바꿀 생각을 하니 용악산은 머리가 지끈지끈 아파 왔다.

"휴우. 저것들을 그냥 저대로 내버려 둬?"

그런 갈등을 한두 번 한 게 아니었다.

그런데 이상한 점이 있었다.

천년멸극대법은 인체를 무공에 적합한 체질로 바꿔주는 것 외에도 공력 증진을 동반했다.

이때의 공력의 증진은 필히 상단전으로 그 기운을 집중시켜 백회혈을 열어준다. 천치라도 천재로 만들어놓는다. 한번 본 것은 잊어버리는 법이 없을 정도로 잠자는 뇌를 일깨워 주는 것이다.

그런데 두 사람의 무재는 예전과 달라진 것이 전혀 없었다.

오히려 공력이 상단전으로 가지 않고 전신으로 퍼지는 듯한 느낌?

그렇지 않다면 저 무시무시한 맷집을 도저히 설명할 수가 없었다. 체질은 바뀐 것 같지도 않고 상단전은 더 꽉 막힌 것 같았다.

다시 한 번 말하지만 무식하게 힘과 맷집만 생긴 상황.

뭔가 잘못된 것이다.

"휴우. 쓸데없는 짓을 했군. 아까운 천지령만 낭비했어."

어쨌든 전혀 소득이 없었던 것은 아니었다.

주먹에 위력이 생기고 제아무리 두들겨 맞아도 어지간해선 뼈마디가 부러지지 않은 신체를 지니게 되었으니.

그 무렵 금룡관에는 모처럼 훈훈한 소식이 있었다.

공춘보가 신발을 찾으러 갔다가 새끼를 낳은 누렁이를 발견한 것이다.

"어쩜. 예뻐라!"

수련 중에 소식을 들은 은서령이 이마에 흐르는 땀을 훔치며 말했다. 개구멍 속에는 눈도 뜨지 않은 일곱 마리의 강아지가 어미의 젖을 열심히 빨고 있었다.

생명의 탄생은 언제나 신비롭고 모성은 악인조차도 경건하게 만든다. 사람들은 경이로운 모습에 체면도 잃고 쭈그리고 앉아 개구멍을 구경했다.

지금 이 순간만큼은 무공에 대한 고민도 잊고, 무관의 앞날에 대한 걱정도 잊고 모두가 한마음으로 훈훈해져 있었다.

한편으로는 걱정도 되었다.

누렁이의 영양 상태가 말도 못할 정도로 심각해서 새끼들을 제대로 먹일 수 있을지 의문이었다.

그런 걱정을 불식시킨 건 뜻밖에도 허구한 날 누렁이에게 신발을 던지던 공춘보였다. 그는 밤마다 사람들 모르게 어죽을 끓여다 개구멍 속에 넣어주었다.

"네가 예뻐서 주는 거 아니거든. 어미가 잘 먹어야 젖이 나오기 때문에 주는 거거든."

공춘보의 정성 때문인지 누렁이는 조금씩 기력을 회복했고 새끼들에게 젖도 먹였다. 그러다 문제의 그 일이 발생했다.

第十二章

하풍달의 과거

天山刀客

삘리리······.

둥둥둥······.

요란한 피리 소리, 북소리가 저잣거리에 울려 퍼졌다.

사람들은 어른 아이 할 것 없이 너도나도 마희단(馬戲團:광대패)을 에워싸고 있었다.

마희단의 기예는 언제나 사람들의 눈을 현혹시켰다.

무인들에게조차 그들의 기예는 신비함의 대상이었다.

당연한 일이었다.

무인들이 상대에게 타격을 주는 것에 초점을 맞춰 무공을 발전시켜 왔다면 그들은 사람들을 현혹하는데 맞춰 기예를 발전시켜 왔으니까.

기예로 밥을 벌어먹고 사는 그들은 또 얼마나 치열하게 연습을 해왔을 것인가.

"그나저나 해가 중천에서 뜨겠네? 무슨 일로 대사형께서 술을 다 사신다고 그러시나?"

"그러게 말이오. 이거 공짜로 마셔도 되는지 모르겠네?"

"혹시 술을 배불리 먹여놓고 내일부터 또 괴상한 지옥 훈련 시키시는 건 아니겠죠?"

공춘보와 하풍달이 용악산에게 한 말이었다.

사실 오늘은 은서령의 생일이었다. 오늘이 은서령의 생일이라는 건 어젯밤 표자룡을 통해서 들었다. 간밤에 그가 찾아와 용악산에게 언질을 주었던 것이다.

"내일이 사매의 생일입니다."

"······?"

"그냥 그렇다고요."

은서령의 생일이라는 것 때문인지 오늘은 표자룡도 따라나섰다. 수련에 열중하느라 일체의 시간을 허비하지 않는 표자룡이고 보면 상당히 파격적인 외출이었다.

어쨌든 그렇게 해서 금룡관의 사형제들이 모두 저잣거리로 나섰다. 그런데 마침 마희단이 찾아와 공연을 하고 있었던 것이다.

마희단은 차돌을 맨손으로 쪼개 버리는 수장벽전(手掌劈磚)

에 이어 이번에는 창을 목에 대고 찌르는 은창자후(銀槍刺喉)를 시연 중이었다.

"어헛. 찌른다, 찔러!"

"꺄아아악!"

구경꾼들이 호들갑을 떠느라 장내가 한동안 시끄러웠다.

은서령도 차마 똑바로 보지 못하고 고개를 돌렸다.

벌거숭이 사내는 웃통을 벗어젖힌 채로 날카로운 창날을 향해 사정없이 자신의 목을 밀고 있었다.

목울대가 움푹 들어가는 것이 흡사 창에 찔린 것처럼 보일 정도였다.

그런데도 사내는 꿈쩍도 않고 계속해서 창대를 밀었다.

일 척이 넘는 창신이 활처럼 휘었으며 사람들의 환호성은 극에 달했다.

"끔찍해!"

정작 마희단을 구경하고 싶다던 은서령은 손바닥으로 두 눈을 가려 버렸다.

이래서 기예와 무공은 다른 것이다. 그녀 역시 무인의 여식일진데 도검은 나누어도 스스로가 창날에 목을 가져다 대는 것은 못 보겠는 것이다.

그건 당연했다. 저 마희단들의 기예는 구경꾼의 긴장감을 극대화하도록 발전했으니까.

"하하하. 사매, 저건 유간창(柳幹槍)이야. 창간을 버드나무로 만들어서 조그만 힘을 줘도 낭창낭창 휘어진다고."

공춘보가 알은체를 했다.

"저렇게 힘을 주는데도요?"

"그건 연극일 뿐이야. 괜히 오만상을 찌푸려서 힘을 주는 척하는 거라고."

그 순간 하풍달이 군중 사이에 있는 누군가를 발견하고 목소리를 쥐어짰다.

"핫! 저, 저 자식이 여긴 왜……."

하풍달이 가리키는 곳을 보니 구반룡이 호위무사들과 마희단을 구경하고 있었다. 그러다 공춘보 일행을 발견하고는 이를 으드득 갈아 보였다. 하지만 용악산을 두려워한 나머지 감히 다가올 생각은 못했다. 일정한 거리를 유지한 채 계속 입술만 씰룩거리는 것이었다.

"저 후레자식이 아직도 정신을 못 차리고!"

"참으시오! 똥이 더러워서 피하지 무서워서 피하오."

공춘보가 소매를 걷어붙이며 적의를 드러냈지만 하풍달이 말렸다.

"두고 보자, 개자식. 내 언젠가 저놈을 삶아버릴 테다!"

공춘보는 아직도 자신을 납치해서 독항아리에 녹여 버리려고 했던 사람들이 용무관의 사주를 받은 작자들이라는 의심을 떨치지 못하고 있었다.

그때 한쪽 구석에서 갑자기 군중이 웅성거리기 시작했다.

누군가 나타난 것이다.

"헛! 구룡장의 영애가 여긴 웬일이지?"

"마희단을 구경하러 왔나 보오. 마희단의 기예를 워낙 좋아한다는 소문이 있더니 사실인가 보군."

공춘보와 하풍달이 말을 주고받았다.

그녀의 등장으로 마희단을 구경하던 군중이 갑자기 시선을 돌렸다.

여자에게서 풍기는 분위기는 신비로웠다.

눈(雪)으로 베를 짠 듯 새하얀 비단옷은 그녀의 투명한 피부를 더욱 돋보이게 했고, 마희단의 기예를 구경할 때 살짝 찌푸려지는 미간의 주름은 보는 이로 하여금 정신을 어지럽게 했다.

좋은 자리를 차지하고 있던 사람들은 감히 그녀의 시선을 막지 못하고 썰물처럼 갈라졌다.

난데없는 미녀의 등장에 마희단도 긴장하는 기색이 역력했다.

"히아. 예쁘다, 예뻐. 항주의 여신이라는 말이 괜히 나온 게 아니었어. 어떻게 사람이 저렇게 생길 수가 있냐?"

어느새 구반룡을 까맣게 잊은 공춘보가 툭 튀어나온 눈으로 콧구멍까지 벌름거리며 호들갑을 떨었다. 극도의 흥분 상태가 되면 언제나 콧구멍을 벌름거리는 습관이 있는 공춘보였다.

"눈알 빠지겠소."

하풍달이 면박을 주었다.

"네가 봐도 솔직히 예쁘잖아. 저런 미인을 보고도 눈이 돌아가지 않으면 그게 사내냐?"

"그건 그렇고 내가 할 말이 좀 있는데 말이오."

"나중에 얘기해. 나중에."

그러면서 공춘보는 사람들을 비집고 여자가 있는 곳으로 가려 했다.

"지, 지금 뭐 하려는 거요?"

하풍달이 놀라서 물었다.

"저런 신분의 여자를 만나는 게 어디 쉬운 일인 줄 알아? 이참에 낯을 익혀둬야지."

그러나 정작 그녀가 있는 곳으로 다가가서는 말 한마디 못붙이고 괜스레 앞을 왔다갔다만 했다.

사실 다가갈 수도 없었다. 그녀의 곁에 있는 세 명의 사내가여간 범상치 않았기 때문이었다.

"그냥 좀 더 가까이서 보고 싶다고 말을 할 것이지. 내가 창피해서 진짜."

공춘보의 행동을 보며 하풍달이 혀를 찼다.

그러다 용악산을 향해 묻지도 않은 말들을 해주었다.

"구룡장이라고 이곳 항주에서 제일가는 부잔데 저 아가씨는 그곳의 영애로 이름은 공화연이라고 합니다. 보시다시피 미모가 워낙 출중해 명가의 후기지수들이 애를 좀 끓지요."

"항주 칠대 불가사의 중 두 개를 지닌 곳이군."

용악산은 예전에 하풍달이 했던 말을 떠올리며 농담을 했다.

구룡장주의 재산은 얼마나 될까?

구룡장의 영애와 은서령 중 누가 더 예쁠까?

바로 그 두 개가 공춘보와 하풍달이 만든 항주 칠대 불가사의에 속했다.

"헤헤. 그렇죠. 구룡장이 비록 남궁세가의 오대외장 중 한 곳이라고는 하지만 사실 그 자체만으로도 상당한 세력가입니다. 어지간한 중소문파는 감히 이름도 못 내밀죠. 휴우. 외장이 저 정도인데 남궁세가 본장은 어느 정도일까."

하풍달의 얼굴에선 부러운 기색이 가득했다.

은서령은 그때까지 공화연을 묘한 시선으로 응시하고 있었다.

두 사람 모두 아름답기는 매한가지였으나 풍기는 분위기는 사뭇 달랐다.

부유한 가문을 배경으로 화려한 옷차림에 귀한 장신구로 치장한 공화연과 달리 은서령은 수수한 옷차림에 얼굴에선 풋풋하면서도 청초한 분위기가 있었다.

잘 가꾸어진 정원에서 애지중지하며 길러진 난초와 담벼락 위에서 찬바람을 맞으며 피어난 매화의 차이라고나 할까.

그래서였을까?

용악산의 눈에 비친 은서령의 얼굴이 공화연을 동경하는 것처럼 느껴진 것은.

"사매?"

하풍달이 말했다.

"네?"

"무슨 생각을 그리 골똘히 하는 거야? 몇 번을 불러도 대답을 않고."

"아, 아니에요. 이제 그만 가요."

"아니 왜? 평소 마희단의 기예를 보고 싶다고 했었잖아. 이제 마술(魔術)이 시작될 거라고. 상자 안에 들어간 사람이 감쪽같이 없어진데."

"아버지께서 걱정하실 것 같아요. 그만 가요."

"뭐? 자리를 옮기는 것이 아니라 그냥 돌아간다고?"

"오늘은 너무 피곤해요."

하풍달은 눈치가 날렵한 사람이었다.

그는 단번에 은서령의 속내를 눈치챘다. 하풍달이 두말 않고 아직도 낯을 익히겠다며 공화연의 앞에서 왔다 갔다 하는 공춘보를 데리러 갔다.

"술은 다음에 사주세요. 괜찮죠?"

은서령이 용악산에게 물었다. 그녀는 오늘이 자신을 위한 특별한 자리라는 걸 진즉에 눈치채고 있었다. 대사형이 그걸 알았을리는 없고 아마 표 사형이 슬쩍 언질을 주었을 것이다.

무심한 공춘보와 하풍달은 아직도 오늘이 자신의 생일이라는 걸 모르는 눈치니까.

"사매, 다른 곳으로 가서……."

표자룡이 무언가 말을 하려는 순간 앞쪽에서 난데없는 소란이 일어났다.

공춘보와 하풍달이 있는 곳. 정확히 말하면 공화연에게서 일어난 소란이었다.

공춘보가 쓸데없이 공화연의 앞을 왔다 갔다 한 걸 아는 세 사람은 서둘러 소란이 일어난 곳으로 달려갔다.

"공 사형, 무슨 일이에요?"

은서령이 다급하게 물었다.

"몰라. 구룡장의 영애가 무슨 물건을 잃어버린 것 같은데. 아주 중요한 건가봐."

일단 공춘보가 소동의 원인이 아니라는 걸 알아차린 은서령 은 한시름 놓았다.

공화연은 사색이 된 얼굴로 호위무사와 이야기를 하고 있었 다.

"아가씨, 정확히 언제 없어졌는지 아시겠습니까?"

"하아. 모르겠어요. 갑자기 옷자락이 허전해서 살펴보니 없 어졌지 뭐예요? 아아, 제겐 소중한 물건인데 어떡하죠?"

"좌운, 우풍!"

공화연의 호위를 책임진 자미원 총호법 갈문도가 두 사람을 다급히 불렀다. 멀지 않은 곳에서 두 사람이 표표히 달려왔다.

"지금 즉시 마희단을 중심으로 서쪽과 동쪽 백여 장을 봉쇄 하라. 개미 새끼 한 마리 빠져나가지 못하게 해야 한다. 어서!"

"명!"

두 사람이 군중을 헤치고 순식간에 각각 좌우로 날아갔다.

동시에 군중 틈에서 삼십여 명의 무인이 튀어 올라 두 편으 로 나뉘어 그들을 따라갔다.

용악산은 공화연의 경계가 생각보다 삼엄함을 보고 깊은 인상을 받았다.

밀착 경호하는 무인들 외에도 군중 틈에 섞여 수상한 자를 감시하는 인물이 삼십여 명이나 더 있었던 것이다.

그런 줄도 모르고 공춘보는 쓸데없이 앞을 왔다 갔다 했으니.

"이크. 팔다리가 부러지지 않은 게 다행이었네."

공춘보가 뒤늦게 뜨악한 표정을 지었다.

그러는 사이 구룡장의 호위무사들은 동서로 뻗은 대로의 양쪽에 떡하니 서서는 군중의 왕래를 막았다.

마희단을 구경하러 왔던 사람들은 졸지에 대로 한복판에 갇히게 되었다.

용악산 일행도 사정은 매한가지였다.

저만치 보니 구반룡 일행도 얼떨결에 구룡장 호위무사들이 만든 봉쇄 구역 안에 갇혀 있는 게 보였다. 그들 역시 적잖게 당황하고 있었다.

그러나 누구도 감히 구룡장 호위무사들의 조치에 저항할 생각을 못했다.

도합 사십여 명이나 되는 무인이 칼을 들고 날아다니는 것이 마희단의 기에 못지않게 신묘했거니와 그들의 기세에 잔뜩 주눅이 든 것이다.

특히 그런 사람들을 수족처럼 부리는 저 신비로운 아가씨의 위엄이 더욱 움츠러들게 했다.

"갈 호법, 물건을 찾을 수 있을까요?"

공화연이 노심초사하며 물었다.

"걱정 마십시오. 놈은 분명 이곳에 있습니다."

"어떻게 확신하죠?"

"아가씨께서 마희단을 구경할 때 비좁은 틈을 타 훔친 게 틀림없습니다. 우리가 이곳에 도착한 시간이 얼마 되지 않았으니 놈은 분명 사람들 틈에 있습니다. 조금이라도 서두르는 기색이 있었다면 눈에 띄었겠지요. 하지만 그런 사람은 없었습니다."

"휴우, 하지만 저로 인해 이 모든 사람들의 발목을 묶어두는 건 옳지 않아요. 사람들은 우리 구룡장이 애꿎은 양민을 핍박한다고 할 거예요."

"그건 제게 맡겨 두십시오. 아가씨."

갈문도는 갑자기 마희단이 기예를 펼치기 위해 펼쳐 놓은 단 위로 훌쩍 뛰어올랐다.

단과 갈문도 사이에는 십여 명의 사람이 서 있었는데 그는 한 번의 도약으로 사람들을 훌쩍 뛰어넘은 것이다.

그 신기한 신법에 사람들이 탄성을 자아냈고 단번에 시선을 사로잡았다.

그는 군중을 향해 정중하게 포권을 하고는 사방이 울리도록 쩌렁쩌렁한 목소리로 말했다.

"갑자기 불편을 드리게 되어 죄송하오이다. 난 구룡장 자미원의 총호법 갈문도라고 하오."

그가 거기까지 말했을 때 여기저기서 숙덕거리는 소리가 나왔다. 갈문도는 사람들의 수근거림이 가라앉을 때까지 일부러 기다린 다음 계속 말을 이었다.

"실례인 줄 알면서도 여러분의 걸음을 잠시 멈추게 한 것은 불미스런 일이 있기 때문이오. 조금 전 우리 아가씨께서 소소한 물건을 하나 잃어버렸소이다. 물건이야 다시 사면 그뿐이지만 본 구룡장은 악을 벌하고 협을 추구하는 정도의 무가로서 못된 배수(扒手:소매치기)가 설치고 다니는 걸 두고 볼 수가 없소이다. 이참에 그놈을 잡아 애꿎은 사람들이 더 이상 피해를 입는 일이 없도록 하고자 하오. 여러분께서는 잠시 불편하겠지만 본장이 하는 일에 적극 협조해 주시기 바라오."

갈문도는 좌중을 향해 부리부리한 눈을 한번 쓰윽 훑은 후 또다시 공손히 포권을 하고 내려왔다.

묘한 말이었다.

물건을 잃어버린 것 따위는 아무렇지도 않으나 배수가 선량한 사람들의 주머니를 터는 것은 용서하지 못하겠다는 뜻.

자신들의 다급한 상황과 무례는 교묘히 감추고 협의를 행한다는 인상을 풍기는 것이었다.

그 말을 곧이곧대로 믿을 순진한 사람들은 별로 없었다. 구룡장으로서는 단지 명분이 필요했을 뿐이었다.

하지만 군중은 감당할 수 없는 위엄이 실린 갈문도의 말에 찍소리도 못했다.

"쩝, 이거 귀찮게 됐는걸."

공춘보가 입맛을 다시며 말했다.

은서령과 표자룡의 표정도 가히 좋지 않았다.

이제부터 저들은 사람들을 하나하나 수색할 것이고 그때마다 옷과 주머니 등을 뒤져 보여야 한다.

벌써부터 양쪽 끝에서 구룡장의 무인들이 사람들의 몸을 수색하느라 난리였다.

구룡장의 무사들은 꼼꼼했다.

사람들을 하나씩 줄을 세워놓고 머리끝에서부터 발끝까지 몸을 더듬었다.

조금이라도 의심 가는 부분이 있으면 옷을 벗겨 살피는 것도 서슴지 않았다.

앞서 갈문도의 공손한 태도와는 달리 사뭇 험상궂었다.

몇몇 억센 사람들이 드러내 놓고 불만을 표시했지만 칼 찬 무인들의 시퍼런 기세에 결국은 수색을 당하고 말았다.

"뭐야. 이거 우리도 몸을 수색당해야 하는 거 아냐?"

공춘보가 뒤늦게 사태를 깨닫고 눈이 휘둥그레졌다.

"이건 아니지, 이건 아니야."

그가 고개를 저으며 거듭 혼잣말을 했다.

사태가 생각보다 심각했다.

무인이 다른 이들에게 자신의 몸수색을 당한다는 것은 수치다.

더구나 다른 문제도 아닌 도둑의 용의 선상에 오른 상태에서 몸수색을 당하다니.

무당과 화산에는 해검지라는 곳이 있어 청정도량으로 들어오기 전에 무기를 내려놓도록 한다.

단지 무인에게 무기를 내려놓게 하는 것만으로도 수모라 하여 저항하는 사람들이 있는데 몸수색을 당하다니.

그러는 사이 무사들은 점점 거리를 좁혀 왔다.

그때 서쪽에서 비명 소리가 들려왔다.

"꺄악! 어딜 만지는 거예요?"

사람들은 일제히 소리가 난 방향으로 고개를 돌렸다.

구룡장의 호위무사가 여자의 몸을 수색하려다가 문제에 봉착한 것이었다.

우풍이라로 불렸던 무사가 황급히 다가가 공손히 포권을 했다.

그러나 허리만 굽혔을 뿐 그의 태도는 사뭇 위협적이었다.

"수하의 실례를 대신 사과하겠소. 하지만 여자라 하여 봐줄 수 없으니 양해해 주시기 바라오."

"어, 어떻게 하겠다는 거죠? 설마 제 몸을 더듬겠다는 건 아니죠?"

"물론이오. 구룡장의 무인들은 결코 양민을 희롱하지 않소."

그러더니 그는 갑자기 허리춤에서 시퍼런 칼을 쑥 뽑았다.

"어맛!"

"아아!"

여자를 비롯한 주위의 사람들이 갑자기 놀라 뒷걸음질을

쳤다.

그러나 우풍은 뽑은 칼을 땅에 거꾸로 꽂아놓고는 도갑을 앞으로 내밀면서 말했다.

"이걸로 수색하겠소."

그러면서 칼이 빠져나간 도갑으로 여자의 전신을 훑는 것이 아닌가. 비록 수치스런 부위를 최대한 피해 스치듯 검사를 하고 있었지만 여자로선 차마 모욕적인 일이 아닐 수 없었다.

우풍은 일부러 칼을 뽑는 동작을 보여 여자와 사람들에게 무언의 협박을 한 것이다.

예상대로 여자는 바들바들 떨면서 호위무사의 도갑이 자신의 전신을 훑는데도 옴짝달싹 못했다.

사정이 그런데도 누구하나 나서서 만류하는 사람이 없었다.

그 모습을 본 공춘보가 은서령을 보며 말했다.

"서, 설마. 사매에게까지 저러는 건 아니겠지?"

공춘보의 말을 들은 하풍달의 얼굴이 사색이 되었다.

구룡장 무사들의 만행에 표자룡의 얼굴 역시 좋지 않았다. 은서령은 말없이 구룡장이 호위무사들이 하는 짓을 지켜보고만 있었다.

사태는 점점 심각해져 갔다.

길 양쪽을 봉쇄한 구룡장의 호위무사들은 남녀노소를 막론하고 단 한 사람의 예외도 없이 몸을 수색했다.

당황하기는 구반룡 일행도 마찬가지였다.

그들 역시 무관의 제자로 상대가 제아무리 항주의 패자로

군림하는 구룡장이라고는 하나 도둑의 용의자로서 몸수색을
당하기는 어려울 것이다.

이건 치욕이었다.

마침 구반룡 일행의 차례가 되었다.

그때 구반룡이 앞으로 나서더니 총호법 갈문도에게 다가가
알은체를 했다.

"갈 대협."

"누구… 더라?"

"저 구반룡입니다."

"오, 자네는 용무관의 구반룡이 아닌가? 한데 여긴 어쩐 일
인가?"

"우연히 이곳을 지나다가 그만……."

구반룡은 말끝을 흐렸다.

자신은 아무 잘못 없이 좋지 않은 일에 휘말렸음을 넌지시
암시하는 것이었다. 그걸 알아차린 갈문도가 공화연을 보며
구반룡을 소개했다.

"서동에 있는 용무관의 제자입니다. 용무관주는 정마대전
에 아들 넷을 참전시켜 그중 셋을 잃었지요. 다행히 장자가 큰
공을 세우고 돌아왔는데 그가 바로 절강오룡 중 하나인 구문
룡입니다. 이 친구는 바로 그 구문룡의 동생이지요."

"반가워요, 전 공화연이에요."

공화연이 예의 그 신비스런 웃음을 지으며 가볍게 목례를
했다. 구반룡은 가슴이 뛰었다. 그가 공화연을 본 것은 이번이

세 번째였다. 처음 그녀를 본 순간부터 구반룡은 한 시도 그녀를 잊은 적이 없었다.

저 신비롭고 아름다운 얼굴을 보고 있노라면 세상의 모든 번뇌가 부질없게만 느껴졌다. 그런데 오늘 결국 그녀와 통성명을 하게 된 것이다.

비록 상황이 묘하긴 했지만 그에게는 언제 또 찾아올지 알수 없는 기회였다. 구반룡은 뛰는 가슴을 진정시키며 다시 말을 걸었다. 어떻게든 말을 붙여보고 싶은 구반룡이었다.

"불미스러운 일을 당하셔서 참으로 안타깝습니다."

"개의치 마세요."

공화연은 살포시 웃는 얼굴로 짧게 대답하고는 시선을 옮겼다.

찰나의 순간에도 자신의 몸을 재빠르게 훑고 가는 구반룡의 시선을 읽었기 때문이다.

경험상 저런 눈빛은 음흉했다.

개의치 말라는 말이 축객령임을 알아차린 구반룡은 씁쓸한 표정으로 두어 걸음 물러났다.

갈문도가 곁에 있는 수하를 불러 말했다.

"여기 이분들은 그냥 보내드리도록 해라. 용무관의 제자들이라면 믿을 만하다."

"알겠습니다."

갈문도의 배려에 구반룡이 다시 한 번 포권을 했다.

"갈 대협, 체면을 세워 주셔서 감사드립니다."

"하하. 별말을. 관주의 체면을 생각해서라도 내 어찌 자네를 의심할 수 있겠는가. 관주께 안부나 전해주시게."

"예, 갈 대협."

갈문도에게 말을 하면서도 시선은 여전히 공화연을 향하고 있는 구반룡이었다. 그렇게 해서 구반룡 일행은 아무런 의심을 받지 않고 체면도 상하지 않으면서 수색을 피할 수 있었다.

그 모습을 보고 있던 은서령 일행은 다행이라고 생각했다.

갈문도가 구룡장의 위세만 믿고 작은 무관이라 하여 함부로 하지 않으니 어쩌면 자신들도 체면을 차릴 수 있으리라.

잠시 후 용악산 일행 차례가 되었다. 은서령은 같은 여자끼리 말을 해보겠다며 자신이 앞으로 나섰다.

"금룡관의 은서령이라 합니다. 아가씨께 불미스러운 일이 생겨 유감입니다."

"금룡관?"

갈문도가 슬쩍 눈을 내리깔며 귀찮다는 듯이 말했다.

"서동에 있습니다."

"아, 용무관 근처에 있다는 낡은 무관 말이군. 그런데 그 무관이 아직도 있나?"

갈문도는 하대도 아닌 것이 평대도 아닌 어색한 투로 혼잣말처럼 말했다.

듣고 있던 공춘보와 하풍달은 속으로 발끈했지만 상대가 상대인지라 감히 겉으로 내색조차 못했다.

은서령은 시종일관 침착한 태도로 말했다.

"대인의 염려에 감사드립니다."

은서령은 갈문도의 비아냥을 호의로 비틀어 말했다.

점잖은 힐책이었지만 갈문도의 눈동자에서는 오히려 비웃음이 어렸다.

"그래. 내게 무슨 용건이 있기에……?"

끝까지 공대를 하지 않는 갈문도였다.

상대가 여자인데다 생면부지인 탓에 함부로 하대는 못하지만 일개 무관의 제자 따위에게 공대를 하고 싶지도 않다는 말투.

공춘보가 주먹 쥔 손을 부르르 떨었다. 그는 그냥 떨기만 했다.

"금룡관은 무와 협에 뜻을 둔 무관입니다. 부디 체면을……."

그 순간 간 줄 알았던 구반룡이 쪼르르 다가와 갈문도에게 귓속말을 전했다.

그 바람에 은서령의 말이 중단되었다.

상대가 말을 하고 있는데 귓속말을 하다니. 이 또한 은서령을 무시하는 처사였다.

보고 있던 용악산은 점점 부아가 치밀어 올랐다.

대체 구룡장의 위세가 얼마나 대단하기에 이처럼 오만무도하단 말인가. 용악산의 눈빛이 바뀌는 걸 알아차린 표자룡이 살짝 소매를 잡아당기며 속삭였다.

"대사형, 안 됩니다."

"……?"

"일단 사매에게 맡겨 보시지요."

표자룡의 말이 틀린 건 아니었다. 피할 수 있는 시비라면 피하는 게 상책이었다. 더구나 그 누구보다도 금룡관을 아끼는 표자룡이 저렇게까지 나올 때는 필시 이유가 있을 것이다.

용악산은 일단 두고 보기로 했다.

그런데 사태는 점점 심각하게 돌아갔다.

구반룡의 귓속말을 전해들은 갈문도의 얼굴 표정이 잔뜩 일그러졌기 때문이었다.

구반룡이 물러나자 갈문도는 난데없이 공춘보를 손가락으로 찌를 듯이 가리키며 말했다.

"네놈이 한동안 아가씨의 앞을 알짱거렸다던데."

한층 험악해진 말투. 공춘보를 마치 시정잡배 대하듯 하는 말투였다.

"그, 그게 무슨 말씀이십니까? 지금 절 의심하는 겁니까?"

움찔 놀란 공춘보가 커다란 콧구멍을 벌름거리며 말했다.

"네놈이 직접 손을 쓰지는 않았겠지. 하지만 네놈이 알짱거리는 동안 저놈이 곁에 있는 걸 본 사람이 있다."

갈문도가 다시 손가락으로 가리킨 사람은 하풍달이었다.

화들짝 놀란 하풍달이 갈문도와 은서령을 번갈아 보았다.

보다 못한 은서령이 앞으로 나섰다.

"갈 대협, 말씀을 삼가 주십시오. 저희 사형들께서는 그런 분들이 아닙니다."

"구반룡의 말로는 저놈이 과거 소문난 배수였다는데. 그 말이 사실인가?"

구반룡이 귓속말로 전한 것이 바로 저것이었다.

갈문도의 말은 용악산 마저도 놀라게 했다.

하풍달이 배수 출신이었다니.

그러나 지금 이 순간 가장 난감한 사람은 하풍달이었다. 숨기고 싶은 과거를 들킨 하풍달은 군중 앞에서 발가벗겨진 채로 서 있는 기분이었다.

갈문도의 수하들 십여 명이 은서령을 비롯한 일행들을 에워쌌다. 하풍달은 바들바들 떨었고 은서령의 얼굴은 일그러질 대로 일그러졌다.

은서령이 침착한 목소리로 말했다.

"갈 대협, 그건 과거일 뿐입니다. 어두운 과거를 들먹여 제 사형을 모욕하지 말아주십시오."

"모욕인지 아닌지는 수색을 해보면 알겠지. 뭣들 하느냐! 저 놈들을 모두 뒤져라!"

그때 하풍달이 앞으로 나섰다.

"잠깐만요!"

사람들의 시선이 모두 하풍달에게로 모아졌다.

하풍달은 손을 바들바들 떨면서 품속에서 손을 넣었다 꺼냈다. 그러자 놀랍게도 홍옥으로 만든 작은 노리개가 나타났다.

그 순간 군중의 술렁임이 파도처럼 번져갔다.

가장 놀란 사람은 금룡관 사형제들이었다. 한 치의 의심도 하지 않았는데 하풍달이 정말로 노리개를 훔쳤을 줄이야.

표자룡은 의아한 표정을 지었고 은서령은 놀란 눈을 치켜떴다.

"풍달이 너 이 새끼!"

뻐억!

공춘보의 매서운 주먹이 하풍달의 턱을 가격했다. 공춘보는 쓰러진 하풍달의 가슴에 올라타서 사정없이 두들겨 팼다.

퍽! 퍽! 퍽!

"이 미친 새끼! 은혜를 원수로 갚아. 사부님께서 우리를 거둬주시고 가르쳐 주셨는데. 그 은혜도 모르고 사부님의 얼굴에 먹칠을 해! 이 개자식!"

용악산의 눈에는 맞는 하풍달보다 때리는 공춘보가 더욱 아파 보였다. 그는 가슴으로 울부짖고 있었다.

"공 사형, 그만해요."

은서령이 공춘보의 팔을 잡고 말렸다. 그러나 공춘보는 은서령의 팔을 사정없이 뿌리쳤다.

"이거 놔! 이런 새끼는 죽어도 싸!"

퍽! 퍽! 퍽!

용악산이 알던 공춘보가 아니었다. 언제나 게으르고 무공이라곤 쥐뿔도 모르는 것 같은 그가 지금은 주먹 하나하나에 공력을 싣고 있었다.

은서령은 그런 공춘보의 완력을 이기지 못하고 뒤로 주르륵 밀려 나와 용악산의 품에 안겼다. 미처 부끄러워할 사이도 없이 그녀는 몸을 던져 공춘보를 뒤에서 껴안았다.

"공 사형, 그만해요. 하 사형 죽는단 말이에요!"

말을 하는 그녀의 목소리가 물기로 촉촉해졌다.

그제야 공춘보는 하풍달의 가슴에서 내려왔다. 얼굴 가득
비통한 표정을 하고서.

그러나 갈문도와 그의 일행들은 그러면 그렇지 하는 얼굴들
이었다.

"쯧쯧쯧. 과거를 들먹이지 말라더니. 금룡관이 알고 보니
도둑의 소굴이었군."

갈문도가 말했다. 은서령은 분노를 느꼈지만 할 말이 없었
다. 그저 입술만 꼭 깨물고 있을 뿐이었다. 그때 하풍달이 입
가의 피를 소매로 닦으며 말했다.

"난 훔치지 않았습니다."

"그래도 저 자식이!"

발끈한 공춘보가 달려가려는데 은서령이 말렸다.

"사매, 난 정말 훔치지 않았어."

"그럼. 저게 왜 네 손에 있는 거야!"

공춘보가 버럭 소리를 질렀다.

"주웠소. 아까 길에서 주웠단 말이오."

"뭐?"

"정말이오. 목숨을 걸고 맹세할 수 있소. 난 결코 사부님을
욕되게 하지 않았소."

"그, 그런데 왜 진작 말하지 않았어?"

"아까 말을 하려고 했는데… 공 사형이 나중에 하라고 했잖소."

확실히 그랬다. 공춘보가 공화연과 낯을 익히겠다며 가기 전에 하풍달이 공춘보에게 무언가 말을 하려고 했었다.

"이런 멍청한 자식. 그럼 이 사람들이 물건을 찾을 때라도 말을 했어야지!"

"내가 말했으면 믿었겠소?"

"……!"

"……!"

하풍달의 말에 공춘보와 은서령은 할 말을 잃었다.

하풍달의 어린 시절은 불우했다.

아비가 누구인지도 모르는 채 창기의 자식으로 태어나 열 살 때까지 매음굴에서 자랐다. 평생 그가 보아온 것이라곤 몸을 파는 엄마와 그런 엄마를 두들겨 패는 사내들, 그리고 하루에도 몇 번씩 일어나는 칼부림이었다.

어린 그가 할 수 있는 일은 없었다.

그의 첫 번째 도둑질은 엄마와 몸을 섞고 나간 취객의 주머니를 터는 것이었다.

한 번이 두 번이 되고, 두 번이 세 번이 되더니 그는 어느새 절강 최고의 배수가 되어 있었다.

그는 한 번 점찍은 목표물은 놓치는 법이 없을 정도로 눈과 손이 빨랐다. 그 솜씨를 눈여겨본 흑도의 무리들이 하풍달을 잡아다가 이용했다.

수없이 남의 물건을 터는 동안 하풍달은 삶의 회의를 느꼈다.

이건 자신의 의지로 살아가는 삶이 아니었다.

그는 몇 번이나 놈들의 손아귀에서 벗어나려고 했지만 그럴 때마다 붙잡혀 모진 고문을 당했다.

그때 나타나 하풍달을 구해준 사람이 은도천이었다.

은도천과 은서령은 하풍달에게 세상엔 따뜻한 곳도 존재한다는 걸 가르쳐 사람들이었다.

목숨을 바쳐도 아깝지 않은 사람들. 자신의 심장처럼 소중한 사람들…….

그런 그가 두 사람을 배신할 리는 없었다.

하풍달이 부스스 몸을 일으키려 할 때 공춘보가 후다닥 다가와 옷자락을 털어주었다.

"그, 그런 거였으면 진작 말을 하지."

공춘보의 목소리가 기어들어 갔다.

"수년간 한솥밥을 먹은 사형도 안 믿는데. 다른 사람들이 믿어주었겠소?"

말을 하는 하풍달의 얼굴이 쓸쓸해 보였다.

"마, 안 믿긴 누가 안 믿어. 나 너 믿어. 믿는다고."

"일 없소."

하풍달은 공춘보의 손을 뿌리친 후 등을 보인 채 쓸쓸히 걸어갔다.

그때,

"누구 마음대로."

갈문도였다.

하풍달이 걸음을 멈추고 갈문도를 돌아봤다.

"감히 구룡장 영애의 물건을 훔치고도 그냥 넘어가길 바란 건 아니겠지?"

갈문도는 하풍달의 말을 믿지 않았다.

공춘보가 나서서 정중히 포권을 하며 말했다.

"갈 대협, 저 녀석은 제가 잘 압니다. 절대 그럴 놈이 아닙니다."

"조금 전까지 도둑놈이라고 팰 때는 언제고."

"그만큼 믿었기 때문에 순간적으로 배신감이 든 겁니다. 제 사제는 절대 그럴 놈이 아닙니다. 믿어주십시오."

평소와 달리 공춘보의 목소리는 무게가 있었고 진지했다.

그러나 갈문도는 단 한마디로 공춘보의 말을 묵살했다.

"뭣들 하느냐? 도둑놈들을 모두 구룡장으로 끌고 가라!"

"명!"

사십여 명이나 되는 구룡장의 호위무사들 전부가 은서령 일행을 에워쌌다.

당장에라도 사람들을 잡아끌고 가려는 참이었다.

그때 용악산이 은서령과 하풍달의 앞을 가로막고 나섰다.

등에는 커다란 대도를 가로질러 찬 황소 같은 사내가 앞을 막으니 구룡장의 호위무사들이 순간 멈칫했다.

"웬 놈이냐?"

"당신. 구가장의 호법이라는 자가 예의를 전혀 모르는군."

용악산은 갈문도가 그랬던 것처럼 손가락으로 그를 가리키며 말했다.

"뭐!"

"내 사제가 미리 말을 못한 건 실수이나 사람을 무작정 도둑으로 모는 것도 도리가 아니지."

"이제 와서 그런 변명이 통할 것 같은가? 몸수색을 시작하자 뒤늦게 물건을 내놓은 걸 모를 줄 알고?"

"처음부터 훔칠 의도가 있었다면 그깟 노리개 하나쯤 뒤로 빼돌리지 못했을까. 더구나 당신 말처럼 소문난 배수였다면 말이오."

당황한 갈문도는 순간 말문이 막혔다.

용악산의 말은 틀린 게 없었다. 하풍달이 정말로 물건을 훔칠 생각이었다면 진즉에 어디론가 빼돌렸을 것이다. 소문난 배수에게 그 정도는 식은 죽 먹기였을 테니까.

하지만 이제 와서 물러나기엔 자존심이 허락지 않았다.

갈문도가 잠시 흥분을 가라앉히고 물었다.

"그대는 누구인가?"

"금룡관의 장제자요."

곁에서 듣고 있던 은서령은 가슴 한쪽이 더워졌다.

누군가 자신들을 지켜준다는 든든함. 구룡장이라는 거대 문파 앞에서조차도 당당한 모습. 하지만 그보다 훨씬 더 무겁게 불안감이 엄습해 왔다.

"좋아, 그대가 누구든 상관 않겠다. 하지만 본장이 하는 일을 더 이상은 방해하지 마라. 험한 꼴을 보고 싶지 않으면."

마지막 말은 군중에게 들리지 않도록 아주 작은 소리로 했다. 눈에 살기를 가득 담고서.

"이들을 데려가려면 나를 넘어서시오!"

설산의 골짜기에서 불어오는 바람처럼 서늘한 목소리.

용악산은 고목처럼 단단하게 버티고 서서 구룡장의 호위무사들을 무섭게 노려봤다. 구룡장 정도의 호위무사들이라면 모두 일류를 상회하는 고수들이다.

고수는 고수를 알아보는 법. 그들은 용악산의 전신에서 풍기는 기도가 예사롭지 않음을 알고 적잖이 놀랐다.

그러나 갈문도로서도 이대로 물러날 수가 없었다.

이젠 저들을 데려가고 못 데려가고의 문제가 아니었다.

많은 군중이 보고 있는 저잣거리 한복판에서 누군가 구룡장이 하는 일에 정면으로 맞섰다.

이대로 물러난다면 구룡장의 체면이 땅에 떨어지고 엉뚱한 사람을 도둑으로 지목했다는 누명까지 쓰게 된다.

방법은 하나뿐이다. 저놈들을 데려가 물고를 내는 것.

"장기가 뭐지?"

갈문도가 한 걸음 더 앞으로 걸어나오면서 물었다.

"이것저것 조금씩은 다 하오."

용악산의 거침없는 말에 갈문도는 인상을 찡그렸다.

새파랗게 젊은 놈이 지나치게 건방진 것이다.

"주먹으로 하지. 괜히 몸에 칼자국이라도 냈다가는 본장이 풋내기 도객을 핍박했다고 할 테니 말일세."

그러면서 갈문도는 허리춤에 찬 도갑을 풀어 수하에게 건네준 다음 기수식을 취했다.

용악산은 여전히 뒷짐을 진 채 한 발자국도 움직이질 않았다.

"나의 십초식을 막아낸다면 이 자리에서 사과를 하지. 하나, 그대가 진다면 금룡관주가 직접 제자들을 이끌고 본장으로 찾아와 아가씨께 무릎을 꿇어야 할 것이다."

"당신이 진다면 구룡장주가 직접 딸자식과 호법들을 데려와 무릎 꿇고 사죄를 할 것이오?"

"뭣!"

"그것이 공평한 거래가 아닌가. 참, 구룡장은 공명정대함 따윈 신경 안 썼지?"

"이런 버르장머리 없는 놈!"

파앙!

갈문도의 주먹이 대기를 갈랐다.

그는 용무관에 와 있다는 빈객들과는 차원이 다른 고수였다.

달리 설명할 것도 없다. 구룡장주가 금지옥엽으로 아끼는 공화연의 안전을 책임진 자미원의 총호법이라는 것만 봐도 알 수 있다.

주먹엔 강기가 어렸으며 동작은 번개처럼 빨랐다.

그러면서도 정확히 급소를 가격해 오는 정교함.

그러나.

퍼억!

갈문도의 주먹이 용악산의 가슴에 이르는 순간 오히려 갈문도의 턱이 팩 돌아갔다.

용악산의 주먹이 그의 턱을 가격한 것이었다.

동시에 가슴에 이르던 주먹도 되돌아갔다.

갈문도는 한순간 휘청하더니 자세를 바로잡았다.

입가에 흐르는 피를 쓰윽 닦은 갈문도의 표정에 놀람과 투지가 동시에 떠올랐다.

"믿는 구석이 있었군!"

파앙!

그의 신형이 갑자기 사라지더니 용악산의 왼쪽 어깨로 주먹이 떨어져 내렸다.

권법 못지않게 신법 또한 절정에 이른 솜씨.

그러나 그는 용악산의 어깨를 부수지 못했다.

용악산은 뒤늦게 주먹을 뻗었으나 오히려 갈문도의 주먹을 따라잡았다.

짜앙!

주먹과 주먹이 부딪쳤는데 쇠종을 두들기는 소리가 났다.

공력이 충돌했기 때문이었다. 손목을 타고 전해져 오는 엄청난 공력에 갈문도가 오만상을 찌푸렸고, 그 순간 용악산은 그의 옷자락을 잡아 땅바닥에 그대로 메다꽂았다.

갈문도는 역시 고수였다. 중심이 흐트러지고 용악산의 완력
에 자신이 끌려간다고 생각한 순간 빙글 몸을 회전시켜 옆구
리를 치고 왔다.

용악산은 굳이 피하지 않았다.

오히려 천근추의 수법을 펼쳐 그의 몸을 바닥에 내동댕이쳤
다.

철푸덕!

땅과 갈문도의 사이가 너무 가까웠다. 찍어 누르는 용악산
의 힘이 너무 강했다.

갈문도는 미처 낙법을 펼칠 사이도 없이 얼굴부터 땅바닥에
찧으며 굴렀다. 단 두 합의 겨룸으로 갈문도는 권법으로는 도
저히 용악산의 적수가 안 됨을 깨달았다.

스르릉!

"권법가였군!"

갈문도가 진흙이 잔뜩 묻은 얼굴로 수하의 손에 들린 도갑
에서 칼을 쑥 뽑았다.

"무인이 한 입으로 두말을 하다니. 아, 참 구룡장이었지."

용악산은 계속해서 구룡장을 모욕했다.

곁에서 지켜보는 사람들은 마음이 조마조마했다. 이곳 항주
땅에서 감히 구룡장을 두고 저렇게 조롱하는 사람이 있을 줄
이야.

"처음부터 나를 속였겠다!"

갈문도의 절기는 도법이었다. 그는 용악산을 너무 무시한

나머지 공권으로 상대를 한 것을 후회했다. 그리고 지금 그의 청강장도가 용악산을 향해 뻗으려 했다.

그때,

"멈춰요!"

그녀는 공화연이었다.

"아가씨!"

"갈 호법께서는 칼을 거두고 물러나세요."

"하, 하지만……."

"구룡장을 일구이언하는 곳으로 만들 참이에요!"

그저 온실 속의 화초인줄만 알았더니 구룡장주의 여식답게 제법 위엄이 있었다. 그녀는 용악산을 향해 다가오더니 뜻밖에도 엷은 미소를 띤 얼굴로 말했다.

"전 공화연이에요. 무사님의 협명은요?"

"비파랑이오."

용악산은 잠시 망설이다 대답했다. 언제나 스스로를 비파랑이라고 말하는 것은 자연스럽지가 않았다. 아마 평생 그럴지도 모른다.

"그렇군요. 잘 알지도 못하는 사람의 고자질 따위를 믿고 저희가 너무 경솔했어요. 처음부터 훔칠 의도가 있었다면 충분히 빼돌렸을 것이라는 무사님의 말씀이 타당해요."

구반룡의 가벼운 처사를 두고 질책하는 말이었다.

그때까지도 곁에서 싸움을 지켜보고 있던 구반룡의 얼굴이 썩은 똥빛으로 일그러졌다. 남몰래 연모하던 여자에게서 저런 소리를 들었으니 수모도 그런 수모가 없었다.

　반면에 용악산은 공화연이 대단한 무가의 여식답지 않게 사리분별이 정확한 것에 내심 놀랐다.

　하지만 아직은 경륜이 얕았다. 그런 마음가짐이었다면 처음부터 갈문도가 행인들을 가로막고 주머니를 뒤지는 것을 막았어야 했다. 특히나 여자의 몸을 뒤지는 것만큼은.

　그것까지 바라는 것은 무리였을까?

　공화연의 말이 이어졌다.

　"더불어 저의 불찰로 많은 사람들의 마음을 상하게 했어요. 차후엔 이런 일이 없도록 조심하지요."

　그녀는 칠칠치 못하게 물건을 흘리고 다녀 많은 사람들을 용의자로 몬 것에 대해 사과를 하고 있었다.

　그녀가 진짜 하고 싶었던 말은 이것이었는지도 모른다.

　분명 악의를 품은 말투는 아니었다. 경륜이 모자라 아직은 판단이 느리고 서투를지언정 그녀에겐 자신의 잘못을 인정할 수 있는 용기와 기백이 있었다.

　어쩌면 타고난 성품이 담백한 것인지도 모른다.

　어느 쪽이든 용악산에겐 좋은 인상으로 다가왔다.

　공화연은 가볍게 웃어 보이고는 은서령에게 다가갔다.

　그리고는 공손히 포권을 하며 말했다.

　"은서령 소저라고 했죠?"

　"네."

　은서령은 과하지도 모자라지도 않게 예를 갖춰 대답했다.

"무림인들이 다투고 친해지는 건 흔한 일이에요. 그렇지 않나요?"

"네?"

묘한 말이었다. 그래서 앞으로 친해지자는 얘긴가?

누구랑? 왜?

"갈 호법의 무례는 제가 대신 사과드릴게요. 아니죠. 따지고 보면 모두 저에게서 비롯된 일이니 제가 사과를 드릴게요."

그러면서 그녀는 또다시 허리를 굽혀 사과를 했다.

그녀의 말투에서 진심이 느껴져 은서령도 이번에는 황급히 예를 갖췄다.

생각지도 않았던 공화연의 태도에 은서령은 꼭 유령에 홀린 것 같았다.

공화연은 공춘보와 하풍달에게도 차례로 인사를 하더니 우풍을 불러 금창약을 내놓으라고 윽박질렀다. 우풍이 마지못해 금창약을 내놓자 그걸 다시 하풍달에게 주며 속삭였다.

"우풍 호법이 쓰는 거면 틀림없이 좋은 거예요."

하풍달이 공춘보에게 맞은 것이 안타까운 모양이었다.

하풍달은 넋이 나간 얼굴로 공화연이 주는 금창약을 받았다.

그녀는 호법들의 호위를 받으며 생기발랄한 얼굴로 사라져 갔다. 공춘보와 하풍달이 그녀의 뒷모습에서 눈을 떼지 못하고 말했다.

"바, 방금 우리한테 사과한 거 맞지?"

"난 꼭 뭐에 홀린 거 같소."

조금 전까지 그렇게 수모를 받고도 까맣게 잊어버린 두 사람이었다. 구룡장의 영애라는 신분은 그만큼 대단했다.

은서령 역시 묘한 표정으로 멀리 사라져 가는 공화연을 보고 있었다. 은서령은 항주에 살면서도 공화연과 얘기를 나눈 것은 오늘이 처음이었다. 그도 그럴 것이 그녀는 언제나 수많은 호위무사들과 높은 담장으로 둘러싸인 대장원에서만 살았으니까.

은서령에겐 멀고 먼 세계의 사람이다.

그런 사람이 자신에게 허리를 굽히고 예를 갖추다니. 더구나 조금 전의 상황은 구룡장에서 충분히 자신들에게 책임을 물을 수도 있는 상황이었다.

이것을 가능케 한 사람은······.

은서령이 고개를 돌려보니 용악산은 벌써 혼자 저만치 걸어가고 있었다.

"대사형께서 평산객점으로 오래."

곁에서 표자룡이 말을 했다.

"예?"

"간만에 나왔는데 그냥 돌아갈 수 없다며 객점에서 한잔하자시더군."

표자룡은 말을 하고는 용악산이 사라져 간 방향으로 천천히 걸어갔다. 은서령이 그 뒤를 따랐다.

그러나 공춘보와 하풍달은 저 멀리 사라져 가는 공화연의

뒷모습을 한참이나 바라보다가,

"참, 구반룡, 이 후레자식 어디로 갔어!"

공춘보가 뒤늦게 소매를 걷어붙이며 씩씩거렸지만 구반룡은 이미 저만치 사라지고 난 후였다.

*　　　*　　　*

"어제 저잣거리에 나갔었다지?"

아침을 먹으면서 은도천이 금룡관의 제자들에게 한 말이었다.

사람들은 은도천이 구룡장과의 일을 눈치챈 게 아닌가 싶어 움찔했다. 다행히 은도천은 전혀 모르는 것 같았다.

"껄껄껄. 잘들했다. 가끔씩 바람도 쐬고 그래야지. 그나저나 수련은 어찌 되어 가느냐?"

"휴우, 말도 마십시오. 사부님. 대사형께서 어찌나 지독하게 구는지 눈코 뜰 새가 없습니다."

하풍달이 용악산의 눈치를 힐끔힐끔 보며 푸념을 늘어놓았다.

"껄껄껄. 네놈이 이제야 임자를 제대로 만났구나. 자룡이 넌 어떠냐?"

"조금씩 나아지고 있습니다."

"그런 게 아니던걸. 껄껄껄."

은도천은 말을 하면서 자애로운 미소를 지어 보였다.

흡족해하는 은도천을 보면서 표자룡은 가슴 한쪽이 뜨거워졌다. 수련을 하는 동안 한 번도 모습을 드러낸 적이 없었는데 이제 보니 멀리서 지켜보고 있었던 것이다. 더구나 무공에 관한한 한 번도 칭찬을 해준 적이 없는 사부였다.

"그런데 춘보는 어째서 보이질 않는 거냐?"

"누렁이 밥부터 챙겨주고 금방 들어온다고 하더니."

하풍달이 말했다.

그 순간 바깥에서 일반제자 하나가 다급하게 외치는 소리가 들려왔다.

"사부님, 사부님. 좀 나와 보십시오!"

*　　　*　　　*

"어떡해……."

은서령이 파르르 떨리는 손으로 자신의 입을 가렸다.

사람들은 눈앞에 펼쳐진 광경에 말을 잇지 못했다.

어미가 죽은 줄도 모르고 누렁이의 새끼들이 젖을 빨고 있었던 것이다.

"공 사형이 얼마나 정성을 쏟았는데……."

하풍달이 말을 하면서 눈가를 훔쳤다.

"쯧쯧쯧. 어린것들이 불쌍해서 어쩌누."

은도천이 말을 하면서 고개를 돌렸다. 차마 눈뜨고 보지 못할 광경이었다.

용악산은 어쩐지 이상한 느낌을 받았다.

서둘러 누렁이의 사체 이곳저곳을 살폈다. 사지의 근맥은 가닥가닥 끊어져 있었고 온몸의 뼈는 산산조각이 나 있었다.

내가고수가 단숨에 쳐 죽인 상처였다.

도대체 말 못하는 짐승에게 무슨 원한이 있어 이런 잔인한 손속을 쓴 것일까?

배를 뒤집어 보니 젖꼭지 아래쪽에 여섯 손가락의 선명한 혈수인이 보였다.

"근동에 장법을 펼치는 고수 중에 육손이가 있습니까?"

용악산의 물음에 사람들은 약속이나 한 듯 분노했다.

"구반룡 이놈! 네놈이 죽을 때가 됐구나!"

평소 말수가 적던 표자룡이 섬뜩한 말을 토해냈다.

그가 분노하자 주변이 찐득찐득한 살기로 가득 찼다. 살수로 떠돌던 시절의 잔인한 흉성이 다시 나온 것이다.

그때 하풍달이 무언가 생각난 듯 은도천을 향해 다급하게 말했다.

"사부님, 공 사형이… 공 사형이 아무래도 혼자 용무관으로 달려간 것 같습니다."

"맙소사. 공 사형이 위험해요!"

뒤늦게 사태를 파악한 은서령이 기겁을 했다.

좌중이 찬물을 끼얹은 듯 고요해졌다.

상황은 명확했다. 몰래 누렁이를 돌보던 공춘보가 저 광경을 보고 눈이 뒤집혀 달려간 것이다.

용악산은 조용히 은도천을 보았다.

'흙탕물을 일으키는 미꾸라지 한 마리를 제거하는 것도 세상을 바꾸는 방법입니다.'

은도천은 용악산의 뜻을 짐작했다. 한참이나 눈을 감고 생각하더니 이내 무겁게 고개를 끄덕였다. 승낙의 표시였다.

용악산이 무섭게 돌변한 얼굴로 사람들에게 말했다.

"자룡, 풍달. 제자들을 모두 무장시켜라!"

『천산도객』1권 끝

저작권 보호!!
장르문학의 성장에 힘이 되어주십시오.

저작물의 무단 전재와 복제, 불법 다운로드!
이것은 관심이 아니라 무관심입니다!

작가님들은 창의적 열정과 시간을 투자해 자신의 꿈과 생계를 유지합니다.
한 권의 책을 만들어 많은 사람들은 자신의 인생과 미래를 설계합니다.

저작물 속에는 여러 사람의 노력과 희망이
담겨 있습니다!

저작물의 무단 전재와 복제, 불법 다운로드는 여러 사람들의 꿈과 생계를
위협함으로써 장르문학을 심각한 상황에 빠뜨리고 있습니다.

이제는 무관심이 아니라 관심으로 장르문학의
성장에 힘이 되어주세요.

[도서출판 **청어람**은 항시적인 저작권 보호를 통해 장르문학과
여러분의 희망을 지키겠습니다.]

도서출판 **청어람**

은하의 계곡

무천향
武天鄉

허담 新무협 판타지 소설

뿌리를 찾아가는 목동 파소의 여행.
그 여정의 끝에서
검 든 자들의 고향 대무천향 (大武天鄉)을 만난다.

검객 단보, 그는 노래했다.

…모든 검 든 자들의 고향 무천향.
한 초식의 검에 잠든 용이 깨어나고, 또 한 초식의 검에 잠든 바다가 일어나네.
검의 흐름을 따라가다 보면 어느새, 세월도 잊어버리고, 사랑도 잊어버리고,
무공도 잊어버려…….
결국에는 자신조차 잊어버리는…….

은하의 가장 밝은 빛이 되어버린다는
그 무성(武星)들의 대지(大地).

아, 대무천향(大武天鄉)이여!

유행이 아닌 자유추구 -
WWW. chungeoram.com
Book Publishing CHUNGEORAM

유행이 아닌 자유추구 –
WWW.chungeoram.com

Book Publishing CHUNGEORAM

낭왕 狼王

별도 新무협 판타지 소설

살내음 나는 이야기에 여러분은 가슴 졸인 적이 있는가?
남들이 볼까 두려워하며 책을 가리면서 읽었던 구절을 몇 번이나 반복하며
읽은 적이 없는가?

구무협의 향수를 그리워하던 별도가 결국은
〈무협의 르네상스〉를 부르짖으며 직접 자판 앞에 앉았다.

"제가 무협을 쓰기 시작한 이유는 더 이상 읽을 책이 없었기 때문입니다."

모든 일은 4년 전부터 시작되었다.
살인사건을 배경으로 펼쳐지는 음모와 배신, 사랑과 역공작,
그리고 정사!

우리 시대의 이야기꾼, 별도의 새로운 글, 〈낭왕狼王〉!
〈천하무식 유아독존〉, 〈그림자무사〉, 〈검은여우黑心狐狸〉에
이은 그의 또 하나의 역작!

화공도담

畵工道談

촌부 新무협 판타지 소설

예(禮)와 법(法)을 익힘에 있어
느리디 느린 둔재(鈍才).
법식(法式)에 얽매이기보다 마음을 다하며,
술(術)을 익히는 데는 느리지만
누구보다 빨리 도(道)에 이를 기재(奇才).

큰 지혜는 도리어 어리석게 보이는 법[大智若愚]!
화폭(畵幅)에 천지간(天地間)의 흐름을 담고
일획(一劃)에 그리움을 다하여라!

형식과 필법을 익히는 데는 둔하나
참다운 아름다움을 그릴 수 있게 된
화공(畵工) 진자명(陳自明)의 강호유람기!

유행이 아닌 자유추구 ─
WWW.chungeoram.com
Book Publishing CHUNGEORAM

狂龍記

광룡기

장담 新무협 장편 소설

미친 바람이 동해에서 불기 시작했다!
둥지를 떠난 광룡(狂龍)이 강호에 나타났다!

내가 가고 싶은 때로 간다.
내가 하고 싶은 대로 한다.
누구도 내 앞을 막지 마라.!

한겨울, 마침내 광룡의 전설이 시작되고,
천하가 광룡과 빙심에 뒤집어졌다.!

유행이 아닌 자유추구 -
WWW.chungeoram.com

Book Publishing CHUNGEORAM